$ 10.00

2037-0104
AP1

SOLEIL
DE CENDRE

DU MÊME AUTEUR

L'Extase de Mariette, Actes Sud, 1994.

RON HANSEN

SOLEIL DE CENDRE

Traduit de l'américain par Alexis Champon

belfond
12, avenue d'Italie
75013 Paris

Titre original :
ATTICUS
publié par HarperCollins Publishers, Inc., New York

Tous nos remerciements pour les autorisations suivantes :

Extraits de *Pre-Columbian Literatures of Mexico* de Miguel León-Portilla. © University of Oklahoma Press 1969.

« Eye-Opener », extrait de *The Collected Poetry of Malcolm Lowry*, de Malcolm Lowry. © Estate of Malcolm Lowry 1992. Réimprimé avec l'autorisation de Sterling Lord Literistic, Inc.

« Here Comes the Sun ». Paroles et musique de George Harrison. © Harrisongs Ltd 1969. Tous droits réservés.

« Tú, Sólo Tú », de Felipe Valdes Leal. © Promotora Hispano Americana de Musica 1949. Géré par Peer International Corporation.

si vous souhaitez recevoir notre catalogue
et être tenu au courant de nos publications,
envoyez vos nom et adresse, en citant ce livre,
aux Éditions Belfond,
12, avenue d'Italie, 75013 Paris.
Et, pour le Canada, à
Édipresse Inc., 945, avenue Beaumont
Montréal, Québec H3N 1W3.

ISBN 2.7144.3420.7

A Jim et Karen Shepard

REMERCIEMENTS

L'auteur souhaite remercier la fondation John Simon Guggenheim, la fondation Lyndhurst, et l'Université de Californie, Santa Cruz, pour leur aide généreuse pendant la rédaction de ce livre.

LE COLORADO

I

Il s'appelait Atticus Cody. A soixante-sept ans, éleveur sans bétail, il était propriétaire de six puits de pétrole et de deux cent vingt hectares de hautes plaines et de collines sablonneuses dans le comté d'Antelope, au Colorado. Par un jour de décembre où il ne faisait guère plus de zéro, Atticus chevauchait One Sock quand il leva les yeux vers un couplage sur son puits Lufkin et aperçut deux soleils dans le ciel d'hiver grisâtre. La mauvaise herbe et la sauge semblaient jaunes sur la blancheur de la neige qui nappait le relief comme si elle se souvenait d'avoir été eau. Juste au-dessus de la pompe qui ressemblait à une tête de cheval animée d'un hochement régulier brillaient le soleil et sa copie exacte, telles deux lunes d'une planète inconnue. One Sock mâchonnait son mors et levait haut les jambes pour traverser une couche de neige, mais ne paraissait pas autrement troublé. Atticus plissa les yeux pour contempler les deux soleils et se dit : « Voilà, il a fallu que tu attendes soixante-sept ans pour voir un parhélie. »

A cinq heures, il fit ce qu'il faisait toujours à cinq heures. Il brisa la fine pellicule de glace à la surface de l'abreuvoir des chevaux et transporta quelques fourchées de fourrage sur la neige fraîche pour Pepper et One Sock. Il ôta ses gants chamois dans la sellerie, versa des croquettes au poulet dans la gamelle du chat et observa Skeezix, délicatement accroupi à broyer les petites boules dures. Des corneilles picoraient des biscuits salés qu'il avait émiettés sur le porche de la cuisine, et une neige incertaine voletait dans la lumière tremblotante de la cour ; et devant la maison blanche à un étage, un taxi jaune s'éloignait.

Atticus se précipita hors de la sellerie et cria : « Qui est là ? », mais il n'entendit pas de réponse. Quand il arriva devant le porche de la maison, il n'y avait plus personne. Le vent vannait déjà les empreintes. Atticus rajusta la bâche verte qui avait glissé du moteur de sa vieille moto Indian [1] puis il contempla la nuit et le paysage des hautes plaines aux reliefs simplifiés par la neige. Son visage cannelle était tanné par le vent, la glace s'accrochait dans sa moustache grisonnante comme de la cire de bougie, ses yeux bleus au franc regard larmoyaient de froid. Atticus ramassa le journal de Denver, et poussa la porte.

Son fils de quarante ans était assis dans le gros fauteuil vert à oreilles. Avec son blouson d'aviateur, ses cheveux blonds décolorés, son beau visage bronzé, Scott débarquait tout juste du Mexique et souriait devant l'étonnement de son père. Il croisa les mains derrière sa tête et lança gaiement : « Joyeux Noël ! »

Atticus téléphona à son fils aîné, mais sa bru lui apprit que Frank était encore à la réunion de la commission budgétaire au parlement du Colorado.

— Faudra que tu m'affrontes seul, décréta Scott.

Atticus se contenta de sourire, puis il alla faire frire des côtes de porc et des pommes de terre dans un poêlon en fer tandis que son fils ouvrait une bouteille de vin californien. Atticus éplucha une laitue rouge, et quand il vit son fils bran-

1. Marque de motos prestigieuse, aujourd'hui disparue. *(N.d.T.)*

dir le couteau électrique, il s'entendit lui dire : « Ne joue pas avec ça. » Comme quand Scott avait quatorze ans.

Au dîner, Atticus devisa plaisamment de la famille, de la ferme, des vieux amis qui étaient morts, des derniers mots d'enfant de la petite Jennifer de Frank, du beau discours sur la responsabilité et l'autodiscipline que Frank avait prononcé devant le Boy's Club, d'Antilope, de sa lettre bien informée à l'éditeur du *Oil and Gas Journal*, du nouveau moteur Ajax de soixante chevaux que Frank et lui avaient monté sur un puits. Scott mangeait en silence, subissant passivement les récits d'Atticus comme un garçon de ferme, comme lorsqu'il était au collège et que les dîners familiaux lui pesaient autant que des corvées. Là, il n'ouvrit quasiment pas la bouche, sauf pour déclarer, en réponse à une question de son père, qu'il gardait une maison pour des amis dans le Quintana Roo, sur la côte mexicaine des Caraïbes.

— Quelle ville ?

— Resurreccíon, à trente kilomètres de Cancún. Une ville de mission du XVIIIe siècle retapée pour les touristes.

— On a ici une église luthérienne du même nom.

Scott sourit, excédé.

— Faut toujours que tu ramènes tout à ton patelin.

Atticus plia sa serviette comme si la question suivante lui était indifférente :

— Et ces amis dont tu gardes la maison, qui sont-ils ?

— Tu veux leurs noms et leurs professions ?

— Je veux juste savoir si ton jugement s'est amélioré depuis Key West.

— Oh, tout ça pour un type, dans une maison où nous étions six !

— Oui, mais il est en prison.

— Malheureusement, rétorqua Scott, l'œil glacial, mes amis sont un peu criminels, eux aussi.

— C'est-à-dire ?

— Je ne sais pas trop, susurra Scott, mais il riait sous cape comme autrefois quand il racontait à son père que ses amis étaient communistes, héroïnomanes ou évadés d'une maison de redressement.

Atticus resta de marbre.

— Tu comptes rester au Mexique ?

— Même si on essaie de me jeter dehors.

— C'est qu'on aimerait bien savoir. Tu as déménagé quatorze fois depuis que tu as quitté le lycée.

Scott plongea le nez dans son assiette, et saisit le pied de son verre à vin maculé de traces de doigts.

— L'Angleterre, New York, Key West, la ferme dans le Vermont. J'ai une pleine page dans mon carnet d'adresses.

— Tu oublies mon passage chez les fous.

Atticus s'empara de son couteau et découpa furieusement la graisse autour de sa côte de porc. La clinique Hirsch. Des pancartes pour les choses les plus simples : « Aujourd'hui, c'est dimanche. » « Asseyez-vous pour manger. » « Vous êtes à New York. » Scott qui parlait à son psychiatre des 3 240 feuilles du chêne qu'il voyait de sa fenêtre. Scott qui disait à sa mère que le numéro 503 accroché à sa porte n'était pas un nombre impair, mais un nombre d'impairs.

— Même maintenant, dit Atticus, on se fait un sang d'encre parce qu'on n'a pas de tes nouvelles, et tu débarques comme une fleur, sans penser qu'on pourrait avoir d'autres projets, ton frère et moi. Tu aurais pu demander à Frank d'aller te chercher au lieu de prendre un taxi. Ça t'a coûté quoi ? Cent dollars ?

Scott afficha un sourire affecté.

— J'ai un héritage, tu sais. Tout un portefeuille d'actions que mon père m'a constitué pour éviter de devenir fou d'inquiétude à cause de moi.

— J'aimerais te voir t'installer quelque part, c'est tout.

— Eh bien, c'est fait.

— Je m'en réjouis.

Atticus repoussa son assiette et y déposa soigneusement son couteau et sa fourchette en croix. Il eut une vision de Scott dans sa chaise de bébé, mastiquant un biscuit avec grand sérieux, les yeux fixés sur la fenêtre de la cuisine, perdus dans le vague. « On se demande à quoi il pense », se disait-il alors.

— Tu as écrit des poèmes, récemment ?

— Nan. Ça, c'était une idée à eux.

Eux. 85 300 dollars. Atticus revit Scott à huit ans, se parlant à lui-même en dessinant avec des crayons de couleur sur un sac en papier déchiré. Et à quatorze ans, avec ses peintures, Serena derrière lui qui souriait et caressait ses cheveux d'une main douce comme le soleil.

— Bon, alors tu peins ?

— Oui.

— Tu as vendu quelque chose ?

— Je me contente de peindre, papa. Tu as un fils dont n'importe quel père serait fier, et un autre incapable et flemmard, qui dépense ton argent chèrement gagné et vit au jour le jour. Merde, j'ai quarante ans, tu devrais t'être fait à l'idée que je suis un raté.

Atticus songea que, s'il voulait être honnête, il dirait qu'il se sentait trop souvent seul, qu'il aimait son fils, le chérissait, que sa présence était un bonheur, qu'il se rongeait d'inquiétude à son sujet, et il se détesta, comme toujours, parce qu'il lui faisait la morale et qu'il donnait l'impression de vouloir qu'il mène la vie qu'il lui avait tracée, alors qu'il ne souhaitait qu'une chose : que Scott soit heureux et qu'il sache combien son père l'aimait.

— Tu veux qu'on change de sujet ? proposa-t-il.

— Tu peux toujours essayer.

Nonchalamment vautré sur la grille d'aération du chauffage central, ses yeux ne dessinant plus qu'une fente vert-jaune, Skeezix s'abandonnait à la volupté, ses pattes blanches sagement repliées sous la poitrine.

— Tu veux du café ? demanda Atticus.

— Tu n'as pas du whisky, plutôt ?

Atticus soupira, mais se leva.

Atticus s'installa alors dans son gros fauteuil vert avec une biographie d'Eisenhower, et Scott sirota son whisky, affalé sur les coussins du canapé, une édition de poche du *Popol Vuh* calée sur son T-shirt gris de Stanford, ses yeux bleus rivés sur la page ouverte, avec cet air fiévreux et captivé qu'il avait enfant. Son corps musclé paraissait beaucoup plus jeune que ses quarante ans, mais ses cheveux décolorés cachaient mal leurs racines brunes et sa peau tannée était cuivrée comme le sorgho par six mois de soleil caraïbe. Atticus essayait de se retrouver dans ses hautes pommettes, l'expression catégorique de ses lèvres, son léger strabisme, son calme, ses mains de charpentier, et, quand Scott surprit son regard attendri, Atticus déclara :

— Ma foi, tu m'as l'air plutôt en bonne santé.

— J'ai toujours su donner le change.

— Tu as encore tes migraines ?

— Ma tête va bien.

Atticus parut réfléchir, puis avança :

— Je préfère la maison quand tu y es.

— Mouais.

Atticus rouvrit son livre. En sortant de West Point, Eisenhower avait d'abord été affecté à San Antonio, Texas ; en 1916, il avait épousé Mamie Doud dont le père possédait une société de conserverie de viande à Denver. Atticus leva la tête.

— J'ai oublié de te dire. Tu as vu le faux soleil quand tu es arrivé en avion ?

Scott considéra son père avec ennui.

— Je ne sais absolument pas de quoi tu parles.

— Si les conditions s'y prêtent, un grand cercle apparaît sur le halo qui entoure le soleil, de sorte qu'on a l'impression d'en voir deux. On appelle ça un parhélie, si je ne m'abuse.

— Ah bon.

Toujours allongé sur le dos, Scott laissa couler le whisky entre ses lèvres, puis reposa le verre par terre.

— C'était un sujet de conversation comme un autre.

— Ouais, tu fais des efforts, je dois reconnaître.

— Tu as l'intention de continuer sur ce registre ?

— Quel registre ?

— Moi en vieux père fouineur et toi en jeune vaurien buté.

Scott croisa ses mains derrière sa nuque et fixa son père pendant une longue minute.

— C'est l'avion, finit-il par dire. Le choc culturel. Et franchement, il y a des gens qui pensent que mon agressivité s'est plutôt atténuée ces derniers temps.

— Mais moi, j'ai le privilège de savoir comment tu as été élevé.

Scott le regarda comme s'il était un meuble.

— Et après ?

Atticus détourna le regard vers le piano de Serena et les photos encadrées posées dessus.

— Eh bien, je serais curieux de savoir comment tu passes tes journées.

— Nan, c'est pas intéressant.

— Peu importe, j'aimerais savoir.

— Bon, je me lève à dix heures et quelque, j'avale mon café, je descends en ville chercher le courrier, s'il y en a, et acheter le journal en langue anglaise. Je fais de la plongée, des haltères, ou du jogging sur la plage. Ensuite je prends quelques verres, et je dîne dehors.

— Inutile de parler des quelques verres.

— Tu ne penses jamais à t'offrir un vice, papa ? Ça te rendrait plus tolérant envers les gens ordinaires.

— J'ai des vices.

— Ah, c'est vrai, tu es accro à la propreté.

Atticus chercha à changer de sujet.

— Dis-moi plutôt quels sont tes amis au Mexique.

— Des ivrognes et des expatriés. Des écrivains, des artistes, d'acteurs de cinéma, des cancéreux à la recherche d'une cure miracle. La moitié des Américains de Resurreccíon sont en fait des petits-bourgeois retraités qui peuvent enfin se payer des domestiques.

— Tu as choisi l'endroit sans raisons particulières ?

— Si. J'ai mûrement réfléchi.

Il y eut un silence avant qu'Atticus n'interroge :

— Tu t'es remis avec Renata ?

— J'espère.

— Elle est là-bas, alors ?

— T'as deviné.

— Je l'aime bien, confia Atticus en souriant.

— Moi aussi.

Le lendemain matin, à six heures, Atticus sortit le fusil de calibre douze qu'il se réservait et son vieux calibre seize pour Scott ; il rédigeait sa liste de courses pour Noël à la table de la cuisine quand son fils dégringola l'escalier en sautillant, T-shirt gris et blue jean, les yeux injectés de sang à cause de l'alcool et les cheveux en bataille.

— Tu as bien dormi ? s'enquit Atticus.

— A peine une heure ou deux.

Scott prit une brique de jus d'orange dans le réfrigérateur et la secoua un coup avant de boire directement au carton. Remarquant les fusils alignés contre le placard de la cuisine, il toisa Atticus comme si son père avait proféré une phrase d'argot affreusement démodée.

— Tu pars à la chasse ?

— Tu n'es pas obligé de venir, se hâta de dire Atticus. Mais j'ai pensé que ça t'aurait manqué.

— Au contraire. Super !

— Tu t'habilles toujours à ma taille ?

— Je n'ai pas beaucoup changé, tu sais.

— Parce que j'ai des trucs que je pensais te prêter.

— Je suis sûr qu'il y a des tas de gens dans le coin qui seront contents de les avoir.

Atticus lui lança un regard perplexe.

Scott glissa du pain de mie dans le toaster.

— J'essaie de me limiter à l'essentiel, papa. Je suis un peu plus heureux chaque semaine quand j'arrive à éliminer deux ou trois choses de ma vie.

Ils pataugèrent dans la neige et les feuilles mortes du verger de Frank, se frayèrent un chemin au milieu des vingt hectares de hautes tiges de maïs cassantes qui longeaient le ruisseau ; les cailles jaillissaient sous leurs pas, et les faisans s'enfuyaient d'un vol superbe. Scott n'épaula pas une seule fois son fusil.

— C'est chouette, par ici, constata-t-il.

Dans son atelier à la cave, Atticus ajustait un vieux moteur électrique sur la cireuse à chaussures à l'aide d'un tournevis. Planté près du radiateur, Scott semblait s'ennuyer comme un adolescent boudeur ; une buée grise s'échappait de ses lèvres à chaque respiration.

— Tu sais quelle différence il y a entre une banque et une ruche ? demanda Atticus le plus sérieusement du monde.

Scott esquissa un sourire incertain et avoua qu'il l'ignorait.

Atticus vérifia le jeu de la courroie de la cireuse.

— Eh bien, une banque règle des notes alors qu'un piano joue des notes.

Scott leva les yeux vers lui d'un air interrogateur, puis demanda :

— Et la ruche ?

Atticus tapota son fils avec le tournevis et déclara, rigolard :

— Ah, mais c'est là que tu te fais piquer !

Après le dîner, Atticus lava laborieusement les assiettes que Scott essuya.

— Il est tombé des tonnes d'eau, raconta Scott, puis il n'a pas plu pendant deux jours et on a de nouveau pu utiliser les routes. Alors j'ai pris ma Volkswagen, je suis allé dans la jungle pour la première fois depuis un mois, et j'ai peint pendant une demi-journée. Renata m'attendait pour dîner à six heures, et il était déjà cinq heures et demie et la nuit tombait. Je suis remonté en vitesse dans la Volkswagen, j'ai pris un raccourci, et j'ai foncé dans la boue. Mais ça dérapait et j'allais trop vite. Tout à coup, je suis tombé sur une demi-douzaine de petits Mayas en chemises et pantalons blancs immaculés ; ils allaient sans doute travailler dans les hôtels. J'ai klaxonné ; ils ont sauté de côté en me regardant méchamment, mais ma roue avant est passée dans un nid-de-poule rempli d'eau de pluie, et a éclaboussé leurs beaux habits. Ils ont agité les bras en hurlant ; j'ai pensé faire marche arrière pour aller m'excuser, mais je me suis dit que j'étais déjà en retard, que Renata allait rouspéter, et que leurs habits ne restaient jamais propres bien longtemps à la saison des pluies. Je regardais dans le rétroviseur les gamins nettoyer la boue qui maculait leurs chemises quand la voiture s'est plantée dans une tranchée, *vlan* ! La route s'était affaissée. J'ai calé, j'ai redémarré, mais la boue arrivait jusqu'à la portière et les roues patinaient. Je suis passé en première, puis en marche arrière pour débloquer la voiture, mais elle a à peine bougé de cinq centimètres. Je me suis dit : « *Dieu te punit pour ton inconséquence* ». Alors j'ai remarqué que les petits Mayas s'étaient agglutinés autour de la Volkswagen et qu'ils me dévisageaient d'un œil mauvais. Avant que j'aie pu réagir, ils se sont courbés hors de ma vue, ils ont soulevé la voiture et l'ont tirée au sec. Je suis descendu les remercier, mais ils avaient déjà repris leur route sans un mot. Tu n'imagines pas à quel point c'est *indien*.

Le 23 décembre, Atticus ouvrit la grande porte coulissante jaune de l'écurie. One Sock et Pepper rejoignirent leur stalle en caracolant, martelant le plancher de leurs sabots. One Sock fumait littéralement quand Atticus le dessella et étrilla avec tendresse son poil noisette luisant de sueur. Scott versa de l'avoine dans un seau en fer.

— Je ne me souviens plus des mesures, déclara-t-il.

— Un quart d'avoine pour quatre livres de foin. Et mets des cailloux dans l'avoine, sinon elle avalera trop vite et elle aura la diarrhée.

Atticus regarda son fils entrer dans la stalle et tenir patiemment le seau d'avoine pour Pepper, comme il faisait des années auparavant, comme si le poney ne pouvait manger autrement.

— Le foin d'abord, dit Atticus ; mais ça ira.

— Elle est affamée, constata Scott.

— Non, elle te fait du charme. Elle a envie de tendresse. Et de t'empêcher de t'occuper de One Sock.

Atticus s'accroupit et sécha la neige sur les flancs et les jambes de One Sock avec la couverture du cheval ; il entendit Scott apaiser Pepper en maya. Des mots comme *ichpuchtla, patli, yol.* Toujours accroupi, Atticus fit semblant de ne pas écouter, ses yeux bleus rivés sur la paille, puis il se releva et ajusta la couverture verte sur la croupe et le garrot de One Sock. Voyant son fils, les yeux clos, le nez appuyé contre le chanfrein du poney, Atticus s'inquiéta :

— Ça va ?

Scott coula un regard vers son père, remarqua son inquiétude, et sourit.

— Bon sang, tu sais bien que je suis fou à lier.

Atticus suspendit l'étrille à un clou, puis marcha vers le sac d'avoine en traînant les pieds.

— Tu prends tes médicaments ?

— Tu veux dire, en ce moment ?

— En général.

Scott s'adossa contre une cloison pour souffler sur ses doigts.

— Le problème, c'est que le lithium me défonce tellement

que je suis obligé de me tâter le visage pour trouver ma bouche. Sans compter les effets secondaires. Les mains qui tremblent, la bouche pâteuse, les vertiges, la fatigue.

Atticus remplit un autre seau d'avoine.

— On pourrait aller en ville faire modifier ton ordonnance...

— Mon ordonnance est excellente, papa. On me prescrit des cachets pour me rendre inoffensif, calme et idiot. L'idéal pour passer mes journées sur un banc, à donner des miettes aux pigeons. Je préfère faire l'autruche, et vivre dans l'insouciance.

Atticus apporta le seau à One Sock et le lui tint jusqu'à ce que toute l'avoine ait disparu.

Pour le réveillon de Noël, les Cody se rassemblèrent dans la vaste demeure où Atticus avait grandi, qu'il avait héritée de son frère aîné et que possédaient désormais le sénateur Frank L. Cody et sa femme Marilyn. Ils avaient trois filles et un garçon, et, comme Marilyn était la quatrième d'une famille de six enfants, il n'y avait pas assez de place à table pour tout le monde ; ses frères Merle, Butch et Marvin s'étaient installés sur le canapé avec des plateaux, et Scott, malgré les plaintes et les objections, avait choisi de dîner à la table de jeu avec ses nièces. On servirait une soupe d'huîtres avec des crackers, puis la salade et la quiche aux épinards de Marilyn, le gratin de pommes de terre avec des tranches de fromage de Cassie, et les brocolis à la sauce hollandaise de Connie, mais auparavant, il y avait un jéroboam de champagne que Scott était allé acheter à Denver dans l'après-midi.

— Que je sois pendu ! s'exclama Marvin. Denver !

— On appelle ça un truc à chatouiller les narines, dit Merle à Scott.

— Le champagne me donne des migraines atroces, dit Esther.

Un quart d'heure plus tard, Frank poussa sa fille de quatre ans vers oncle Scott et demanda, moqueur :

— Tu as goûté à ce veuve-cliquot, Jennifer ?

La fillette vit le signe que lui faisait son père et hocha la tête.

— Alors, qu'est-ce que tu en penses ?

Elle hésita, puis récita :

— Ça manque d'un *je-ne-sais-quoi*[1], et elle sursauta quand ses oncles et tantes éclatèrent de rire.

— Oh, Frank ! s'exclama Cassie. Tu lui as fait apprendre ça par cœur ?

Puis les membres de la famille s'installèrent chacun à leur place. Ils se tinrent tous par la main pendant que Frank récitait le bénédicité avant le repas, puis Marilyn évoqua Serena.

— Tu nous manques, maman.

Les enfants regardèrent Atticus et Scott.

Puis Frank trôna en bout de table ; il pérora, plaisanta, tyrannique et omniscient, sanglé dans son costume anglais avec sa cravate européenne et sa chevalière de l'École des mines du Colorado. Atticus apprit plus tard par Marilyn que Scott les avait observés d'un œil envieux quand Frank avait pris le café à l'écart avec son père pour préparer la déclaration d'impôts de leur société Cody Petroleum, et calculer combien de génisses verraient le jour en avril.

A huit heures, Midge joua le père Noël sous le sapin géant du salon, et distribua les montagnes de cadeaux. On écouta des chants de Noël par Luciano Pavarotti, on déchira à grand bruit les luxueux papiers d'emballage, et les enfants étrennèrent bruyamment leurs jouets sur le tapis. Atticus défit avec soin le papier rouge du cadeau que lui avait offert Scott, et découvrit un étui contenant une montre suisse qui, d'après Connie, valait dans les mille dollars. Atticus fit les gros yeux et morigéna son fils.

— Tu veux jeter ton argent par les fenêtres ?

---

1. En français dans le texte. *(N.d.T.)*

Mais Scott vissa un cigare verdâtre au coin de ses lèvres, sourit à belles dents dans l'objectif de la caméra vidéo de Butch, et déclara :

— C'est pas génial ?

Et Atticus fit sauter un de ses petit-fils sur ses genoux, tandis que Scott déballait le cadeau de son frère aîné et lorgnait avec consternation sur une élégante Winchester de calibre douze avec une crosse en bois à damier.

— Super ! Les *bandidos* n'ont qu'à bien se tenir !

Atticus lança un regard irrité à Frank qui se justifia :

— J'ai entendu dire que papa t'avait emmené à la chasse. Et puis, j'ai pensé qu'il y avait sans doute des lièvres, des cerfs et des serpents venimeux au Mexique.

Son cadet loucha dans le canon et dit :

— Ouais. Dans la jungle. On appelle les serpents des morsures jaunes.

Atticus souleva une lourde boîte cachée derrière sa chaise, et la tendit à Scott.

— Si tu ne veux pas l'emporter avec toi dans l'avion, je te l'expédierai, proposa-t-il.

Scott défit le papier vert avec des gestes fiévreux d'enfant et s'empourpra quand il vit le magnétophone rétro.

— Whaou, papa ! Un Radiola ! Merci !

— Earl, tu te souviens d'Earl de la quincaillerie ? Il m'a dit que c'était aussi bon qu'un Sony ou que les autres marques japonaises d'aujourd'hui. Et Radiola est une marque américaine.

— Eh bien, je suis fier de participer à l'effort de guerre, papa.

— Je n'ai pas mis de piles. J'ai pensé que tu avais l'électricité dans ta cambuse, sinon tu ne pourrais pas peindre la nuit.

— Mes voisins ne l'ont pas, mais moi, si.

— Il y a un micro incorporé, expliqua Atticus. J'ai pensé que tu pourrais nous enregistrer des messages et nous les poster. On ferait la même chose, bien sûr, à chaque réunion familiale. Comme ça, on n'aurait pas l'impression d'être si loin les uns des autres.

Le visage de Scott s'éclaira d'un large sourire et il décréta :

— J'adore Noël.

Quand Atticus se leva pour aller à la messe le jour de Noël, il entendit un bruit de voix, et la langue indienne qui sifflait et crépitait comme des flammes sur du bois humide. Puis le silence retomba. Atticus s'habilla, alla à la chambre de son fils, hésita sur le seuil avant d'entrouvrir la porte pour s'apercevoir que Scott était déjà parti. La pièce sentait l'encens et le whisky. Son fils avait pris Marie, Joseph et les Mages dans la crèche de la salle à manger et les avait disposés sur son bureau d'écolier, entourés de bougies d'anniversaire. En dessous, sur le plancher en chêne, Scott avait disposé une demi-douzaine d'autres bougies collées sur des briques et bénies avec du whisky.

Atticus entra dans la cuisine où le plafonnier était encore allumé et où la bouilloire fumait sur le fourneau. La neige avait doté les poteaux de la clôture de chapeaux blancs, et décorait le chêne de mitaines blanches. Les empreintes des pas de Scott zigzaguaient, bleuâtres, vers l'écurie, puis s'éloignaient vers le brise-vent de pins et de pommiers sauvages où Atticus remisait le vieux matériel agricole. Atticus enfila son blouson de l'armée de l'Air, enfonça sa casquette sur sa tête et sortit dans le froid. La neige glacée crissait sous ses bottes de cow-boy grises, avec le bruit d'un troupeau mastiquant son fourrage. Le soleil créait des diamants de lumière qui scintillaient un peu partout sur l'étendue blanche. Et là, sous les branches du pin, se trouvaient la moissonneuse-batteuse-lieuse rouge, le tracteur jaune, la lame de bulldozer, la charrue, la moissonneuse, et le motoculteur rongés par la rouille, et la Thunderbird blanc crème avec laquelle Scott avait emmené Serena à l'épicerie seize ans plus tôt. La vitesse était telle que le choc avait détruit un phare, froissé le pare-chocs et le capot comme du papier qu'on jette à la corbeille. La roue droite jaillissait hors de son axe comme si elle n'avait pas encore été boulonnée, et le pneu lacéré pendait en lambeaux comme des morceaux de chiffon noir.

Atticus fit le tour du véhicule, et ouvrit la portière du conducteur. L'acier gémit mais Scott ne leva pas la tête ; il resta assis, enveloppé dans le manteau de chasse écossais de son père, une main sur l'énorme volant, l'autre doucement posée sur le pare-brise à l'endroit où le verre éclaté formait comme une toile d'araignée, du côté du passager.

— Ça va ? demanda Atticus.

Scott enfonça ses doigts rougis par le froid dans la brisure et dit :

— Je me demandais si ses cheveux étaient restés collés au pare-brise. Les corbeaux ont dû les voler pour en faire des nids.

— J'aurais dû me débarrasser de cette voiture il y a des années, ne put que dire Atticus.

Scott laissa retomber ses bras.

— Ce qu'il y a de bien, avec l'espagnol, c'est l'absence de responsabilité. On n'a pas besoin de se sentir coupable. On ne dit pas : « J'ai cassé l'assiette », on dit : « L'assiette s'est cassée. »

Il se tut et fixa le compteur poussiéreux comme s'il voyait des images horribles s'y refléter. Et Atticus enchaîna :

— On ne dit pas : « J'ai tué ma mère. » On dit : « Ma mère a été tuée. »

Atticus coupa son cigare d'un coup de dents et recracha le bout dans la corbeille à papier tandis que Scott se penchait au-dessus de la flamme du fourneau pour allumer le sien. Scott emporta sa bouteille de whisky, et le père et le fils sortirent dans la nuit de Noël.

La lune était haute dans le ciel saupoudré d'étoiles. Un chasse-neige du comté d'Antelope avait déblayé les routes et, sous les pas, le froid glacial rendait la neige aussi dure que du linoléum. Scott but à la bouteille et Atticus refréna l'envie de lui dire ce qu'il pensait de sa façon de boire. Scott reprit sa marche.

— Un jour, à la clinique Hirsch, elle est entrée dans le réfectoire toute nue sous un drap.

— Tu parles de Renata ?

— Oui. Les infirmiers ont essayé de la faire sortir, mais Renata a bondi, elle a fait cette superbe pirouette, le drap a glissé, tous les types se sont mis à brailler, elle était là, complètement à poil. Les infirmiers se sont précipités pour l'entraîner dehors, alors elle a levé haut les bras en disant : « Mais c'est comme ça que les gens m'aiment. »

— Elle va bien maintenant !

— Oh oui, mieux que moi. Elle a essayé d'être actrice à New York, un moment, c'est le truc le plus dingue qu'elle ait fait.

— Ah, dit Atticus.

— Elle a une chambre dans une villa rose qui appartient à un Anglais.

— Au Mexique ?

— Ouais. Le type s'appelle Stuart Chandler. Il tient la librairie anglaise, cultive des orchidées et disserte sur n'importe quel sujet. C'est le consul américain du bled.

Ils marchèrent cinquante mètres sans rien dire, puis Scott chancela en arrosant la route de cendres grises.

— Le cigare te plaît, papa ?

— Il n'est pas allumé, dit Atticus entre ses dents.

— Je préfère le mien un peu plus chaud.

— Éteint, c'est presque tolérable.

Une saute de vent soudaine fit tourbillonner la neige qui retomba sur la route luisante comme de la cire. Atticus entendit Scott terminer sa phrase par :

— ... retourné à la nature et intéressé au shamanisme.

— Qui ? Renata ?

— Non, moi.

Scott contempla son cigare, puis se courba pour le rallumer.

— Tu t'es fabriqué ta propre religion.

— Le shamanisme ne remplace rien, il s'ajoute.

— Pourquoi veux-tu que tout soit différent ? Ce ne serait pas plus simple de faire les choses comme on les a toujours faites, et d'arrêter de se compliquer la vie à inventer je ne sais quoi ?

— Je t'ai compliqué la vie, hein ?

— Bof, je suppose que c'est le lot de tous les pères.

Scott coinça le cigare entre ses lèvres et s'emmitoufla dans le pardessus en cachemire d'Atticus. Après une pause, il déclara :

— « *L'air pince habilement.* »

— C'est une citation ?

— *Hamlet.*

Atticus ôta son gant de cuir et offrit sa main au noroît.

— Moins dix degrés.

Scott avala une autre goulée de whisky et fit quelques pas vacillants sur la pente d'une haute congère. Il revissa le bouchon du pouce, remit le cigare entre ses dents, et s'assit lourdement dans la neige où ses fesses s'enfoncèrent plus bas que ses genoux. Il parut surpris de se retrouver là, puis sourit comme un idiot.

— Tu es un peu *borracho*, fiston.

— Tu prends ça plutôt bien. J'aurais cru que tu serais plus grincheux.

Atticus lui prit la bouteille des mains, et Scott leva ses yeux bleus vers le ciel nocturne, le cigare vissé au milieu de la figure.

— T'as vu l'Ursa Major ?

— Tu veux dire la Grande Ourse ?

— Exactement. Les Mayas l'appellent les Sept Aras.

— Hum.

— C'est pas tout. Une histoire prétend que les Pléiades sont Quatre Cents Garçons qui ont été expédiés là-haut à leur mort parce qu'ils avaient bu trop de *chica*. Les Mayas appellent leur alcool de maïs « doux poison ».

— Un sacré label.

— Tu l'as dit. On devrait déposer la marque.

Scott tendit sa main gauche, son père s'en empara et hissa son fils hors de la neige. Ensuite, Atticus parcourut les quatre cents mètres jusqu'à la maison, avec Scott sur les talons qui récitait :

— Cœur du ciel, cœur de la terre, un seul dieu, la route verte.

Quelques semaines plus tard, Atticus alla à la boîte aux lettres et y trouva une enveloppe « air mail » en provenance du Mexique. Elle contenait une lettre de Scott à Frank ; il le remerciait pour le fusil et lui racontait d'autres choses plus inquiétantes.

J'ai dormi pratiquement tout le trajet jusqu'au Mexique. Merci pour la parenthèse de paix. Je suis retourné au chaos dès mon arrivée ici : toutes les choses qui font tiquer Atticus Cody. Par exemple : après une nuit à boire et à danser au Scorpion *jusqu'à l'aube, mon étudiante de Californie me raconte qu'elle est malfaisante et qu'elle brisera ma vie, comme elle a brisé celle d'une flopée de mecs. Elle s'effondre en me disant qu'elle ne veut aimer qu'un seul homme, et exige qu'il n'aime qu'elle. Elle a vingt ans, elle est saoule, elle suit des cours de théâtre, ce qui m'autorise à penser qu'elle dramatise, mais comme elle est sur mes genoux — nous sommes dans ma VW, ce n'est pas le palace —, elle me dit que je devrais la prendre là, tout de suite. Sois mon caprice, me demande-t-elle, entre dans mon rêve. Et je suis dedans jusqu'au cou.*

Il y a aussi Renata. J'ai trop souvent frappé à sa porte. Elle prétend que je m'incruste. Elle me jette des miettes, de temps en temps, mais le plus souvent elle me chasse. Ces derniers temps, elle ne fait que me rabrouer, et j'ai l'impression que c'est râpé, terminé, fini. Nous avons parlé à mon retour, et elle m'a avoué qu'elle était amoureuse pour la première fois de sa vie — elle ne disait pas ça pour m'humilier, mais ça n'a pas arrangé ma gueule de bois.

Les deux histoires vont ensemble — moins de quarante-huit heures les séparent — et dans les deux cas, c'est moi, le dindon de la farce. Au téléphone, je n'ai pas dit à Renata : « Essaie de bien choisir, cette fois », mais je le pensais ; je crois que j'ai perdu quelque chose, mais c'était bien avant Renata, ça remonte à l'accident. Oh, je ne me plains pas ; je suis complètement perdu, c'est tout.

Évidemment, ce n'est pas le genre de confession qu'un père aime entendre, mais je sais que tu en seras flatté. Un type que je connais me traite de faible d'esprit. On joue au billard au bar américain. Je carbure à la Corona et à la tequila. Il y a un match de base-ball sur le câble, les exilés acclament les meilleurs coups. Qui est cette chanteuse qui hurle dans le juke-box ? Whitney Houston ? J'adore cette chanson. J'exhibe mon cœur pour qu'on le dissèque, et ce type Reinhardt me regarde comme si j'avais « maso » écrit sur le front. Il prétend que je me laisse piétiner par Renata, des trucs comme ça.
Les longues balades main dans la main, chips et salsa au bord de la piscine, peau contre peau... tu veux pas que je te gratte le dos ?... l'intimité, la découverte de soi, ça me manque. Sentir l'amour dans tout le corps. L'amour partout. Dîner aux chandelles. J'en ai besoin, je ne peux pas m'en passer. J'ai quarante ans, et le temps passe.

Tout ce qui me reste, c'est la peinture. Quand je peins, je ressens des émotions, fortes, troublantes. Mais pour le reste, je ne sais pas. Je m'essaie à la patience. J'ai mis la tienne à l'épreuve, je le sais. Rappelle-toi que tous les présidents ont un mouton noir dans leur famille.

Scott.

Ce soir-là, Atticus reçut un coup de fil de Frank.
— Papa, j'ai reçu une lettre de Scott pour toi par erreur.
— Oh, dit Atticus. Qu'est-ce qu'il dit ?

— Il te remercie pour le Radiola. Il dit qu'il travaille beaucoup et qu'il ne boit plus. Ça fait une demi-page, c'est tout. Il a l'air d'aller bien.

— Eh bien, ça fait plaisir à entendre.

Un mercredi de février, Atticus écoutait la radio pour avoir de la compagnie pendant qu'il cuisinait. Il prépara une soupe à l'oignon, la versa sur du pain de seigle, et mangea lentement dans la salle à manger, le *Denver Post* appuyé devant lui à son verre de lait. Comme Marilyn passerait le lendemain vers midi avec sa propre conception du ménage, Atticus se contenta de rincer la poêle, l'assiette, le verre et la cuillère, puis s'installa à son secrétaire pour faire un peu de comptabilité et monta à l'étage à neuf heures. Le vent hurlant faisait claquer les volets et s'infiltrait dans les jointures du bois en sifflant comme une bouilloire d'eau chaude. La radio dans sa chambre diffusait un opéra, *La Bohème*, mais sa femme n'était toujours pas là. En pyjama, il se cala contre une montagne de coussins pour lire les rapports pétroliers, puis s'endormit. A son réveil, il trouva la lampe de chevet allumée et des pages volantes éparpillées sur le plancher. Incapable de se rendormir, il enfila sa robe de chambre écossaise et ses chaussons, et visita toutes les chambres de l'étage, s'attardant dans celle de Scott. Ses pinceaux étaient fichés depuis vingt ans dans une boîte à café rouge ; ses croquis d'enfant et ses aquarelles tapissaient les murs, mais la chambre ne sentait plus comme autrefois l'huile de lin et la térébenthine, qui étaient pour Atticus la marque de son fils. Ne restaient que des relents de whisky et de tabac froid, mêlés à l'encens de ses rites shamanistes.

Atticus alluma la radio de la cuisine afin d'entendre les opinions des auditeurs interviewés par téléphone dans une émission de nuit, puis il alla éplucher une pomme devant la fenêtre et contempla la remise aux machines-outils. La neige voletait à l'horizontale dans le halo de lumière de la cour et des carottes de glace pendaient des gouttières. Atticus découpa des tranches de pomme et les mangea à même la lame du couteau. Sans savoir pourquoi, il regarda vers l'office, et, juste à ce moment-là, un pot à lait glissa du crochet et s'écrasa sur le sol.

Plusieurs heures après le lever du soleil, Atticus apporta un seau d'eau chaude à One Sock et à Pepper, remplit une poêlée d'avoine, puis s'accroupit tranquillement dans un coin et observa les chevaux mastiquer lentement. Un moineau pénétra par un vasistas, se perdit dans la pénombre de l'écurie, ses ailes bruissèrent parmi les poutres et les perchoirs à pigeons, puis il picora la vitre de la lucarne avant de raser le sol et de s'envoler par la grande porte.

Atticus flatta le garrot de One Sock, puis sortit et s'installa dans son pick-up Ford au toit blanc de neige afin de se rendre comme tous les jours au relais routier d'Antelope. Il eut alors l'impression que le téléphone sonnait dans la maison. Il hésita longuement à aller répondre. Il tourna la clé de contact et le moteur de la camionnette racla comme une vrille dans de l'acier avant de démarrer ; Atticus accéléra pendant trente secondes, l'œil rivé sur la grange rouge, le silo, et le poulailler vide ; Serena ne remplissait plus ses poches d'œufs au milieu des poulets qui s'éparpillaient en caquetant ; le paon de Serena ne toisait plus le chien en faisant la roue. A la radio, la météo annonçait une température en hausse mais, comme le froid mordait ses doigts nus, Atticus descendit du véhicule et rentra prendre ses gants chamois.

Il s'arrêta près du téléphone, le regarda, et l'appareil se remit à sonner. Atticus hésita avant de décrocher. C'était Renata Isaacs. Elle lui rappela d'abord qui elle était.

— Je n'avais pas oublié, assura-t-il.

Elle téléphonait de Resurreccíon. Elle voulait parler de Scott. Atticus approcha une chaise pivotante tandis que Renata lui expliquait ce qui se passait. Elle s'efforçait de ne pas pleurer. Atticus restait là, incapable de dire quoi que ce soit, dessinant distraitement avec son gant chamois un rond sur la vitre embuée. Le moteur du pick-up tournait à plein régime et la fumée sortait du tuyau d'échappement en volutes grises que le vent violent balayait aussitôt. Renata était aussi bouleversée que lui, elle ignorait que Scott était dépressif à ce point. Atticus accepta son témoignage de sympathie, nota son numéro de téléphone, puis, perdu dans ses pensées, sursauta quand il l'entendit raccrocher. Il dut s'agripper à la chaise pour se lever. Il sortit, coupa le contact de la camionnette, puis téléphona à Frank, à son bureau d'Antelope, pour lui apprendre la nouvelle.

A l'étage, la chambre de Scott était comme autrefois, les murs couverts des tableaux qui dataient de l'époque heureuse où tout ce qu'il touchait se transformait en peinture. Atticus tomba en contemplation devant un portrait de lui-même vingt ans plus tôt — à quarante-sept ans —, au début des forages, les cheveux et la grosse moustache châtains, les yeux bleus dans lesquels les vitres de la véranda dessinaient un damier, le soleil d'avril comme du babeurre, de retour de la messe dans sa chemise empesée d'un blanc si éclatant qu'elle brillait, la cravate rouge sang. Scott avait baptisé le tableau *Assurance.*

Atticus s'assit devant le bureau de chêne de son fils, ouvrit le tiroir du bas bourré de chemises en papier kraft sur lesquelles Scott avait écrit en jolis caractères graphiques : Beaux-Arts, Banque, Cartes de crédit, Bourses, Santé, Impôts, et C.V. Aussi organisé qu'un ingénieur. Atticus sortit la chemise C.V. et se cala dans une chaise à bascule pour la feuilleter. Sur le dessus se trouvaient huit années de carnets scolaires de l'école primaire de Saint-Mary, puis les prix d'excellence et les notes du collège Regis de Denver, suivis par le dossier de scolarité de l'université de Stanford. Le Royal College of Arts d'Angleterre avait envoyé une lettre d'acceptation, puis une autre détaillant la bourse pour les frais de séjour, et aussi une lettre dans laquelle ses professeurs anglais louaient son travail : « Doué, raisonnable, organisé » avec cependant un : « Vous possédez la technique, mais est-ce de l'art ou de l'illustration ? » Scott avait quatre photocopies d'un vieux curriculum vitae qu'il envoyait dans l'espoir de trouver un emploi de professeur de dessin, avec une adresse aux bons soins d'Atticus Cody afin d'éviter de mentionner celle de l'hôpital de New York où il était soigné. Scott y précisait ses emplois antérieurs, thérapie par l'art à la clinique Hirsch, ateliers de nature morte au Centre d'aide psychopédagogique. Il avait trente-trois ans et était, assurait-il, en excellente santé. Sur les quatre copies, il avait ajouté au crayon : « Je m'habille avec soin, je maîtrise mes émotions, je suis équilibré et toujours ponctuel. J'estime que nous devrions tous nous aider à nous découvrir mutuellement, et nous efforcer de dire la vérité. Chacun de nous a une fonction dans la machine. »

Dans la chemise C.V., Atticus trouva aussi une liasse de ses poèmes à l'époque où il était à la clinique. Le premier disait :

C'est l'automne.
Je ne souffre pas.
Je vous hais.
Je tuerai encore.

Entendant la porte de la cuisine s'ouvrir, Atticus rangea la chemise. Il se tamponnait les yeux avec son mouchoir quand Marilyn parvint en haut des marches.

— Papa ? appela-t-elle.

— Bonjour, mon petit.

La femme de Frank alluma l'interrupteur en entrant dans la chambre, anorak bleu marine, pantalon de ski et après-ski gris, son bébé dans les bras enroulé dans une couverture bleue. Le changement de température embuait ses lunettes d'aviateur.

— Frank est en contact avec l'ambassade des États-Unis à Mexico. Nous aurons du mal à rapatrier le corps tout de suite.

Atticus lui prit son petit-fils des bras et le berça en souriant. Adam gigota, intrigué par l'ampoule électrique du plafond, puis il s'intéressa longuement à la grosse moustache grise de son grand-père.

Marilyn souleva ses lunettes, s'essuya les yeux puis le nez avec un Kleenex en boule qu'elle remisa ensuite dans la manche de son anorak. Son rouge à lèvres était légèrement de travers. Elle glissa un regard vers le bureau de Scott.

— Tu cherches quelque chose ?

— Oui, des explications.

Elle sourit d'un air incertain, puis dit :

— J'ai amené le nouveau prêtre de Saint Mary.

— Parfait.

— Le *Denver Post* nous a contactés, et aussi le *Rocky Mountain News*. Vu que c'est le frère du sénateur de l'État. Une femme les a appelés, du Mexique, je crois. J'aurais pourtant pensé que c'était à la famille de le faire.

— Elle estimait sans doute avoir des informations de première main.

— J'ai donné sa date de naissance, les collèges et lycées qu'il avait fréquentés, c'était tout ce qu'ils voulaient. Les notices nécrologiques ne s'intéressent qu'aux dates.

Adam tapota la joue d'Atticus tannée par le vent et sillonnée de rides. Atticus baisa la petite main du bébé et dit :

— J'imagine que Frank prend ça très mal.

— Forcément, c'était le fusil qu'il lui avait offert à Noël. Pourtant, nous croyions que... enfin, qu'il s'était débarrassé de tout ça.

Marilyn reprit son fils quand Atticus se leva de sa chaise.

— Tu veux du café ? proposa-t-il.

Frais émoulu du séminaire, vingt kilos en trop, le prêtre était assis sans son manteau à la table de la cuisine ; Atticus n'arrivait pas à se souvenir de son nom. Marilyn téléphona à son mari ; on lui passa sa secrétaire, sa cousine Cassie, tandis que Frank terminait une conversation avec une relation du département d'État. Marilyn couvrit l'émetteur d'une main.

— Il faudra que tu passes par le consulat américain de Resurreccíon. Elle me cherche le numéro.

— Je l'ai, dit Atticus. Regarde sur le carnet, là.

Marilyn lut le numéro de téléphone personnel de Renata Isaacs, puis reporta son attention sur Atticus tandis que la secrétaire de Frank lui donnait le numéro du consulat américain.

— Nous l'avons déjà, Cassie. Merci.

Cassie lui passa Frank et il fut question de funérailles familiales. Atticus croisa les bras devant la cafetière, surveillant les explosions de liquide brunâtre dans la coupole en verre. Il ne pouvait plus se passer de vrai café. Marilyn dut de nouveau patienter. Elle regarda Atticus et lui dit :

— Tu devrais y aller, papa.

— J'y songe.

— Vous parlez espagnol ? demanda le prêtre.

— Un ou deux mots. Des ouvriers mexicains venaient à Antelope après la récolte de melons à Rocky Ford, et j'avais souvent du travail pour un ou deux d'entre eux. Tout ce dont je me souviens, c'est qu'on appelle un marteau *el martillo*, mais quand il s'agit d'un marteau de forgeron, on dit *el macho*.

— Je vous prêterai mon dictionnaire d'espagnol, si ça peut vous être utile.

— J'en ai un, dit Atticus. Mais je crois que ça me reviendra.

Le prêtre le regarda fixement, puis parut se souvenir.

— Atticus, Atticus, ce n'était pas le nom du père dans *Du silence et des ombres* ?

— Ah bon ? J'ignorais.

— Papa ! s'exclama Marilyn, puis elle dit au prêtre : Bien sûr qu'il savait. Il plaisante.

— Dans ce livre, le garçon, vous savez ? le seul ami de la fille ? c'était Truman Capote.

— Pas possible ? fit Marilyn. Il était adorable, non ?

— Capote ? Oui, je trouve aussi.

Atticus les regarda intensément.

Le prêtre roula les manches de sa chemise écossaise rouge.

— Vous n'avez pas demandé, mais l'Église considère qu'un suicide est souvent la conséquence d'un profond désordre mental. Surtout quand il est commis de cette manière. Votre fils ne sera pas tenu pour responsable de ses actes. Gardez-vous de le juger, le pardon de Dieu est sans limites.

Atticus s'empara d'un balai en paille et ramassa les morceaux du pichet à lait qui s'était brisé dans l'office.

— Comment est-ce arrivé ? demanda Marilyn, mais avant qu'Atticus ait pu répondre, elle parlait de nouveau au téléphone.

Elle nota d'autres informations sur le calepin, puis raccrocha quand elle entendit la sonnerie d'appel de son mari à l'autre bout du fil.

— Je vous explique cela parce que vous avez grandi à une époque où celui qui mettait fin à ses jours n'avait pas droit à un enterrement chrétien. On lui reprochait d'avoir violé la loi de Dieu.

— Oui, je comprends.

Atticus versa de la crème à petits coups dans les tasses en porcelaine rose de Serena, puis les remplit de café. Marilyn s'attabla en face du prêtre, Adam sur ses genoux. Elle but une gorgée de café, puis berça son fils en humant le shampooing pour bébé sur ses cheveux.

— On n'arrive pas à y croire, dit-elle.

— Renata m'a dit qu'il était allé peindre dans son atelier

vers une heure, la nuit dernière. Elle croyait que ça allait, elle le trouvait un peu déglingué, certes, mais pas suffisamment pour qu'elle s'inquiète. Tu sais comment Scott peut être.

Atticus s'arrêta, les lèvres tremblantes. Il dut crisper la bouche, les paupières serrées.

— Laisse-toi aller, papa, l'encouragea Marilyn. Tu as bien le droit.

Atticus s'essuya les yeux avec un mouchoir bleu marine.

— Je me sens gêné, dit-il.

— Ne faites pas attention à moi, assura le prêtre.

Atticus avala un peu de café, puis reposa la tasse avec soin sur la soucoupe.

— Ce matin, dit-il, Renata lui a ramené sa Volkswagen ; pour voir s'il allait bien, j'imagine. Elle l'a appelé d'en bas, mais comme il ne répondait pas, elle est entrée, tout naturellement. Pour s'assurer que tout allait bien, vous comprenez. Scott...

Atticus fut incapable de poursuivre, puis le téléphone sonna et Marilyn hésita une seconde avant de répondre. Atticus se leva et alla à la fenêtre d'un pas fatigué. Des gens présentaient leurs condoléances. Marilyn leur déclara que leurs prières et leur compassion touchaient beaucoup Atticus. Il lorgna vers le thermomètre extérieur : moins sept degrés. Il devait bien faire quinze degrés de plus au Mexique. A peine Marilyn avait-elle raccroché que Cassie rappelait.

— Tu peux partir ce soir, papa ? demanda Marilyn.

Atticus se retourna. Marilyn le regardait, une main sur l'émetteur.

— J'imagine qu'il le faut, dit-il.

— Tu voyages en première, n'est-ce pas ?

— D'habitude, oui.

Marilyn arrangea avec Cassie un vol de nuit de Denver à Mexico, via Dallas, avec une correspondance pour Merida, mais Atticus devrait prendre un autobus pour la suite. Tous les vols pour Cancún étaient complets. Le téléphone sonna de nouveau. Marilyn annonça :

— Merle dit qu'il gardera les chevaux chez lui et qu'il te conduira à Denver.

— Je ne veux pas l'obliger...

Elle lui tendit le téléphone.

— Merle ? Je ne veux pas t'ennuyer avec l'aéroport, mais je te remercie de t'occuper des chevaux. Et ouvre l'œil, hein ? J'imagine que Butch s'occupera des puits de pétrole, comme ça tu n'auras pas à...

Merle l'interrompit pour faire l'éloge de Scott et dire à quel point il avait été surpris et catastrophé d'apprendre sa mort. Puis il raconta une anecdote sur Scott conduisant une moissonneuse un automne quand il n'avait que douze ans, et que des faisans n'arrêtaient pas d'entrer dans la cabine.

Atticus revit la scène et sourit, puis il remercia Merle pour son témoignage de sympathie et raccrocha. Marilyn contemplait son café et les miettes brunes d'un biscuit pour bébés. Elle fit sauter Adam sur ses genoux pour lui arracher un sourire, et leva les yeux quand Atticus s'éloigna du téléphone.

— J'ai rêvé de Scott, l'autre nuit. C'était un rêve agréable. Il devait avoir six ans et il montait Conniption ; il la faisait aller à droite, à gauche, en tirant sur sa crinière.

Dix-sept heures arrivèrent et Atticus sortit de chez lui en costume bleu marine, coiffé d'un Stetson gris, chargé d'un simple sac de voyage. Marilyn, qui le regarda partir depuis la véranda, aida son bébé à agiter sa petite main en signe d'adieu. La lampe extérieure clignota un moment puis resta allumée pendant qu'Atticus démarrait le pick-up avant de s'éloigner vers la grand-route et l'horizon rose du couchant.

En route pour l'aéroport de Denver, Atticus revécut le soir du jour de l'an. Scott écroulé dans la camionnette Ford, ses cheveux blonds comme les blés étalés contre la portière pendant qu'il dessinait du bout du doigt des huit sur la vitre embuée. Un soleil orange se levait. De la neige fondue balayait la route et martelait le pare-brise avec un bruit de sable. Scott n'avait pas dormi de la nuit, il semblait abattu. Il bougeait les lèvres et de la main scandait le rythme d'un poème sur son genou. Sentant qu'Atticus l'observait, il récita :

— « *Tu es juste vraiment, Seigneur, si je dispute / Avec toi ; mais aussi, maître, justement je plaide. / Pourquoi le succès aux voies des pécheurs ? Et pourquoi / Une fin à mes efforts toujours déçue ?* » Et voici la plainte *: « Si tu étais mon ennemi, O toi mon ami, / Comment pourrais-tu pire, en vérité, me faire / Revers et traverses*[1] ? »

Atticus sourit.

— Cela fait longtemps que je n'ai pas entendu du vieil anglais.

— « *Oh...* », j'ai oublié la suite : « ... *et proies de luxure / Avancent plus à leurs heures libres que moi qui use / Maître, ma vie à ta cause.* » Ce prêtre a renoncé à la chair, à l'argent, aux honneurs, tout le bazar, et en compensation Hopkins espère que Dieu l'aidera au moins dans sa poésie. Une sorte de marchandage religieux. Et ça ne se goupille pas comme prévu. Tout ce qu'il ressent, c'est le néant.

Atticus crut que son fils allait poursuivre, mais quand il jeta un œil vers Scott, celui-ci fixait les hautes plaines sans un mot. C'était comme à l'époque où ils allaient en ville dans le camion vert, à six heures du matin, Frank en uniforme de collégien qui essayait de dormir encore une demi-heure, et Scott, dix ans à peine mais jacassant comme un grand, son goûter serré contre sa poitrine. A cette vitesse, les pneus cloutés faisaient le bruit d'une fermeture à glissière, le ventilateur du chauffage broutait contre une feuille d'érable prisonnière qui claquait à l'intérieur du grillage, et dans la lumière rose du soleil levant, les bois qui défilaient de chaque côté de la route semblaient comme des mondes inconnus qu'il distinguait à peine.

Trente ans déjà, et Atticus était de nouveau sur la route de l'aéroport de Denver, quelques semaines seulement après y

1. *En l'honneur de saint Alphonse Rodriguez*, traduction de Michel Leiris.

avoir conduit Scott, et il se souvint comme son fils contemplait le paysage en récitant Gerard Manley Hopkins :

— « *Les oiseaux bâtissent. / Mais moi, rien ; non, je force, / Eunuque du temps, et n'engendre aucune œuvre vive. / O, pour moi, Dieu de vie, à mes racines envoie la pluie.* »

LE MEXIQUE

II

Puis vint le vendredi. Accroché à la lanière en cuir qui pendait du plafond d'un bus brinquebalant, Atticus était en route pour Resurreccíon. Transpirant dans son costume, son Stetson gris à la main, son sac de voyage fauve calé entre ses jambes, il scrutait le paysage à travers les traces de doigts et les empreintes de têtes endormies qui maculaient la vitre. Atticus était le seul Américain au milieu de trente Mexicains qui ne le quittaient pas de leurs yeux sombres. Les mères flattaient leurs bébés enroulés dans des châles ; les hommes graves, au visage cuivré, vêtus de chemises blanches usées et coiffés de chapeau de paille, se cramponnaient à leur siège à cause de la vitesse. Non loin d'Atticus, un chauffeur obèse d'à peine vingt ans appuyait son ventre gras sur un large volant qu'il maniait avec ses coudes pour diriger l'autocar. Enroulé autour du pare-soleil, un rosaire en perles de verre roses, terminé par une croix en verroterie, cliquetait contre le pare-brise crasseux. Une carte postale en quadrichromie du pape Jean-Paul II était scotchée à côté du compteur. De l'huile noire bouillonnait sur le capot, et le moteur faisait un raffût de casseroles qu'on entrechoque.

Un adolescent marchait sur le bas-côté, une machette

aiguisée glissée sous sa ceinture en plastique, un .22 long rifle en bandoulière, et un iguane géant rose et noir pendu par la queue à son épaule. Les lézards s'enfuyaient dans les fourrés à l'approche de l'autocar. Des enfants accouraient dans l'herbe qui leur arrivait à la taille, en levant les bras dans le courant d'air gris et étouffant que l'autocar semait sur son passage.

La chaleur était suffocante, et la terre desséchée était si épuisée que seuls du chanvre et des sapotilliers parvenaient à pousser. Et cependant, ces arbres se dressaient aussi haut que les flancs d'un canyon et le vert prenait des teintes de nuit à mesure qu'on avançait dans la jungle. Des huttes en bois au toit de palmes en surgissaient comme autant de postes avancés ; plus loin, il n'y avait plus que des marais, des enchevêtrements de lianes et de mousse qui pendaient jusqu'au sol comme des mèches desséchées de cheveux verdâtres.

L'embrayage grinça méchamment quand le conducteur obèse rétrograda, puis il freina trop brusquement et Atticus fut projeté en avant dans le gémissement aigu des freins. Un vieux pick-up Chevrolet était planté en travers de la route, l'arrière affaissé sous le poids d'une croix en ciment que six hommes s'efforçaient de descendre dans un trou au bord de la chaussée. Des cris fusaient. Atticus se pencha pour voir à travers le pare-brise, et lut les lettres gravées : Carmen Martinez. Elle avait été tuée une semaine plus tôt. Elle avait seize ans.

En regardant plus loin, Atticus aperçut une bonne dizaine de monuments commémorant des accidents mortels sur ce même kilomètre de route sinueuse : c'était le plus souvent une haute croix en bois ou en ciment, mais parfois des saints en plastique ou en argile peint, ou de simples pyramides de pierres grosses comme des pamplemousses. « Folle imprudence », songea Atticus. Et il pensa à sa femme. « C'est si facile d'abréger une vie. »

Le cul du camion se releva subitement quand les ouvriers réussirent à faire basculer la croix, et le conducteur klaxonna joyeusement en dégageant la route. Le chauffeur de l'autocar soupira, puis enclencha la première et démarra sèchement, déséquilibrant Atticus.

Un faucon surgit dans le ciel, disparut en passant au-dessus de l'autocar, puis reparut et vira vivement sur la droite. Dans la forêt, un petit garçon lançait des pierres sur un troupeau de zébus efflanqués pour les guider jusqu'à un corral. Puis il y eut une savane jaune et des chemins de terre cacao, et l'espace d'un instant on entrevit une bande de mer bleu profond au bord du paysage avant une nouvelle interruption de jungle, le temps pour Atticus de lire un panneau indicateur signalant des restaurants, des stations-services et des hôtels. En dessous était écrit *Resurreccíon*.

Atticus consulta son manuel d'espagnol et révisa la phrase avant de demander :

— *Por favor, pare en la proxima parada*.

D'après le *Berlitz*, cela signifiait : « Arrêtez-vous au prochain arrêt, s'il vous plaît », mais l'obèse lui répondit quelque chose qu'il ne comprit pas et enclencha la vitesse supérieure. Atticus s'approcha de la portière, et vit une énorme décharge survolée de mouettes blanches et grises, puis des immeubles en béton qui ressemblaient à des rangées de motels bon marché. Une pancarte indiquait une *zona turistica*, à un kilomètre ; on passa devant un poste à essence Pemex, un supermarché, un salon de coiffure, quelques *posadas*[1] miteuses, puis on entrevit le bleu-vert de la mer des Caraïbes, et la pancarte indiquant *Centro*, et il y eut une grande place avec une cathédrale rose, un belvédère blanc au milieu d'un square ombragé, et les hauts murs des bâtiments officiels.

— *Aqui*, dit Atticus. (Ici.)

— *Claro*, répondit le Mexicain, et il coinça l'autocar contre le trottoir avant de serrer le frein à main et d'actionner l'ouverture automatique des portes.

Atticus vit avec gêne que les trente passagers descendaient

1. Auberges.

aussi ; il aurait pu éviter d'ennuyer le conducteur, mais il dit « *Gracias* » en souriant, et l'obèse lui renvoya un « *De nada* » tandis qu'Atticus sortait dans la lumière crue du soleil brûlant et se retrouvait sur un trottoir d'à peine soixante centimètres de large. La grande avenue, qui s'appelait El Camino Real, était chaussée de pavés gris-bleu, et un peu plus loin se trouvaient des échoppes couleur chewing-gum qui ne paraissaient vendre que des bibelots, des cartes postales et des films Kodak. Quelques Américains étaient assis dans le square, en face de l'église de la Résurrection, ou bien se promenaient le long des devantures ombragées des boutiques de luxe à l'air conditionné.

Un taxi vert au toit blanc se gara derrière l'autocar et le chauffeur bondit hors de son véhicule, chemise au vent. Il apostropha en espagnol Atticus qui n'avait pas fait dix mètres. Une couronne en or brillait dans sa bouche.

Atticus lissa une feuille de papier qu'il avait sortie de la poche de son veston et demanda :

— *¿ Como se llega esta direccion ?* (Comment puis-je me rendre à cette adresse ?)

Le chauffeur de taxi prit le morceau de papier, prétendit déchiffrer l'écriture, pointa un doigt pour intimer à Atticus l'ordre d'attendre, puis traversa la rue au pas de course et entra dans une agence American Express pour demander à une employée de lui traduire l'adresse.

Atticus laissa errer son regard sur la place et entr'aperçut, devant la librairie Printers Inc., une belle Européenne — à moins qu'elle ne fût américaine —, foulard noir ultrachic et lunettes de soleil extravagantes. Renata ? Elle avait un corps souple de nageuse, un bronzage pain d'épices, et elle semblait venir à sa rencontre, mais le chauffeur de taxi revint à ce moment-là, accepta de transporter Atticus et empoigna aussitôt son sac de voyage.

Atticus monta dans le taxi dont la licence était au nom de Panchito Ramirez ; l'homme mit le contact et annonça :

— *Sesenta y nueve, Avenida del Mar.*

Atticus s'aperçut que *sesenta y nueve* était l'année où son quatrième puits était devenu le plus rentable jamais creusé ; il s'était dit à l'époque que sa famille serait désormais à l'abri du besoin.

Le 69, Avenida del Mar, était une rue de pavés ronds, au-delà des luxueux hôtels du bord de mer, après une côte raide comme un toboggan. Le taxi cahota en seconde jusqu'au sommet, puis s'arrêta devant un haut mur blanc et un portail entrouvert en fer forgé noir, hérissé de pointes dissuasives. Panchito sourit dans le rétroviseur à son auguste passager, dévoilant sa dent en or, et dit :

— *Cotzibaha.*

— *Cotzibaha*, répéta Atticus.

Il aurait bien voulu savoir ce que cela signifiait mais il était trop fatigué et l'espagnol refusa de lui revenir. Il régla royalement le chauffeur et descendit du taxi en prenant son sac.

Un vieux jardinier se tenait dans l'allée, un tuyau d'arrosage à la main, et des gerbes d'eau miroitantes s'abattaient en épi sur l'asphalte. Les toits pointus de la demeure étaient recouverts d'un chaume en palmes marron clair, et des pots de fleurs agrémentaient les terrasses de pierre rose. Des gonds en fer du XVIe siècle ornaient la massive porte en chêne, et le minuscule judas protégé par une grille ouvragée s'ouvrit après qu'Atticus eut martelé quatre ou cinq fois la porte d'un heurtoir griffu.

Une jolie Mexicaine d'une vingtaine d'années pointa son nez et Atticus se présenta. Elle s'effaça derrière la grille et ouvrit la lourde porte pour le laisser entrer, le prévenant en espagnol qu'elle ne parlait pas anglais. Comme elle semblait attendre des explications, Atticus déclara :

— *Yo soy el padre del señor Cody.* (Je suis le père de Mr. Cody.)

— *Sí, señor*, dit-elle, et elle posa une main sur son cœur avant d'ajouter : *Me llamo Maria. La criada.*

La bonne. Maria désigna l'escalier en parlant dans sa langue et Atticus crut comprendre qu'il devait la suivre. Il vit une cuisine en briques rouges luisantes et une salle à manger dont les portes coulissantes ouvraient sur une vaste terrasse rose et une piscine. Des tapis indiens dans des tons pastel beiges, verts, violets et bleus recouvraient le sol du vaste salon, mais celui de la salle à manger était nu, en marbre rose soigneusement poli. Des tableaux expressionnistes à la mode ornaient les quatre murs, mêlés à des affiches encadrées d'expositions du musée Guggenheim et du musée d'Art moderne de New York. Les profonds canapés et les fauteuils étaient d'un blanc crème, de même que les murs et les rideaux des fenêtres. Les propriétaires avaient fabriqué une table basse en posant une vitre teintée sur quatre chevaux en pierre qui semblaient provenir des corniches d'une église.

Atticus suivit Maria à l'étage, longea un couloir, dépassa une chambre à coucher qu'il estima être celle d'une femme, puis entra dans la pièce que Scott occupait encore deux jours plus tôt. L'odeur de son eau de Cologne raffinée flottait encore dans l'air. Un ballon de football ornait une commode Art déco assortie aux montants du lit, à la grande armoire et aux meubles de la salle de bains. Des cahiers d'esquisses, des livres de poésie, un téléphone européen et une machine à écrire IBM encombraient un bureau high-tech. Un petit meuble en verre teinté abritait une télévision à écran plat et un magnétoscope, et des rayonnages de livres rangés par ordre alphabétique occupaient tout un mur. Maria avait plié le short de sport doré de Scott et l'avait déposé soigneusement sur ses baskets couleur sable, dans le dressing. Un sous-verre sur papier brun représentait *Atticus à soixante ans* — un homme pieux, droit, autoritaire, un mètre quatre-vingts, soixante-cinq kilos à peine, l'arrière-petit-fils d'un gamin efflanqué qui était parti dans l'Ouest avec le Pony Express. Atticus sortit sur la terrasse et contempla l'eau azur qui léchait le rivage, et au loin, sur sa droite, il vit une femme frêle aux cheveux grisonnants, penchée au-dessus d'un balcon de l'hôtel *Maya*, tenant un verre de whisky à deux mains, vêtue d'un léger pyjama vert et d'une sortie de bain vert foncé que la chaude brise du soir gonflait sur son dos. Elle devait avoir son âge ; financièrement à l'aise, habituée à la solitude, trouvant un peu de repos à chaque fois qu'elle le pouvait.

— *¿ Esta bien ?* demanda Maria.

Atticus se retourna.

— Oui, ça m'a l'air d'aller.

Dans la salle de bains, Maria se baissa pour ramasser une feuille de papier qu'elle glissa dans la poche de son tablier, puis elle énuméra en sortant les noms espagnols pour la baignoire, le dressing, la télévision, et la vue des Caraïbes, et reparut avec du savon et des serviettes de toilette gris anthracite qu'elle déposa près de la machine à écrire. Elle fit le geste de manger et tendit sept doigts et Atticus comprit que le dîner était servi à sept heures.

— *Siete*, dit-il.

— *Sí, señor.*

— *Muy bien. Muchas gracias.*

Quand elle fut partie, il ôta enfin son veston, sa cravate, sa chemise, et il déballa ses affaires qu'il rangea au-dessus des vêtements de son fils, dans la commode. Atticus n'avait qu'une seule autre chemise blanche, propre, fraîche, amidonnée et pliée dans la cellophane de la blanchisserie, mais il pensait la garder pour l'enterrement. Il entra donc dans le dressing, prit sur un cintre une élégante chemise à rayures de son fils, et l'essaya. Les manches étaient trop courtes de deux bons centimètres et, autour du torse, le tissu était tendu à craquer. Il y en avait six dans le dressing, toutes pareilles, luxueuses, de coupe européenne, et une taille en dessous. Toutefois, les autres chemises américaines, Hathaway ou Arrow, étaient à sa taille. Atticus pensa demander une explication à Maria, mais il s'imagina cherchant ses mots en espagnol et renonça. Il enfila donc une Arrow blanche. Il glissa son sac de voyage sous le lit, puis s'assit pour feuilleter les livres qui traînaient sur une table basse en verre. Il y avait *L'agent secret*, de Joseph Conrad, que Scott avait lu jusqu'à la page 39, et un recueil d'écrits pré-hispaniques que Scott avait abondamment annoté. Atticus l'ouvrit à la page indiquée par le signet, mais ses yeux fatigués ne lui permirent pas de lire ; il sortit ses lunettes de leur étui et les chaussa. Un paragraphe surligné disait ceci : « Il n'y a pas de bien-être sur terre, pas de bonheur, pas de plaisir. Les anciens pensent que la terre est le lieu du plaisir douloureux, du bonheur cruel. Ils disent : "Pour que nous ne passions pas notre temps à gémir, pour que nous ne succombions pas à la tristesse, le Seigneur nous a donné le rire, le sommeil, la nourriture, la force et le courage, et finalement l'acte par lequel nous proliférons." Toutes ces choses adoucissent notre vie sur terre et font taire nos plaintes. Mais, même si c'est ainsi, même s'il n'y a que souffrance, devrait-on avoir peur ? Devrait-on être craintif ? Devrait-on se lamenter ? Ou plutôt voir qu'il y a de la vie, il y a des seigneurs, il y a l'autorité, il y a la noblesse, il y a des aigles et des tigres. Or qui prétend que c'est toujours ainsi sur terre ? Qui cherche à mettre fin à ses jours ? Il y a l'ambition, il y a la lutte, il y a le travail. On se cherche une femme, on se cherche un mari. »

Atticus pensa, *femme* ; il pensa, *mari.* « Qui cherche à mettre fin à ses jours ? » Le signet était une carte mexicaine dorée, enluminée d'un motif chatoyant mais laid. Au verso, Renata avait écrit :

Cher Scott,

J'espère que tu vas mieux. Tu ne peux pas savoir à quel point je suis désolée de te voir malheureux. Les circonstances ne nous ont pas été favorables. Tu as ta vie à vivre, et je suis prise dans une relation difficile à assumer — deux épreuves particulièrement ardues. Je crains que, pour l'instant, nous ne puissions pas nous aider mutuellement dans nos épreuves respectives. Trop de sentiments, trop d'émotions nous aveuglent...

Quand tu pourras renouer une relation amicale — car c'est tout ce que je puis t'offrir — j'espère que tu m'appelleras ou que tu m'écriras. Ton amitié m'est plus chère que tu ne sembles le penser.

Ne sois pas trop dur avec toi-même.

Je t'aime,

Renata

Atticus remit la carte dans le livre, le referma et emprunta le couloir jusqu'à la chambre de femme où des pots de crème et des boîtes de fard encombraient une coiffeuse. Il entra dans le dressing, trouva quatre ou cinq chemisiers dans la penderie, quelques jeans pliés, des jupes et des robes, un assortiment de chaussures, et une valise rigide verte fermée par une sangle rouge. Sur la poignée, un vieux coupon écorné des Mexicana Airlines indiquait un vol de Miami à Cancún.

Atticus s'approcha du lit, déplaça un oreiller, replia la couverture rose et lavande, et vit qu'il n'y avait pas de draps.

Il retourna dans la chambre de son fils, trouva le passeport de Scott et son visa mexicain égarés sur une étagère, et les rangea dans une poche de son sac, avec ses chaussettes. Puis il contempla le mobilier, cherchant quelque chose qui lui rappellerait Scott, mais ne trouva rien. Il examina le bureau, ouvrit le tiroir supérieur, vit sur un plateau en plastique des pastels et des plumes, des gommes, des mines, des encres, des couteaux tranchants comme des scalpels. C'était comme dans sa chambre, à la maison. Atticus se demanda si l'égouttoir se trouvait aussi à la droite de l'évier, dans la cuisine, et la lessive par terre, devant la machine à laver. Dans le second tiroir, il y avait des timbres mexicains, des enveloppes marron, du papier à lettres à en-tête, et un vieux carnet d'adresses vert recollé avec du Scotch. A la lettre C, Atticus trouva « Frank et Marilyn Cody », avec leur adresse et leur numéro de téléphone. En dessous, « Atticus et Serena Cody », comme s'il s'agissait de cousins ou de voisins à qui Scott envoyait des cartes postales. Feuilletant le carnet, Atticus fut exaspéré par la quantité de noms qu'il ne connaissait pas. De temps en temps, il tombait sur un entraîneur du collège qui vivait encore à Antelope, sur un professeur d'histoire de Stanford dont Scott lui avait parlé, sur une petite amie de Californie, ou sur un peintre que Scott lui avait présenté lors d'une de ses fêtes au Village, mais pour le reste le carnet fourmillait de noms inconnus, d'adresse dans des pays où Atticus n'avait jamais mis les pieds. Cela aurait aussi bien pu être le carnet d'adresses d'une relation lointaine, ou même d'un parfait étranger qui aurait connu Atticus par hasard. « Qui es-tu ? » se demanda Atticus à haute voix. Puis il rangea le carnet, quitta la chambre et descendit sur la terrasse du rez-de-chaussée, d'où des traverses de voie ferrées formaient un escalier qui menait au rivage. Il l'emprunta, et se retrouva sur le sable. Apeuré, un bernard-l'ermite évita sa botte gauche et détala en crabe vers un trou. Un œil en tête d'épingle le fixa un instant, puis la grosse pince balaya vivement l'entrée du trou et le bernard-l'ermite s'enfouit dans le sable qui s'éboulait.

« Comme Scott, qui me cache tout depuis son enfance », songea Atticus. Il remonta sur la terrasse et s'étendit péniblement sur une chaise longue blanche, noua ses doigts sous sa nuque, et paressa dans la fraîcheur de la brise marine tandis que la nuit tombait rapidement. Il entendit Maria dans la cuisine, s'efforça de faire le vide, mais ne cessa de penser et de repenser à son fils.

Maria lui servit une salade sans piment, puis s'activa hâtivement dans la cuisine ; elle sortit du linge de la machine à laver et le mit dans le séchoir, puis défit son tablier sitôt après avoir débarrassé la table. Elle semblait pressée de partir. Elle s'arrêta sur le seuil de la salle à manger et lança sans joie :

— *Buenas noches, señor.*

La seule phrase qui vint à l'esprit d'Atticus fut :

— *Hasta mañana.*

Maria hocha la tête et rectifia :

— *Hasta lunes*, puis elle pointa le sol et précisa : *Aqui, lunes.*

Voyant qu'Atticus ne comprenait pas, elle bredouilla en anglais :

— Ici, loundi.

— Vous avez été payée ? s'enquit Atticus.

Elle le fixa d'un œil vide.

— *¿ Tiene usted dinero ?* essaya Atticus.

— Escott, lui paie moi *hasta marzo*, fit-elle vivement.

— Jusqu'au mois de mars.

— *Sí, señor.*

Atticus acquiesça en levant le pouce, et Maria sortit. Il resta seul dans la salle à manger tandis que la nuit enveloppait peu à peu la pièce. Un grattement métallique régulier provenant du séchoir l'irrita suffisamment pour qu'il se lève, plonge une main dans l'air chaud et farfouille dans les vêtements encore humides jusqu'à ce qu'il trouve une clef plate avec une étiquette en plastique marquée du chiffre 13. N'ayant aucune idée où Scott rangeait les clefs, il redémarra le séchoir et jeta la clef dans un tiroir de la table de la cuisine où des piles roulèrent contre des outils et des coupures de journaux froissées. « Tu deviens maniaque en vieillissant », songea Atticus, qui trouva son *Berlitz* et l'emporta dans la salle à manger où il l'étudia jusqu'à ce que le livre lui tombe des mains. Il n'arrêtait pas de se dire qu'il devrait téléphoner à Renata ou à ce consul américain, ou au moins se mettre en rapport avec la police mexicaine, mais il avait épuisé ses batteries. Et puis il était si bon de rester assis, bercé par la musique de fête qui provenait de l'hôtel, et par la mer qui léchait le rivage avec un grondement qui lui rappelait le bruit du maïs ruisselant dans l'auge du bétail. L'hiver au Colorado, les chevaux dans leur stalle, et Scott allongé à plat ventre qui regardait, fasciné, son frère aîné coller ses maquettes de voitures de course. Il y avait de cela une éternité.

La sonnerie du téléphone réveilla Atticus, qui s'aperçut avec surprise qu'il s'était endormi. Il se leva, raide, de sa chaise, repéra le téléphone, mais quand il décrocha et dit : « Allô ? », il sursauta en entendant la voix préenregistrée de Scott : « Salut. Vous connaissez la manip, laissez votre nom et votre numéro ; je vous rappelle. » Atticus attendit le message en tremblant, mais la personne qui avait appelé n'était plus au bout du fil. Cependant, la lumière verte du répondeur clignotait, et Atticus en déduisit qu'il y avait d'autres messages.

Il rembobina la cassette et l'écouta. Son visage changea comme la page d'un livre qu'on tourne lentement en entendant une douce voix masculine à l'accent étranger dire : « *Hola*, Scott. Tu es à la fête avec Renata ? Amuse-toi bien. J'ai horreur des noubas et, d'ailleurs, j'ai de la lessive à faire. Ne t'inquiète pas, j'ai ma clef. On peut se voir à la Bancomex demain à dix heures ? »

Il y eut une tonalité, puis la voix de Renata : « Ohé ? Si tu es encore là, il y a une fête chez Stuart. Tu veux venir ? A plus. »

Mercredi soir. Atticus allait effacer les messages mais il se dit qu'il valait mieux les conserver, sans trop savoir pourquoi. Il avait mal au cou et des fourmis dans le bras droit. Il alla dans la cuisine rutilante et ouvrit une bouteille d'*agua mineral* glacée. L'accent étranger du premier message le poursuivait : *ch'ai* pour j'ai, *foir* pour voir ; la voix masculine martelait chaque syllabe comme si elle battait un serpent à coups de baguette. Maria avait suspendu son tablier à un crochet au-dessus d'une serpillière, d'une pelle et d'un balai en paille verte. Atticus glissa deux doigts dans le tablier et pêcha le morceau de papier qu'elle avait ramassé sur le tapis bleu marine de l'étage. C'était un ticket de caisse, datant du lundi, de la *farmacia* de Calle Hidalgo. Atticus ne connaissait pas les médicaments en question, mais se dit qu'il aurait dû. Le prix en pesos correspondait à quarante dollars. Atticus plia le ticket et le rangea dans son portefeuille.

Dans une corbeille, sur la table de la cuisine, il trouva une photo de Renata et de Scott au milieu d'une demi-douzaine de personnes qu'il ne connaissait pas, joyeusement réunis dans la salle à manger autour d'une table jonchée de victuailles et d'une cinquantaine de verres peut-être, avec sous la table des bouteilles de champagne au frais dans un bac à glace d'où tombaient des gouttelettes d'eau qui formaient des taches sombres sur le tapis indien rose et bleu. Atticus leva les yeux de la photo et scruta le plancher. Le tapis indien n'était plus là. Il y avait une deuxième photo sous la précédente ; du sable blanc comme le sel, un soleil haut qui enflammait la mer d'azur, une vieille Volkswagen rouge vautrée dans l'ornière creusée par ses pneus, une portière grande ouverte comme si la radio marchait à l'intérieur. A cinq mètres de l'objectif, Scott était accroupi, nu, au milieu d'un château de sable d'une architecture toute personnelle, dont les tours étaient des bouteilles de bourgogne vides. A sa gauche, Renata Isaacs était allongée, son corps nu offert aux caresses du soleil, un bras posé sur ses yeux, dévoilant sa poitrine insignifiante, qu'il trouva pourtant superbe, et ses cuisses pain d'épices relevées, de sorte que le sable blanc si fin en poudrait l'intérieur et suggérait l'ombre de son sexe.

Atticus ferma les yeux et tenta de tuer ses pensées, mais elles continuèrent à le hanter quand il reposa les clichés dans le panier et qu'il empoigna la bouteille verte et glacée d'*agua mineral*.

Elle arriva vers vingt et une heures. Entendant le moteur de la Volkswagen, Atticus alla ouvrir en pyjama et en chaussons avant que Renata n'ait le temps de frapper à la porte d'entrée. Elle parut gênée de l'avoir réveillé. Les yeux rougis, il passa sa main dans ses cheveux grisonnants ébouriffés. Des chiens aboyaient dans l'avenue ; en jean moulant et pull irlandais aux manches retroussées, Renata resta indécise sur le trottoir en briques. Elle l'appela par son prénom, puis poussa un cri de douleur et de désespoir et se jeta dans ses bras avec la liberté d'une épouse. Elle pleura cinq bonnes minutes, tandis qu'Atticus lui tapotait les cheveux. Il la tint ainsi, précautionneusement.

Elle se dégagea finalement, essuya du poignet ses yeux voilés de larmes, puis sourit, honteuse.

— J'aurais voulu éviter ça.

— Veux-tu bien te taire, dit Atticus.

Il la fit entrer et monta aussitôt enfiler sa robe de chambre écossaise.

Quand il redescendit, Renata fouillait dans le buffet de la salle à manger. Elle trouva une boîte d'allumettes et alluma les bougies.

— Je n'aime pas la lumière électrique, et vous ?

Atticus ne s'engagea pas. Sans le quitter des yeux, elle éteignit l'allumette d'un geste large et la remit dans la boîte.

— Depuis hier, je cherche des raisons de me plaindre.

— Et tu n'en trouves pas d'assez bonnes.

Renata régla le variateur pour diminuer la lumière.

— Au moins, ça fait plaisir de vous revoir, sourit-elle.

— Pareil pour moi.

Elle tira une chaise et s'assit à ce qui semblait être sa place habituelle, et Atticus s'installa en face d'elle.

Elle n'était plus aussi jolie que lorsqu'il l'avait rencontrée quatorze ans plus tôt. Elle paraissait fatiguée et meurtrie, avec des rides et un début de pattes-d'oie, et ses longs cheveux blonds savamment décoiffés se teintaient de gris. Mais elle avait encore le visage d'une actrice des années 40, un visage à tomber amoureux, un visage à la Vivien Leigh, ou à la Gene Tierney. Assise là, les coudes sur la table de la salle à manger, avec un air de consentement dans ses yeux couleur tabac, Renata semblait si affectueuse qu'Atticus se surprit à lui sourire béatement comme un père.

— Ça fait plaisir de te voir, dit-il.

— Pareil pour moi. On n'arrête pas de dire ça.
— Comment tu encaisses ?
— Bien.
— Tu dors ?
— Euh... (Elle essaya de sourire.) J'espérais que vous viendriez. J'ai essayé de vous téléphoner hier pour vous demander de venir, mais la ligne était toujours occupée.
— Des amis qui appelaient.
Elle appuya sa joue sur sa main et tapota une bougie bleue ; la flamme tremblota puis s'éleva de nouveau.
— C'est toi que j'ai aperçue à la librairie, cet après-midi ?
Renata se figea, inexpressive.
— Je n'étais pas sûr que c'était toi. Tu avais des lunettes de soleil.
— Oh, je suis désolée. J'étais préoccupée.
— C'est ce que j'ai pensé.
— Votre voyage s'est bien passé ?
— Ma foi, les gens sont sympas, ici ; ils font leur possible pour aider.
— Et comment prenez-vous les choses ?
— Je ne sais pas. Je suis triste. Il me manque. Je lui en veux d'avoir fait ça, et je m'en veux de ne pas avoir réussi à l'en empêcher.
Atticus imagina son fils baignant dans une mare de sang. Il s'essuya les yeux du creux de la paume, et pinça les lèvres pour les empêcher de trembler.
— J'ai pleuré toutes les larmes de mon corps, déclara Renata.
— On s'y fait, soupira Atticus. Mais ça fait mal quand même.
— Je sais.
— Tu n'as jamais pensé à avoir des enfants, Renata ?
Elle secoua la tête.
— Je voulais dire plus tard.
— J'avais compris.
— Les enfants vous aident à oublier. Ils vous font revivre.

Ah, s'il n'y avait pas cette maudite responsabilité ! On a passé notre vie à s'inquiéter pour nos fils. Même pour un petit bobo, je me faisais du souci.

— Scott vous aimait beaucoup, dit Renata.

— Il était tout pour moi. J'espère qu'il le savait.

Atticus ramena sa robe de chambre sur sa veste de pyjama.

— Je ne voudrais pas qu'il ait fait ça sur un coup de tête. Je préférerais qu'il ait réfléchi.

Renata parut ailleurs, comme si elle écoutait une conversation à voix basse dans une pièce voisine. Puis elle dit :

— Je n'étais pas dans ses confidences, ces derniers temps. Il y avait une certaine distance entre nous.

— Tu dormais ici de temps en temps, n'est-ce pas ? Avec Scott ?

Elle hésita avant d'admettre :

— Nous avions un arrangement.

— Stuart et toi.

Elle hésita encore, puis acquiesça.

— Je l'ai su parce que j'ai vu tes habits dans la penderie. Et il n'y a pas de draps dans le lit de la chambre d'amis.

— Il n'y avait pas que moi. Scott avait pas mal d'aventures.

— Des aventures ?

— Avec des étudiantes qu'il draguait sur la plage. Des secrétaires en goguette. Nous vivons tous en marge, ici. Nous établissons les règles au fur et à mesure.

Le front soucieux, Atticus contempla le vase d'orchidées sur le buffet. L'eau croupie verdissait.

— Scott m'a donné l'impression que vous alliez vous remettre ensemble.

— Oh, c'est beaucoup dire, soupira-t-elle. Nous étions en bons termes. Mais c'est surtout lui qui voulait renouer.

Atticus observa Renata sans un mot ; elle évita son regard et détourna les yeux vers la cuisine.

— Le chauffeur de taxi avait l'air de connaître la maison, dit Atticus après un silence. Il l'appelait *cozy-* quelque chose.

— *Cotzibaha.* C'est un terme maya honorifique qui signifie « la maison de l'artiste ».

— Scott était connu à ce point ?

— Il s'est passionné pour les indigènes quand il est arrivé ici, la première fois. Il traînait avec Eduardo, un shaman. Il donnait de l'argent aux Mayas. Il s'est vite acquis une sorte de célébrité.

— Oui, j'imagine.

Atticus examina les cals de ses mains et en gratta un de son pouce.

— Autre chose. Est-ce qu'il plaisantait, ou est-ce que c'est vraiment la maison d'un criminel ?

Renata s'esclaffa.

— Marty ? Marty est dans l'immobilier à Chicago.

— Ah, je vois.

— Vous parlez comme un détective.

— C'est que... (Il étouffa un bâillement.) Tu veux du café ? Une bière, peut-être ?

— Oui, je veux bien.

Atticus allait se lever, mais Renata le devança.

— Ne bougez pas, j'y vais.

Elle prit une Corona dans le réfrigérateur et fouillait dans le tiroir à la recherche d'un ouvre-bouteilles quand elle tomba sur les photos. Elle lança un regard vers Atticus et comprit qu'il l'avait vue nue.

— Seigneur ! s'exclama-t-elle. Vous les avez trouvées ! (Elle s'empourpra en détaillant sa pose impudique.) Dieu que j'ai honte !

— Du tout. C'est moi qui m'excuse. Je ne te juge pas pour autant. Je n'aurais pas dû regarder.

— Tout de même, ça me contrarie.

Elle remit les photos dans la corbeille et rougit de nouveau en revenant s'asseoir. Elle but la moitié de la bière au goulot et reposa la bouteille devant elle.

— C'est Stuart qui les a prises ?

— Nous n'étions pas un *ménage à trois*[1], si c'est à ça que vous pensez.

Atticus s'ébouriffa les cheveux.

— J'ai l'impression que ma culture présente certaines lacunes, dit-il.

— Nous ne formions pas un trio, précisa Renata en souriant.

— Oh ! fit Atticus, qui rougit. Tu me déboussoles.

— Cela se voit.

— Euh... ces photos... je cherchais simplement... je voulais juste comprendre.

Elle se rembrunit, puis finit par déclarer d'un ton neutre :

— Malheureusement, il n'y a pas grand-chose à comprendre.

Elle lui expliqua qu'elle avait vu Scott le mercredi après-midi. Elle revenait de l'atelier d'un ami au collège américain, où elle avait posé nue pour une séance de peinture.

— Nous avions besoin d'argent, se justifia-t-elle.

— Nous ?

— Euh, seulement moi, bien sûr. Ma langue a fourché.

— Tu hériteras de vingt-cinq mille dollars. Frank a vu son testament.

— Vraiment ? Comme c'est gentil de sa part !

Elle parut réfléchir, puis son expression changea et elle passa une main dans ses cheveux.

— Je continue ?

Elle avait accompagné Scott au *Scorpion* à cinq heures et Stuart les avait rejoints une demi-heure plus tard. Scott leur avait à peine parlé, se bornant à boire comme si l'ivresse était un but en soi. Le mercredi était jour de fête et il y avait une soirée en faveur des enfants pauvres au *Marriott* où on payait vingt dollars pour manger mexicain dans des assiettes en carton, et où Renata et quatre Américains avaient lu *La Nuit de l'iguane* de Tennessee Williams. A un moment donné, elle

1. En français dans le texte. *(N.d.T.)*

avait levé les yeux du manuscrit et vu Scott assis dans le fond de la salle, un plein pichet de margarita à la main ; il buvait comme un collégien, et elle était tellement en colère après lui qu'elle ne lui avait plus adressé la parole de la soirée. Puis elle l'avait perdu de vue ; ensuite, il y avait eu une fête impromptue dans la villa de Stuart, et, comme elle regrettait de s'être emportée, elle avait essayé de lui téléphoner. Il n'était pas là, et elle lui avait laissé un message sur le répondeur. Tard dans la nuit, Scott lui avait téléphoné pour lui dire qu'il avait oublié où il avait garé sa Volkswagen, mais qu'il pensait qu'elle était dans le square. Pouvait-elle la récupérer pour lui ? Il avait expliqué qu'il finissait un truc dans la *Casita* où il peignait, dans la jungle.

— Quelle impression t'a-t-il laissée ?

— Il était saoul, tourmenté et fatigué. Je lui ai proposé de passer parce que j'ai senti qu'il avait besoin de moi, mais il a insisté pour avoir la paix pendant quelques jours. (Les yeux de Renata s'emplirent de larmes.) Je n'arrête pas de repasser notre conversation dans ma tête, et je ne trouve rien qui aurait pu me faire penser qu'il allait faire une chose pareille.

Raide comme un bloc de glace, Atticus l'écoutait intensément, les yeux rivés sur ses chevilles blanches croisées, lisses du moindre poil.

— Pourtant tu y es allée, même s'il t'avait demandé de le laisser seul.

Renata expliqua qu'elle devait ouvrir la librairie de Stuart le lendemain matin parce que Stuart avait rendez-vous avec un grossiste. A l'aube, elle était allée au *jardín*, et avait trouvé sans difficulté la voiture de Scott. Même saoul, il aurait dû tomber dessus. Prise d'un doute, plutôt que d'ouvrir la librairie, elle était allée chez Scott. Le fusil traînait par terre, et Scott était assis dans un gros fauteuil à oreilles en cuir vert. La balle lui avait arraché la moitié de la figure.

— Il était mort depuis longtemps ?

— Je ne sais pas.

— Il avait laissé un mot, quelque chose ?

— Il avait écrit sur son carnet d'esquisses : « Ce n'est la faute de personne. »

Atticus se répéta plusieurs fois la phrase.

— Bon sang, je me sens déjà mieux. Pas toi ? On est dégagé de toute responsabilité, non ?

Renata lui prit la main.

— Il n'a pas réfléchi, dit-elle.

Accablé de chagrin, Atticus ne réussit qu'à articuler :

— On ne l'a pas élevé pour qu'il...

Il ne put achever. Il enfouit son visage dans ses mains et éclata en sanglots.

Renata se leva, vint l'enlacer et pressa sa joue contre ses cheveux.

— Il nous en a fait voir, dit-elle. Et je vous assure qu'il n'en était pas conscient. Il était bien trop insouciant. Il était trop égoïste pour imaginer à quel point il faisait souffrir ses proches.

Atticus se redressa péniblement, lui tapota la main, et dit :

— Tu devrais rentrer, maintenant. Il est tard.

— Ça vous ennuie si je reste ?

— Comme tu voudras.

Elle se dégagea, et posa une main sur l'épaule d'Atticus.

— La messe aura lieu à midi, dit-elle. Pour l'instant, il faudra l'enterrer au Mexique.

— Je veux ramener son corps pour qu'il repose dans le caveau familial, à Antelope.

— C'est sans doute possible, mais cela prendra du temps. Stuart vous aidera à graisser la patte aux officiels. On peut acheter quasiment tout le monde, ici. On appelle ça *la mordida*, la morsure.

Atticus contempla la lune qui se reflétait sur la mer.

— Et la police ? demanda-t-il. Il y a eu un rapport de police ? Une enquête ?

— Il ne faut pas trop en attendre. Quand il s'agit d'un Américain, la police mexicaine ne bouge pas le petit doigt, sauf si notre gouvernement fait pression. Et ça m'étonnerait qu'il intervienne. En outre, il n'y a pas de coroner, pas d'autopsie ; peut-être une enquête pour la forme, et encore. Un suicide, c'est assez banal pour les Mexicains.

— Un suicide, fit Atticus, puis il plongea dans un silence rêveur.

Quand il releva la tête, il s'aperçut que Renata était déjà montée se coucher.

Beaucoup plus tard, Atticus fut réveillé par une discussion pleine de K et de T propres au maya. Après avoir enfilé sa robe de chambre et ses chaussons, il descendit quelques marches et se baissa pour regarder vers la salle à manger éclairée aux chandelles. Quatre *campesinos* en chemise et pantalon blancs jouaient au poker comme s'ils étaient chez eux et buvaient au goulot d'une bouteille de Jameson qui circulait à la ronde. Un gros Maya curait sa pipe avec un clou et versait les miettes de tabac dans une tasse en porcelaine. L'un d'eux abattit un valet de cœur sur la table d'une main rageuse. Un petit homme d'une quarantaine d'années, cheveux flottants et casquette de base-ball des Padres, se retourna et dévisagea d'un air solennel Atticus qui battit en retraite.

La lumière brillait dans la chambre de Renata et la porte était entrouverte. Quand il était encore au collège, c'était l'heure à laquelle Scott peignait avec fougue ; la stéréo jouait en sourdine des chansons d'Edith Piaf ou de Bob Dylan, et des relents de térébenthine et de Malboro empestaient le couloir.

Atticus frappa doucement à la porte de Renata.

— *¿ Quien es ?* (Qui est-ce ?)

— C'est moi.

— Ah, vous aussi ?

Il la trouva assise sur le lit, son kimono rose largement ouvert, un livre de Shakespeare sur le ventre. Elle tenait à la main une bouteille de Corona à moitié vide. Elle s'amusa de ce que son regard captait de sa nudité, et sourit franchement quand il détourna les yeux.

— Vous avez vu ses amis ? demanda-t-elle.

— J'ai jeté un œil. Lequel d'entre eux est Eduardo ?

Elle parut surprise.

— Vous avez bonne mémoire. C'est celui qui a la casquette des Padres, je crois. (Elle avala une goulée de bière et se rafraîchit le cou avec la bouteille.) Scott avait l'habitude d'aller dans leurs cahutes, dans le *barrio*, il mangeait avec eux de la viande de chien et d'iguane, il attrapait leurs horribles maladies, mais il y retournait dès qu'ils l'invitaient. Il se vantait d'avoir été intronisé Maya d'honneur. (Elle sourit.) Vous ne pensez pas qu'ils se moquaient de lui, j'espère ?

— Euh, il a toujours été très sociable.

— On peut dire qu'il a tout essayé, fit Renata, rêveuse.

— Qu'est-ce qu'il y a, en bas ? Une sorte de veillée funèbre ?

— D'après ce que j'ai entendu, ils prétendent qu'un ami a joué un bon tour à la vie et ils fêtent dignement l'événement. (Elle but de la bière et posa la bouteille sur le matelas.) Leurs cérémonies auront lieu dans un an, quand ils enterreront de nouveau le corps. Alors, seulement, ils laisseront éclater leur tristesse.

Atticus jeta un regard vers le réveil, à côté du lit. Deux heures passées.

— L'aube va bientôt se lever, remarqua-t-il.

— Vous savez ce que veut dire « Atticus » ? C'est Scott qui me l'a dit. Simplicité, pureté et intelligence.

— Ce garçon adorait raconter n'importe quoi.

— Vous êtes vraiment des cas intéressants, tous les deux. Vous, vous êtes le modèle formidable qu'il idolâtre et qu'il s'évertue à ne pas imiter. Et lui, c'est ce que vous seriez devenu sans toutes vos bonnes habitudes, toutes vos règles et vos restrictions.

— J'avais oublié. Tu as étudié la psychologie.

Renata rougit et porta la main à son visage.

— Je viens de réaliser : j'ai parlé au présent.

— Pas facile de faire autrement, dit-il.

— Vous voulez que je vous lise un passage ? demanda Renata, puis prenant son silence pour un acquiescement, elle ouvrit *Le Roi Jean* et lut : « *Le chagrin emplit la chambre de l'absence de mon fils, se couche dans son lit, m'accompagne dans mes promenades, prend ses jolis traits, répète ses mots, me rappelle ses attitudes gracieuses, l'habille de ses formes multiples.* »

Elle referma le livre, et récita, les yeux chargés d'une infinie tristesse :

— « *Alors, je trouve un motif pour aimer le Chagrin.* »

III

En pyjama, Atticus alla boire son café au bord de la piscine. Les carreaux de terre cuite étaient frais sous ses pieds, mais l'air salé était aussi chaud que dans une serre. On apercevait au loin un cargo gris qui avançait si lentement qu'on l'aurait cru au mouillage, et un bateau de pêche au gros plein d'Américains à lunettes de soleil se dirigeait vers le Gulf Stream. Le long des plages de sable blanc comme du sel, des petits Mexicains en uniforme d'hôtel dépliaient des chaises longues, ouvraient des parasols, et installaient les drapeaux rouges en plastique qui signalaient le courant avec le mot *peligroso.* Une hirondelle passa à tire-d'aile et vint se poser sur la balustrade du balcon de la chambre de Scott. Elle inclina sa tête sur le côté, piocha un mégot dans un cendrier, puis s'envola et le mégot roula le long de la balustrade. Le montant des portes coulissantes qui séparaient la terrasse de la salle à manger présentait une égratignure et une entaille récente près du verrou, comme s'il avait été forcé avec une pointe ou un pied-de-biche. Des voleurs, songea Atticus, ou plus probablement son fils qui avait oublié les clefs de la porte d'entrée.

A l'étage, l'eau de la douche crépitait. Atticus finit son café, puis rentra et alluma le gaz sous la cafetière en verre. Des murmures et des bruits de vaisselle l'avaient réveillé à l'aube quand les Mayas avaient nettoyé la maison après leur veillée funèbre. L'un d'eux avait posé la bouteille de Jameson sur le rebord rouge de la fenêtre de la cuisine. Il y avait des oranges dans un filet à provisions rose, près du réfrigérateur ; des casseroles en cuivre pendaient au-dessus de la cuisinière. Atticus ouvrit un tiroir bourré de flacons d'épices et de vitamines, parmi lesquels il trouva un sachet en plastique rempli d'herbe finement hachée, sans doute de la marijuana. Il soupira, puis mit une tranche de pain de mie dans le toaster. La résistance vira à l'orange ; par les persiennes en bois de la fenêtre au-dessus de l'évier, Atticus aperçut une vieille Volkswagen rouge qu'il n'avait pas vue la veille. Des carnets de croquis, des tubes de peinture et des toiles enroulées encombraient les sièges. Le pain bondit hors du toaster, et Atticus le tartina de confiture en pensant : « Il faudra faire un inventaire. » Le café se mit à frémir. Atticus ferma le gaz, remplit sa tasse et erra dans la salle à manger en buvant à petites gorgées. Un tube de rouge à lèvres se dressait sur le buffet. Il n'y était pas auparavant. Les Mayas l'avaient sans doute trouvé par terre en faisant le ménage. Atticus ôta le capuchon ; le bout rouge sang s'effritait, et il vit une légère trace de rouge sur le miroir de la salle à manger qui lui faisait face.

Une Renata douchée de frais descendit l'escalier d'un pas sautillant dans son kimono rose.

— J'adore votre pyjama, dit-elle.

Elle se faufila devant lui, prit quatre oranges dans le filet à provisions et sortit un couteau du râtelier en bois, à côté de la cuisinière.

— Bonjour, fit Atticus.

— Même chose à vous, marmonna Renata.

Ses cheveux ébouriffés encore mouillés s'insinuaient sous son col. Ses yeux étaient bouffis de sommeil. Elle coupa les oranges en deux et les enfonça dans le presse-fruits, puis actionna le levier plus fort qu'il n'était nécessaire.

Elle essuya son verre sur la soie de son kimono.

— Que diriez-vous d'un peu de jus d'orange ?

— J'en ai déjà pris.

Renata avala une longue gorgée, puis claqua le couteau dans le râtelier.

— Drôle de journée, fit-elle.

Atticus essuya une goutte qui perlait du robinet d'eau chaude.

— J'ai cherché son portefeuille, dit-il. J'imagine que la police l'a gardé.

— Je n'en sais rien.

— J'ai trouvé ce bâton de rouge à lèvres.

Elle l'examina.

— Oh, merci, fit-elle, et elle le fourra dans la poche de son kimono.

— Ce n'est pas ma couleur.

Elle sourit faiblement.

— Vous êtes davantage « Printemps », n'est-ce pas ? dit-elle.

— J'essaie.

Un silence flotta dans la pièce comme de la fumée de cigarette.

Atticus finit par demander :

— Il y a eu un cambriolage, ou quoi ? On dirait que la porte a été forcée.

Renata se plongea dans ses réflexions, puis avança :

— C'est ça ou bien il a perdu ses clefs. Ça arrive souvent aux ivrognes.

— Il buvait beaucoup ?

Elle porta le verre à ses lèvres.

— Peut-être seulement quand j'étais là.

— Pourquoi ?

Elle finit son jus d'orange avant de répondre.

— J'ai horreur de ça.

— Horreur de quoi ?

Elle posa ses mains à plat sur le comptoir de la cuisine, et parut réviser ce qu'elle s'apprêtait à dire. Mais la porte d'entrée s'ouvrit et une voix masculine lança :

— *¡ Hola !*

— C'est Stuart, glissa Renata avec des airs de conspirateur, puis elle cria : Dans la cuisine !

Stuart Chandler était un grand Anglais de l'âge d'Atticus, avec une crinière blanche qu'il coiffait en arrière avec du gel, une peau trop bronzée, des yeux verts perspicaces et impatients. Vêtu d'un élégant blazer noir, assorti d'un pantalon blanc à pli et de *docksides* blanches, il avait l'air d'un yachtman ; il erra dans la cuisine comme s'il voulait parler au chef. Il sourit à Renata, puis serra la main d'Atticus avec une poigne d'acier en annonçant son nom comme un homme qui a l'habitude des mondanités.

— J'aurais préféré vous rencontrer dans des circonstances plus agréables, Mr. Cody. J'ai moi-même trois grands fils, et je crois comprendre ce que vous ressentez. Je vous présente mes plus sincères condoléances.

— Je vous remercie.

— Vous tenez le coup ?

— Ma foi, oui.

Atticus remplit sa tasse.

— Superbe pyjama ! s'extasia Stuart.

— Je ne cherche pas les compliments. Vous voulez du café ?

— Non, merci. Le tabac est mon seul poison. (Stuart couva Renata d'un regard affectueux.) Ça va, chérie ?

Renata rougit, puis assura qu'elle allait bien. Elle posa son verre de jus d'orange dans l'évier.

— Renata me disait hier soir que vous pourriez m'aider à rapatrier le corps de mon fils, déclara Atticus.

— Bien sûr, mais il faudra d'abord affronter cette bureaucratie ridicule. Nous enterrerons Scott aujourd'hui, mais je compte sur une intervention de l'ambassade des États-Unis à Mexico. J'ai des relations mais aucun pouvoir, hélas. Et nous avons besoin d'une autorisation pour l'exhumer. J'ai eu un coup de fil de... Frank ?

— Oui, Frank.

— Nous en avons parlé ce matin même. Nous sommes tombés d'accord. Vous pouvez rentrer au Colorado ce soir, je serai heureux de me charger de rapatrier le corps à Antelope.

— Je m'en occuperai, dit Atticus. Je ne suis plus un enfant. Je n'ai besoin de personne pour rapatrier le corps de mon propre fils.

Stuart s'adressa à Renata :

— Oh, tu m'as trouvé paternaliste ?

— Stuart voulait dire...

— Peu importe, coupa Atticus.

Stuart le fixa d'un œil pénétrant.

— On nous attend au dépôt mortuaire, dit-il. (Et avec la rudesse de celui qui a l'habitude d'être obéi, il ajouta :) Vous feriez mieux de vous changer.

Atticus était assis à côté du conducteur dans un break Dodge climatisé que Stuart Chandler dirigeait avec précaution sur une route aussi mal entretenue qu'un chemin de traverse. Atticus avait revêtu une chemise blanche raide comme du carton, une cravate en soie grise, un costume en cachemire noir dans lequel il aurait trop chaud avant midi, et chaussé ses bottes en lézard luisantes. Stuart avait baissé sa vitre de quelques centimètres pour ne pas incommoder son passager avec sa cigarette, et il détournait la tête pour exhaler la fumée. Atticus avait épuisé les sujets de conversation. Il tenait son feutre gris à la main et lissait les pointes grises de sa moustache en scrutant le *centro*.

Des immeubles verts et roses s'élevaient de chaque côté de la rue, et un soleil brûlant inondait les murs d'une lumière blanche comme de la neige. De vieilles femmes assises à l'ombre des porches surveillaient des enfants faméliques. Des chiens efflanqués couraient après le break et sautaient jusqu'aux vitres sous le regard courroucé d'Atticus.

— Atticus ? fit Stuart.

— Oui.

— Comme s'appelle le père dans...

— *Du silence et des ombres.*

— Ah, on vous l'a déjà dit.

— Jusqu'aux années 50, mon nom passait inaperçu.

— Je vous promets de me taire, assura Stuart.

Il engagea la voiture dans El Camino Real et dut freiner à cause d'un homme jovial qui poussait une charrette de *frijoles.* Stuart jeta sa cigarette dans la rue.

— J'ai été citoyen des États-Unis jusqu'en 1962, dit-il. La première fois que je suis venu ici, c'était comme spécialiste de l'art précolombien pour Sotheby's. Vous connaissez Sotheby's, Mr. Cody ?

— La salle des ventes.

— C'est ça. Eh bien, pour être franc, figurez-vous que j'ai été viré, et c'est ce qui pouvait m'arriver de mieux. Comme j'étais au chômage, un ami m'a demandé si cela m'intéressait de reprendre une petite boutique mexicaine qui vendait des livres de poche en anglais. Et je suis tombé amoureux de l'endroit.

Stuart parut se désintéresser du sujet. Une minute plus tard, il déclara :

— Ah, l'amour, quelle source de problèmes !

Devant une boutique, une indigente vêtue d'une robe rose crasseuse enveloppait des tortillas de maïs dans du papier journal. Un frêle vieillard gravissait une côte, portant sur son dos des fagots soutenus par une courroie enroulée autour de son front.

Stuart faisait des efforts pour alimenter la conversation.

— Cela fait maintenant cinq ans que je suis le consul américain du coin, dit-il.

— C'est un bon poste, non ?

— Eh bien, ce n'est pas tant le poste que la position sociale. Et je ne suis pas payé, bien sûr, ce qui est dommage.

— Vous devriez être fier.

— Ne m'y poussez pas. Nous avions un chef de la police, le *jefe*. Il est à la retraite, maintenant, mais savez-vous d'où il venait ? D'Omaha ! La ville a basculé dans l'enfer depuis son départ. Omaha n'est pas loin de Denver, n'est-ce pas ?

— Huit heures en voiture, à condition de rouler vite.

— Ah, la géographie et moi ! (Stuart fixa la route.) Ici, la chambre de commerce comporte quatorze membres qui viennent d'Europe, du Canada ou des États-Unis contre seulement trente Mexicains. Si vous allez à l'hôpital, vous constaterez que pas moins d'un quart des médecins et des infirmières ont fait leurs études aux USA. Et le principal du lycée vient de Williams College, dans le Massachusetts. Nous sommes comme les Romains en Palestine, comme les Anglais aux Indes. Nous représentons moins de dix pour cent de la population, mais nous payons soixante-douze pour cent des impôts. Alors, on nous bichonne. (Stuart scruta attentivement la rue et s'exclama :) Holà ! (Il freina, baissa complètement sa vitre et dit :) Mon mendiant.

Un unijambiste s'avançait vers la voiture en se balançant sur ses béquilles. Ses yeux gris acier percèrent Atticus, puis se posèrent sur Stuart, et il tendit la main par la vitre baissée. Stuart lui dit quelques mots en espagnol, lui donna un demi-dollar en pesos, et remonta sa vitre. L'unijambiste se signa et lança des mots en espagnol tandis que Stuart s'éloignait.

— Hector prie pour moi, expliqua-t-il, des paroles douces à l'oreille, un poème disant que le Ciel prenait bonne note de ma charité. C'est idiot, bien sûr, mais dans un pays pauvre on doit donner aux mendiants, et moi, j'ai choisi Hector.

Stuart actionna son Klaxon ; un gamin s'écarta en courant ; serrant un ballon de football sur sa hanche, il regarda passer la Dodge. Stuart sourit.

— Vous voyez comme Hector m'attendait ? Ce matin, il a déjà dû passer chez moi. Quelle fidélité ! J'espère que je m'enfuirai un jour avec lui. Nous flotterons sur un radeau lumineux dans la baie de Campeche.

Stuart descendit la rue Cinco de Mayo, puis emprunta une allée verdoyante ombragée et s'arrêta dans un parking poussiéreux, derrière une entreprise de pompes funèbres appelée Cipiano.

— Vous vous sentez de taille ? demanda-t-il en ouvrant la portière.

— Il faut bien.

Stuart sortit, puis se retourna et passa sa tête par la portière.

— Vous pouvez rester dans la voiture, si vous préférez. Ou m'attendre à la *parroquia*[1]. Renata sera bientôt là.

Atticus descendit de la Dodge et claqua la portière.

— Allez-y, dit-il. Je vous suis.

L'intérieur du magasin rose était frais et humide comme chez un fleuriste. Une femme grassouillette dans une robe droite vert pomme retroussée sur ses cuisses arrosait le sol au jet, et quatre hommes au teint cuivré, chapeau de paille et chemise en Polyester à boutons pression, se tenaient de chaque côté d'un cercueil peint en noir qui ressemblait davantage à une armoire à trousseau. Des soleils levants, des faisans, des papillons et des fleurs étaient taillés dans le bois tendre. Sur le cercueil, dans un cadre en cuivre, reposait une image du Sacré-Cœur de Jésus à l'intérieur d'une couronne d'épines. Un colosse, costume en rayonne, cheveux ondulés lourdement pommadés, poussa un prie-Dieu à travers la pièce, l'arrêta à la tête du cercueil, et, devinant en Atticus le père du défunt, désigna le siège d'une main.

Atticus ôta son chapeau et s'agenouilla avec difficulté. Il caressa le bois encore collant de peinture et prononça les prières qu'il connaissait par cœur depuis son enfance. Sans se retourner, il demanda en anglais :

— Accepteraient-ils de l'ouvrir ?

Stuart traduisit. Quand Atticus regarda derrière lui,

1. L'église paroissiale.

l'homme en costume luisant se dressait sur la pointe des pieds pour murmurer à l'oreille de Stuart.

— Cipiano dit que vous n'avez pas le droit de voir le corps, expliqua Stuart. Vous comprenez, on ne pratique pas l'embaumement ici. (Il attendit que Cipiano poursuive, puis traduisit :) Et cela fait déjà deux jours.

Atticus crut entendre une phrase tirée des Ecritures : « Seigneur, à présent il empeste. » Il chercha des yeux un outil quelconque ; un vieux Mexicain lui trouva un marteau à dents mais, quand Atticus le prit pour arracher les clous du cercueil, il sentit une main lui effleurer le dos. Il se retourna et vit Cipiano, les mains jointes sous le menton, grimaçant de tristesse.

— *El es feo, señor Cody*, regretta-t-il.

— Il est trop affreux, traduisit Stuart.

— *La cara falta.*

— Il n'a plus de visage.

— *Hacimos todo lo posible.*

— Ils ont fait ce qu'ils ont pu.

— *Es mejor recordar su hijo que lo ver.*

— Cipiano dit qu'il vaut mieux vous souvenir de votre fils que de le voir.

Atticus hésita, se demandant comment il se sentirait s'il ne faisait pas ce qu'on lui recommandait de ne pas faire. Puis il refoula le conseil de Cipiano, arracha les clous, et souleva le couvercle du cercueil.

Mais c'était trop horrible ; il ne put le laisser ouvert longtemps. Une écœurante bouffée tiède et fétide lui jaillit à la figure. Il se recula en se bouchant le nez et la bouche, et referma le couvercle après avoir jeté un œil : Scott, les cheveux hirsutes, les dents grises et serrées comme s'il mordait un bâton, la moitié du visage en bouillie, l'autre enflée et verdâtre, hideux, puant.

Atticus resta là, les bras ballants, tandis que les charpentiers reclouaient le couvercle, puis il aida les Mexicains à soulever le cercueil et à le transporter jusqu'au break où ils le glissèrent à l'intérieur par l'arrière. Sous le poids, la vieille Dodge s'affaissa, et le cul racla les pavés quand Cipiano la conduisit doucement vers la rue Cinco de Mayo. Atticus et Stuart couvrirent à pied les quelques centaines de mètres qui les séparaient de l'église ; Atticus marchait, les mains dans les poches, la tête tournée vers le soleil. Il leur restait un quart d'heure avant l'enterrement.

— Renata est vraiment canon, vous ne trouvez pas ? fit Stuart avec un regard en coin.

— Elle est très belle.

— Allons donc ! C'est une sirène ! Elle enjôle les marins amoureux et les attire dans ses rets fatals.

Atticus lui lança un regard aigu.

— J'ai d'autres préoccupations, dit-il.

— J'ai offensé votre sens de la courtoisie, n'est-ce pas ?

Atticus ne répondit pas.

Stuart se rembrunit, et les deux hommes marchèrent en silence, que Stuart brisa en demandant :

— Quel âge avez-vous, Atticus ?

— Soixante-sept ans.

— J'en aurai soixante-quatre en mai. Et je crains de ne pas durer beaucoup plus.

Il s'arrêta devant la charrette multicolore d'un marchand qui vendait des glaces vertes dans des cônes en papier.

— Vous permettez ? fit-il.

— D'accord, acquiesça Atticus.

— *Dos,* dit Stuart en brandissant deux doigts, et il passa un cône à Atticus.

Le vert était du peppermint, et la glace agaça agréablement les dents d'Atticus, mais ce ne fut qu'après en avoir mangé la moitié qu'il se demanda si elle avait été fabriquée avec de l'eau propre. Tout en dégustant la sienne, Stuart pointa le nez vers l'église rose surchargée de dentelles à l'espagnole, de beffrois et de flèches gothiques.

— Quel toc ! s'exclama-t-il. La *parroquia.* Une vraie soupe architecturale.

Un gamin de six ans à peine proposa de lui cirer les chaussures, mais Stuart se recula et dit :

— *No, no me gusta.* (Non, ça ne me dit rien.)

Le gamin tourna un visage peiné vers Atticus, qui secoua la tête à regret.

— Renata déteste Cipiano, dit Stuart. Il cherche le moindre prétexte pour la peloter. Notez bien que je le comprends.

Il contempla le square, de l'autre côté de l'église. De gros lauriers ombraient les allées, et des parterres de fleurs entouraient le grand belvédère blanc au centre. De jeunes adolescentes vêtues du genre de robes blanches qu'on voit dans les communions se promenaient par groupes de quatre ou cinq, et les garçons en chasse traînaient derrière en parlant d'elles.

— Êtes-vous amoureux, Atticus ? demanda Stuart.

— Je l'étais. De ma femme. J'ai des petits-enfants, maintenant.

— Ah, mais ce n'est pas la même chose ! (Comme Atticus ne réagissait pas, Stuart reprit :) Finalement, je n'aime pas être amoureux. C'est presque une souffrance.

Il leva les yeux vers l'église, et dit :

— Allez-y sans moi. Il faut que je grille une cigarette.

Se frayant un chemin parmi les voitures et les charrettes à l'arrêt, Atticus traversa la place. On avait installé un dispensaire dans le vieux presbytère. Devant l'entrée se pressaient des femmes enceintes, un homme basané affligé d'un goitre gros comme une prune, une fille avec un pansement de coton sur la bouche, et un nabot dont les chaussettes ensanglantées et déchirées couvraient mal les orteils. Sur les marches de l'église de la Résurrection se tenait une femme accroupie tellement enroulée dans un poncho bleu qu'on ne voyait plus que son nez et une main tendue ; et à l'intérieur, les bancs sombres étaient pris d'assaut par des vieilles qui égrenaient leur chapelet en débitant des *ave* d'une voix rêche. Des *campesinos* déposaient du maïs sur un autel recouvert de lin, sous la statue de saint Martin de Porres, et des plaques d'étain gravées d'illustrations primitives de blessés, de malades ou d'estropiés étaient clouées au-dessus d'un autel secondaire. Sur les plaques, des phrases imploraient l'aide du saint ou le remerciaient pour une guérison. Près de l'autel principal, les porteurs mexicains installaient le cercueil dans une chapelle de saint Joseph, tandis qu'un prêtre mexicain de belle allure allumait des cierges avec une allumette. Il y avait aussi une vingtaine d'Américains, retraités, étudiants, compagnons de bars et de *cantinas*.

Atticus s'agenouilla pour prier, puis glissa son chapeau sous son siège. Renata arriva sans bruit dans son dos et posa une main sur son épaule. Elle portait une veste de soie noire toute simple, une jupe imprimée, et dégageait un parfum dans lequel Atticus crut reconnaître Opium. Elle l'embrassa sur la joue et dit :

— Je ne suis pas catholique. Puis-je m'asseoir tout de même ?

— Bien sûr.

Elle s'assit. Il sentit sa main effleurer doucement la sienne et se surprit à couver avec tendresse son visage que les vitraux éblouissants nimbaient d'ombres.

— Tu t'es faite belle, souffla-t-il.

Elle rougit et sourit.

Une fillette de huit ans arpentait la nef d'un pas léger en poussant un balai-brosse recouvert d'une serpillière. Sur le maître-autel se dressait une statue du Christ dans son linceul ; il flottait hors du sépulcre et contemplait les cieux. Derrière lui, gauchement peints sur le grand mur, on voyait le chœur des anges, des nuages blancs, et le ciel bleu. Et depuis la sacristie, un Mexicain de dix-sept, dix-huit ans, chemise d'un blanc grisâtre et jean effrangé, arborait un regard furieux. Atticus ne savait pas si le jeune homme le fixait particulièrement. Puis l'éclat de son regard s'éteignit et il se retira.

A côté d'Atticus, Renata était compassée. Elle ne dégageait aucune émotion. Elle contemplait fixement le cercueil noir comme si elle posait pour un idéal de calme et de modération. Puis un prêtre en soutane noire s'avança vers l'autel de saint

Joseph et tout le monde se leva. Le prêtre se signa, puis leva les mains pour invoquer la présence de Dieu ; il disait *Señor*, pour « Seigneur », mais peu de gens connaissaient les réponses en espagnol.

Atticus était tout entier au Colorado ; l'église de Saint Mary, belle, lumineuse, pleine à craquer de voisins et d'amis, Serena dans le cercueil rose, Frank qui tenait le coup tandis que Scott sanglotait, la tête dans les mains pendant tout le service, l'arcade sourcilière gauche recousue de quatorze points de suture, le cou enserré dans une minerve en plastique. Leurs mains s'étaient effleurées par hasard et Atticus avait retiré vivement la sienne, ce qu'il ne s'était jamais pardonné.

Stuart alla se planter devant les chœurs et traduisit en anglais les paroles du prêtre qui lisait un passage de saint Jean : comment Jésus pleura quand il apprit que Lazare était mort, comment il demanda qu'on enlève la pierre de la tombe, et comment il ordonna à Lazare de se lever et de marcher. Et Lazare se leva, les mains et les pieds attachés par des linges, et Jésus ordonna qu'on dénoue les linges pour qu'il puisse marcher.

Puis, pour l'homélie, Stuart Chandler chaussa de lourdes lunettes noires, et déplia une feuille de papier qui tremblait dans ses mains. Sans lever la tête, il dit :

— Je vais lire un hymne du Codex de *Madrid*, l'hymne qui était chanté dans la Cité des Dieux, à Teotihuacán, en présence des morts. « Voici comment les morts étaient accueillis. Si c'était un homme, ils lui parlaient comme à un être divin, au nom du faisan ; si c'était une femme, au nom du hibou ; et ils disaient : "Réveillez-vous, le ciel, déjà, se teinte de rouge, déjà l'aube arrive, déjà les faisans de feu chantent, les hirondelles de feu, déjà les papillons s'envolent." C'est pourquoi les anciens disaient que celui qui est mort devient un dieu. Ils disaient : "Il est devenu un dieu, maintenant", ce qui signifiait qu'il était mort. »

Puis ce fut le cimetière. Le cimetière ! Des bougies en forme de crâne sur certaines tombes, des tasses pleines de bonbons, un carnaval de décorations, de guirlandes, de lampes votives aux reflets changeants, de crucifix plantés de travers dans l'herbe jaune, de rosaires suspendus aux pierres tombales tels des colliers, et de quoi remplir une pleine boutique de statues du Petit Jésus et de la Vierge Marie. Vingt personnes rassemblées autour d'une fosse sous un soleil de plomb, discutant de choses et d'autres, saluant de vieux amis ; et Atticus qui n'arrêtait pas de se dire que c'était provisoire, qu'on rouvrirait la tombe, qu'on mettrait le cercueil dans l'avion et que son fils reposerait sur Coyote Hill, où l'orme ressemblait à une ménagère qui étend ses draps au vent. Le prêtre mexicain dit en espagnol les prières catholiques qu'Atticus ne connaissait que trop bien, puis il s'effaça, la foule se dispersa, et des gens qu'Atticus ne connaissait ni d'Eve ni d'Adam le saluèrent et l'assurèrent qu'ils auraient préféré le rencontrer dans d'autres circonstances.

Renata attendit qu'il se relève après une dernière prière, puis elle dit :

— Nous avons toute la journée.

— J'aimerais voir son atelier, dit Atticus.

— D'accord, acquiesça-t-elle après une longue hésitation. Bonne idée.

Ils prirent la vieille Volkswagen rouge. La conduite de Renata était heurtée, hésitante. Elle ôta sa veste en soie, passa en seconde pour doubler un camion à la benne emplie d'ordures. Un gros bonhomme en cuissardes vertes pataugeait jusqu'aux genoux dans le monceau de détritus, il triait les bouteilles de whisky, examina une batterie de voiture, la rangea avec un vieux ventilateur électrique déglingué, puis éventra une radio pour jeter un coup d'œil aux tubes.

Renata s'arrêta au carrefour de l'Avenida de la Independencia et de la nationale poussiéreuse. Un policier en uniforme bleu foncé et lunettes de soleil se tenait sur sa moto, à l'écart. Il l'observa méchamment. Renata paniqua et la Volkswagen cala devant le stop.

— Cette foutue bagnole ne ralentit pas, pesta-t-elle. Elle cale.

— Scott a au moins essayé de lui donner du cachet.

— Ah, vous croyez ?

Elle passa au point mort et redémarra en coulant un regard vers le policier.

Atticus frappa deux petits coups contre le pare-brise.

— C'est un nouveau pare-brise, dit-il. On voit ça aux joints neufs.

Renata tourna dans la grand-route en direction du sud, puis jeta un œil dans le rétroviseur.

— Scott a acheté la voiture à un jeune qui s'était fait prendre à passer de la ganja depuis Belize.

— De la ganja ? En anglais, ça donne quoi ?

— De la marijuana.

— Ah. Tu peux garder la voiture, si tu veux.

— Sérieux ?

— Ça m'étonnerait qu'elle tienne jusqu'à la frontière ; quant à la vendre... je préférerais savoir que tu en fais bon usage.

Renata passa en quatrième.

— Oh, c'est vraiment sympa. Merci.

— De rien.

Ils roulèrent en silence quelques instants, puis Atticus demanda :

— Le type qui lui a vendu la voiture, il est toujours là ?

Renata fronça les sourcils.

— Il traîne sur la plage, je crois. Pourquoi ?

— Pour rien. Je me demandais, c'est tout.

— Vous vous posez trop de questions, sourit-elle.

— J'essaie pourtant d'éviter.

Il regarda par la vitre ouverte de ravissantes fillettes accroupies dans l'herbe sèche à un arrêt d'autobus, léchant la sauce piquante qui dégoulinait de leurs travers de porc. Des mouches bourdonnaient autour de leurs lèvres, et le vent relevait leurs jupes sur leurs cuisses. Puis il n'y eut plus que la jungle, la pierraille grise, des souches calcinées, et les maigres pousses de maïs qui tenaient lieu d'agriculture sur cette terre ingrate. Atticus ne cessait de penser aux choses que Renata aurait dû lui dire, au chagrin et à la tristesse qu'elle aurait dû afficher. Or elle semblait désinvolte et préoccupée, point final. *Oh, il est mort ? Comme c'est dommage !* Pas de souffrance, pas de chagrin, pas de regrets, rien de ce que ressentait Atticus. Après avoir roulé cinq minutes sur la grand-route, Renata ralentit jusqu'à ce qu'elle aperçoive un drapeau rouge accroché aux branches d'un arbre semblable à des milliers d'autres. Elle tourna dans une allée verte envahie de plantes de serre qui se tordaient pour capturer les rais du soleil à travers la voûte des feuilles. A quelques pas de là, des oiseaux exotiques s'envolèrent précipitamment pour se poser plus loin. Sur une haute branche, un toucan frissonna, mais ne déploya pas ses ailes. Des iguanes s'avancèrent au bord des ornières, humèrent les bruits du moteur, puis s'égayèrent dans les herbes ou s'écartèrent pesamment de l'allée, suivant la voiture de leurs petits yeux qui ressemblaient aux perles violettes d'un collier. De hautes herbes fouettèrent les pare-chocs et des tiges sèches éraflèrent les portières en crissant si fort qu'Atticus dut élever la voix pour se faire entendre :

— Comment a-t-il trouvé cet endroit ?

— Par Eduardo, le shaman, répondit Renata, criant elle aussi. Je crois qu'il habite par ici.

Ils débouchèrent dans la lumière crue, la savane verte, sous un ciel bleu comme des traces de pas dans la neige. Renata s'arrêta, coupa le moteur, et Atticus put entendre le grondement des vagues déferler sur la côte.

— Maintenant, il faut marcher, dit Renata.

Elle retira ses chaussures à hauts talons, puis descendit et dégrafa sa jupe tandis qu'Atticus ôtait sa veste de cachemire noire trop chaude et sa cravate de soie grise. Renata fouilla dans le coffre et en sortit un short de sport rouge cardinal et une chemise blanche trop grande pour elle. Atticus aperçut une pelle dans le coffre. Renata lui sourit.

— Je ne savais pas que les Américains portaient encore des bretelles.

— Ce sont des balancines.

— Tiens, c'est un joli mot.

— On l'oublie trop facilement, mais Antelope est à l'avant-garde de la mode.

Elle précéda Atticus, puis s'arrêta pour l'attendre et vit qu'il examinait le pare-chocs.

— Il y a eu un accident ? questionna-t-il.

Elle ne répondit pas.

— J'ai remarqué parce que la couleur est légèrement différente.

Il se baissa, tâta la surface, puis sortit un couteau de poche et gratta la couche de peinture rouge qui s'arracha comme une pelure de pomme.

— La peinture date d'une semaine, deux à la rigueur. Tu vois comme elle s'enlève ? Elle n'a pas encore pris, sinon elle s'écaillerait.

— D'accord, vous m'avez convaincue.

Atticus lui lança un regard ulcéré.

— Vous savez bien que c'était un chauffard, dit Renata.

Atticus s'accroupit, les mains sur les genoux, comme s'il était à court de souffle. Puis il se redressa et dit :

— C'est vrai, il conduisait comme un pied.

— On n'est pas obligés d'y aller, dit Renata.

— Si.

Et ils fendirent l'herbe qui leur arrivait jusqu'aux genoux, parvinrent au pied d'une colline abrupte, couronnée d'une *casita* de bambous au toit de palme. Des fils électriques partaient du toit et survolaient les cimes des arbres. En chemin, Renata déplaça une touffe d'herbe pour montrer à Atticus une pierre carrée sur laquelle était sculpté un aigle féroce.

Alors seulement il remarqua les failles, les saillies, les linteaux et les marches qui semblaient surgir de l'herbe vert émeraude.

— Ce sont des ruines ? s'étonna-t-il.

— Un poste avancé des Mayas. Êtes-vous déjà allé à Chichén Itzá ?

— Ouais.

— Cinq mille touristes qui grimpent à quatre pattes sur le temple de Kukulkan, qui s'interpellent à travers la salle de bal, qui prennent des photos de bobonne entre les griffes du serpent à plumes. Bravo, la protection des vieilles pierres ! Les Mayas ont retenu la leçon ; ils gardent cet endroit secret.

Atticus s'arrêta pour se reposer, les mains sur les hanches. Il ahanait et sa chemise était tachée de sueur. Renata se retourna.

— C'est plus haut qu'on ne croit, fit-il.

Elle gravit encore quelques marches et Atticus la suivit ; en haut, l'air iodé mêlé de plancton lui fouetta les narines. Son cœur martelait dans sa poitrine avec cette douleur récente qui datait de l'hiver dernier à laquelle il n'était pas encore habitué.

— Ça va ? s'inquiéta Renata.

— J'ai soixante-sept ans, que diable ! Je ne vais pas bien depuis près de vingt ans.

— Le cœur ?

— Des problèmes de carburateur. Tout fout le camp ; on dirait qu'un jeune voyou flanque des coups de pied dans ma porte. Note bien, je n'ai pas besoin de demander : « Qui est là ? »

Il sourit pour rassurer Renata, puis se perdit dans la contemplation du panorama marin. D'où il était, il apercevait les tours et détours de la côte blanche qui filait vers le nord jusqu'à Canceén, parsemée de *bahias*[1] et de *bajas*[2]. A l'est, se dessinait le bleu marine du Gulf Stream, et la mer passait de

---

1. Plages.
2. Presque îles.

l'azur au vert citron en rasant un plateau surélevé, puis se brisait sur les rochers couleur café. Atticus et Renata se trouvaient sur une cathédrale de pierres ; à l'ouest s'étendait la jungle verte et les basses terres, et les marécages d'où s'élevait une brume bleuâtre ; au-delà, la jungle n'était plus qu'une simple fumée de cigarette envahissant l'horizon.

— C'est beau, par ici, déclara Atticus.

— Oui, très beau.

En se retournant, il vit Renata, la main sur la poignée de la porte ; elle lui traduisit la pancarte que la police avait agrafée sur le bois, et qui menaçait de prison les pilleurs ou les intrus. « Comme le lieu d'un crime », songea Atticus.

— La porte n'avait pas de verrou ? demanda-t-il.

Renata regarda d'un œil rond le moraillon où aurait dû se trouver le cadenas.

— Oh, j'avais oublié. Mercredi, Scott m'a dit qu'il y avait eu une effraction. Sans doute des gamins. Stuart a été cambriolé trois fois.

— Nous avons une vieille baraque sur le ranch, dit Atticus. Même les chasseurs l'utilisent. C'est difficile d'empêcher les gens de pénétrer sur votre propriété si vous n'êtes pas toujours là pour la surveiller.

Elle lui sourit sans raison apparente ; sans doute avait-il adopté ce ton que Scott qualifiait de républicain.

Renata tira la porte, puis interpréta l'hésitation d'Atticus.

— Ne vous inquiétez pas. Nous avons fait un peu de ménage.

Ils entrèrent. Au fond un panneau de bambou pivotait pour s'ouvrir sur la lumière et la mer, ou s'attachait au toit pour assurer une protection étanche. Renata détacha les fils de fer et déplia la cloison de bambous ; la pièce de quatre mètres sur six s'ouvrit et se transforma en terrasse couverte. Atticus s'empara du magnétophone Radiola qu'il avait offert à Scott pour Noël. Un enregistrement maison des *Canciones de mi padre*, de Linda Ronstadt, touchait à sa fin.

— On aurait pu croire qu'ils l'auraient volé, remarqua Atticus.

— Qui ?

— Tu disais que des gamins avaient fracturé l'atelier.

Renata parut réfléchir.

— Ils n'en avaient peut-être pas l'usage, finit-elle par dire. La plupart des *campesinos* n'ont pas l'électricité.

— Mouais. (Atticus reposa le magnétophone.) On en oublie où on se trouve.

Puis ses yeux se posèrent sur un gros fauteuil vert à oreilles identique au sien, incliné vers la porte.

Renata s'approcha du fauteuil et caressa le dossier en cuir.

— Il était assis là, expliqua-t-elle. Effondré sur le côté. Ses doigts touchaient presque le sol, le fusil était à portée de sa main.

— A-t-on pris des photos ?

— Aucune idée.

Atticus fronça les sourcils.

— Tu n'étais pas là quand la police est venue ?

— J'ai horreur du sang. Ça me rend malade.

— Et alors ? Tu as jeté un coup d'œil, tu t'es dit : « Oh non, pas du sang ! » et tu t'es enfuie ?

Renata sembla désarçonnée par son irritation. Elle parut se replier sur elle-même, et des larmes brillèrent dans ses yeux.

— Je pensais bien que ça serait pénible pour vous, dit-elle. (Elle s'arrêta, comme si elle cherchait ses mots, mais déclara simplement :) Il faut que je sorte.

Et elle descendit vers la mer.

Atticus se dirigea vers le foyer en pierres et le garde-manger en émail blanc surmonté d'un camping-gaz. Une cafetière pleine reposait encore sur le réchaud et elle sentait le brûlé. Des verres à whisky étaient retournés sur un torchon. L'évier en métal gris était équipé d'un robinet d'eau chaude et d'eau froide, et une cruche remplie de térébenthine contenait des pinceaux qui répandirent des nuages verts et indigo quand il les toucha. Au plafond, accrochés sur des rails, des spots pouvaient se diriger dans tous les sens, et quatre d'entre eux éclairaient un chevalet vide maculé de peinture, et le gros fauteuil vert. Un réfrigérateur bourdonnant contenait de l'*agua mineral* et du Coca-Cola, un sac de café de Colombie en grains, un paquet de sucreries mexicaines, et un filet d'oranges. Un bac à glaçons à moitié plein occupait le freezer. Une boîte de Coca-Cola vide traînait sur le comptoir de la cuisine, et Atticus s'apprêtait à la mettre à la poubelle quand il s'aperçut qu'elle n'était pas tiède et supposa qu'on avait dû la boire dans l'heure précédente. Il examina le sol. On devinait des traces de pas qui n'avaient pas eu le temps de sécher à cause du haut degré d'humidité, et du sable était éparpillé çà et là. Des gamins ? Des squatters ? Des curieux ? Il écrasa la boîte de Coca-Cola d'une main et la lança dans la poubelle.

En traversant la pièce, il trouva un couteau qui était tombé par terre et, quand il s'accroupit pour le ramasser, il vit une rainure du parquet ensanglantée à un mètre de la chaise. Il se releva, et pour chasser l'image affreuse qui s'imposait à lui il contempla les longs sabres de verdure flamboyants qui s'agitaient dans le vent. Il effleura du doigt des tubes de peinture à l'huile étalés en vrac sur le papier glacé de la table de travail tels des tubes de dentifrice entamés. Et il caressa une grande palette multicolore. Tout le blanc titane et le bleu ciel avaient été raclés avec un couteau de vitrier, mais le rouge vermillon, le bleu de Prusse, le vert foncé étaient encore frais, leur pellicule éventrée comme un plastique trop fin. Atticus fut surpris de connaître le nom exact des couleurs ; avec les années, il les avait apprises sans s'en rendre compte.

Des placards blancs aux portes à claire-voie occupaient un mur entier ; on y trouvait de simples outils de charpentier, une boîte à onglets, et une pile de baguettes avec lesquels on pouvait fabriquer des cadres. Dans le second placard se trouvaient des toiles roulées rangées dans des cylindres de quatre tailles différentes ; des toiles déjà tendues reposaient contre de gros bidons d'enduit voilés de toiles d'araignée. Un cabinet de toilette était dissimulé dans le troisième placard, avec du savon sur le porte-savon en plastique, mais pas de serviette. Un maillot de bain noir était suspendu à un crochet. Dans l'armoire à pharmacie, Atticus trouva du bicarbonate, des antimigraineux, du sirop pour la toux, de l'aspirine, de l'eau oxygénée, un insecticide, et du lithium. Une boîte en carton de whisky Jameson encombrait la poubelle. Atticus sentit une odeur de sang, puis vit dans un seau des caleçons rougis d'avoir essuyé le plancher.

Il sortit du cabinet de toilette, puis de la maison, s'avança sur le promontoire de verdure qui dominait la crique ; ses yeux tombèrent sur un laurier-rose sauvage, un outil d'entretien, une chaussure enfouie dans un buisson et, plus loin, sur la mer cristalline aux vagues écumantes qui léchaient le rivage. Renata était là, cherchant des coquillages, sans doute, et Atticus se surprit à contempler sa nudité tandis qu'elle sortait de l'eau. Elle essora ses cheveux et ramassa négligemment ses vêtements. Atticus se demanda comment il aurait le sang-froid de se baigner dans de telles circonstances, mais l'imagination lui manqua.

Atticus prit le magnétophone Radiola, referma la porte, et dévala la colline, en se servant de sa main libre comme balancier pour ne pas perdre l'équilibre. Assise contre le pare-chocs de la Volkswagen, Renata roulait les manches de sa chemise Oxford blanche sur ses coudes avec l'allégresse d'une adolescente en vacances.

— L'eau était bonne ? demanda Atticus.

— Pas mal.

Devinant son aigreur, elle le toisa avec la concentration d'une bonne élève qui a longtemps révisé sa réplique.

— N'oubliez pas qu'il était mon ami, dit-elle. Et il m'a laissé le trouver dans l'état que vous savez. J'ai eu l'impression d'avoir été manipulée. Violée. Malgré ce que je vous ai dit hier, je suis persuadée que son suicide était avant tout un acte d'agressivité.

Atticus préféra ravaler sa colère ; il ouvrit la portière et monta dans la voiture. Il commençait à trouver que tout allait de travers. Rien ne semblait coller. Renata s'installa au volant, tourna la clef de contact, et Atticus vit dans ses yeux un voile de tristesse si bien imité qu'il faillit la féliciter pour sa comédie. Il regarda par la vitre.

— Je ne vois pas sa moto, s'étonna-t-il.

— C'est la police qui l'a. *Evidencia.* Stuart pourra récupérer ses affaires et vous les expédier au Colorado, si vous voulez. Remarquez, vous préférez sans doute vendre la Harley.

— Oui, j'imagine.

— Vous prendrez l'avion demain ?

Elle parut rassurée quand il répondit par l'affirmative.

Elle exécuta une marche arrière et engagea la Volkswagen sur l'allée herbue. Puis elle conduisit sans un mot jusqu'à la nationale. Au carrefour, elle regarda à droite, à gauche, et demanda, tandis qu'elle laissait passer une Jeep rose :

— Vous savez comment Scott m'a rencontrée ?

— Il a dû me le dire, mais j'ai oublié.

Elle accéléra pied au plancher, et s'engagea sur la nationale devant un camion qui lui colla au cul pendant près de deux kilomètres. Renata finit par le distancer, et elle put se concentrer sur sa conduite.

— A Paris, quand j'avais vingt ans, une amie s'est suicidée dans sa mansarde, et j'ai cru que le suicide était une porte qu'elle avait laissée ouverte pour moi. J'ai commencé à entendre des voix. « Salope ! » « Imbécile ! » Tout cela en français, d'une voix menaçante et haut perchée. J'ai cru que les voix me laisseraient tranquille si j'allais dans un pays anglo-saxon, et je suis rentrée m'inscrire à la fac. Mais les voix ont continué en anglais, et elles me donnaient des ordres que je devais exécuter. « Hurle ! » « Démolis ce carreau ! » Une colocataire s'aperçut que je portais des manches longues pour cacher les cicatrices que je me faisais en m'ébouillantant exprès le poignet gauche avec le café du matin. Le premier psychiatre que j'ai vu m'a demandé si je me masturbais de la main gauche. Ça m'a fait hurler de rire ; c'était la chose la plus grotesque que j'avais entendue de ma vie. On m'a finalement placée dans la clinique Hirsch quand la police m'a trouvée sur un banc de Washington Square, à New York, incapable de bouger ou de parler. Les voix m'ordonnaient de rester assise sans un geste.

Renata rétrograda vivement en troisième puis freina, d'abord doucement, puis plus sèchement. Un vieux pick-up Chevrolet vert, dont le capot et les pare-chocs claquaient comme des volets au vent, lambinait comme une tortue devant la Volkswagen, une dizaine d'employés d'hôtel entassés à l'arrière.

— Je déteste cette route, dit Renata. Des gosses s'y font écraser tous les jours. Et les Mexicains sont tellement fatalistes qu'ils ne font rien pour que cela change ; ils ajoutent seulement quelques croix supplémentaires.

Elle lorgna dans le rétroviseur ; Atticus se dévissa le cou.

— Vas-y, c'est bon, fit-il.

Renata accéléra, doubla le camion, puis repassa en quatrième. Comme elle paraissait perdue dans ses pensées, Atticus la relança :

— Donc les voix t'ordonnaient de rester assise sans bouger et on t'a internée à Hirsch.

— Ah, oui. Je me sentais piégée dans le corps d'une étrangère qui refusait de m'obéir. Quand le psychiatre me posait des questions, une bonne demi-heure s'écoulait avant que je puisse lui répondre ; du coup, la séance était terminée et il faisait entrer une autre patiente. Devant les internes, fascinés, le médecin-chef me soulevait un bras, que je gardais brandi en l'air pendant qu'il leur expliquait ma maladie. A la fin de son exposé, il reposait mon bras sur le lit. Mes yeux étaient aussi vides que ceux d'un merlan mort ; j'étais raide, muette, ailleurs, mais j'entendais, je voyais et je percevais les choses d'une manière que j'ai perdue quand je suis redevenue normale.

» C'est comme ça que j'ai rencontré Scott. Je ne sais plus pourquoi j'étais sortie de ma chambre, ni ce qu'il faisait dans le couloir, mais on s'est retrouvés là tous les deux, à trois ou quatre heures du matin. J'étais sur une chaise pliante près d'une fenêtre munie de barreaux, abattue, catatonique. Et Scott me parlait comme personne ne m'avait parlé depuis longtemps, comme si nous sortions ensemble pour la première fois. Il parla sans arrêt pendant des heures et des heures ; il avait terminé les œuvres complètes de Shakespeare à la clinique, et il trouvait le vieux Willy sacrément bon. Étant gosse, ses céréales préférées étaient les Cheerios, mais maintenant il ne mangeait que des germes de blé et des yogourts ; *King Kong* était son film préféré, ou peut-être *Chantons sous la pluie* ; son roman préféré était *Beau Geste*, ça il en était sûr, mais il était le seul à l'avoir lu, disait-il, les autres croyaient l'avoir lu, mais ils n'avaient rien compris. De tout le XXe siècle, son personnage préféré était Albert Schweitzer — à qui vous ressemblez, disait-il —, et s'il devait être fusillé, il commanderait une salade Waldorf, une côte de bœuf saignante, de la purée, et une tourte aux pommes.

— C'était ce que sa mère lui préparait pour son anniversaire.

— Ah bon ?

Elle mit son clignotant, attendit qu'un camion citerne la double en bolide, puis tourna à gauche.

— Ça peut paraître dément, mais encore aujourd'hui je me rappelle pratiquement chaque mot qu'il a prononcé cette nuit-là. Il m'a dit qu'il était un maniaco-dépressif chronique, mais qu'il avait assez d'obsessions et de fausses croyances pour être catalogué comme paranoïaque, et comme il avait été accroché à la Thorazine, il savait quel effet cela faisait d'être ligoté dans une camisole de force. (Elle sourit et coula un œil vers Atticus.) Il avait un esprit de compétition tellement infantile ! Il prétendait qu'il était le meilleur patient de toute la clinique, mais que les psychiatres refusaient de l'admettre pour ne pas faire de jaloux.

Atticus hocha la tête.

— Oui, c'est bien lui.

— Il m'affirma que je sortirais du quartier de sécurité

quand je pourrais établir mon menu du jour, et que je pourrais quitter le cinquième étage quand j'aurais usé ma première paire de mocassins. Et puis il y eut un merveilleux lever de soleil. Nous étions tous les deux bouche bée, et il a essayé de chanter « Here Comes the Sun » pour m'amuser. Vous connaissez, des Beatles ?

— Je n'ai pas toujours été vieux.

Elle chanta :

— « *Little darling, it's been a long, cold, lonely winter. Little darling, it seems like years since it's been clear. Here comes the sun. Doont-n-doo-doo. Here comes the sun. And it's all right.* [1] »

Elle rétrograda, tourna dans une rue du *barrio* non pavée, et la vieille Volkswagen cahota méchamment.

— Je ne sais absolument pas de quoi j'avais l'air, mais plus tard, Scott m'a dit que j'étais différente, je n'étais plus figée ; il prit une chaise pliante, s'assit à côté de moi, et il me serra dans ses bras comme un amoureux et chanta de nouveau « Here Comes the Sun » depuis le début. C'était stupéfiant. Je voyais les couleurs pour la première fois. Jaune, rose, vert, bleu. Et il fredonnait encore et encore : « *And it's all right.* » Je suis tombée amoureuse de lui du premier coup. C'était comme si je lui devais ma vie. J'aurais été flattée de faire tout ce qu'il me demandait.

Comme Renata devait donner un coup de main à la librairie, elle déposa Atticus chez Scott et promit de revenir le soir. Atticus oublia le Radiola sur le réfrigérateur dans lequel il prit une boîte de Coca-Cola à moitié gelée qu'il emporta à l'étage. *El Anunciador*, un journal mexicain daté du lundi, traînait dans la corbeille, sous le bureau. Atticus quitta ses vêtements trop chauds, fouilla dans les tiroirs de l'armoire d'où il tira

1. « Ma petite chérie, ç'a été un hiver long, froid et solitaire. Ma petite chérie, on dirait que ça fait des années qu'il n'a pas fait aussi clair — Voilà le soleil — Et tout va bien. »

un short et un tricot de corps, et, épuisé par les événements d'une rude journée, redescendit à la piscine avec le journal et un dictionnaire espagnol sous le bras. Le mégot de cigarette qu'il avait vu le matin sur la balustrade était tombé sur le carrelage brûlant. C'était une *Salem*, la marque de Stuart. Il était donc venu dans sa chambre. Cette pensée perturba Atticus ; il s'installa sur une chaise longue blanche, abrita ses yeux du soleil toujours aussi intense malgré l'heure tardive, et s'attaqua à la page des sports. C'était la plus facile à traduire. Il potassa un instant les résultats du base-ball, passa aux petites annonces, à la Bourse, puis trouva en page huit la rubrique nécrologique dont un paragraphe avait été soigneusement découpé. De qui s'agissait-il ? Atticus ferma les yeux, pris d'un étourdissement subit. Il avait mal au ventre, des vertiges, et, quand il pressa un bout de peau sur son bras, sa chair passa du jaune au rose coup de soleil. Il se leva, alla dans le grand bassin, se pinça le nez et sauta dans l'eau, raide comme une planche. Il fit un aller retour en barbotant comme un novice, puis s'accrocha à l'échelle, à moitié dans les vapes, et sortit de l'eau. Il allait dans la cuisine chercher un Aqua-Seltzer quand il entendit quelqu'un frapper doucement à la porte d'entrée.

C'était le chauffeur de taxi de la veille ; il souriait à Atticus comme si le fait de le voir le transportait de joie. Comment s'appelait-il, déjà ? Panchito ? Atticus lui serra la main ; celle du chauffeur était lisse comme du poisson, et il se mit à parler avec importance en espagnol.

Atticus ne se souvenait plus d'un seul mot, il n'arrivait même plus à dire qu'il parlait mal l'espagnol.

— J'ai bien peur de ne pas comprendre un traître mot, dit-il en anglais.

Panchito réfléchit, puis sortit de sa chemise un billet de la Lufthansa et le brandit de sorte qu'Atticus puisse lire le nom de Scott imprimé sur le talon.

— *Cotzi*, dit-il, puis il pointa Atticus. *Señor Cody ?*

— *Sí.* (Se souvenant du possessif, il ajouta :) *Su padre.*

Panchito lui remit le billet d'avion. C'était un billet de première classe pour Francfort. Le vol, prévu pour le jeudi à neuf heures vingt, avait été débité le mercredi sur la carte American Express de Scott. Une main féminine avait rempli le coupon. *L'Allemagne !*

— La réservation s'est faite par téléphone ? demanda Atticus.

— *No se*, dit le Mexicain.

Mais il était difficile de dire s'il n'avait pas compris la question ou s'il ne connaissait pas la réponse. Panchito parla pendant une bonne minute, mais Atticus était trop fatigué pour traduire ; ahuri, il fixait le billet d'avion, et son esprit tournait au ralenti, incapable de trouver une explication. Rien ne collait. Quand Panchito eut terminé sa tirade, il le regarda en quêtant une réponse.

— *Muy gracias*, finit par dire Atticus. (Beaucoup merci.)

Puis il donna un billet de cinq dollars à Panchito qui le plia avec cérémonie et le rangea dans son portefeuille. Atticus fronça les sourcils.

— Mon fils s'apprêtait à partir en Allemagne, mais il a changé d'avis et il s'est suicidé.

Panchito sourit d'un air hésitant.

— Quoi de plus normal, fit Atticus. Il n'aimait pas l'avion.

Puis il referma la porte, furieux contre tout le monde. Et en plus, il avait envie de vomir. Remonter à l'étage lui parut aussi pénible que s'il venait de travailler vingt-quatre heures d'affilée, il zigzagua dans le couloir dont le sol se dérobait sous ses pieds, et entra dans la chambre de Scott. Il tomba à genoux près de la lunette des WC et faillit s'évanouir. Puis il gerba ses microbes et crut sentir l'horrible puanteur du cercueil ouvert. Il resta là, à genoux, sur le sol glacé, puis vomit de nouveau dans la cuvette, et alla s'affaler la tête la première sur le vaste lit, comme un enfant. Au cours des heures suivantes, il se rendit une demi-douzaine de fois dans le cabinet de toilette, puis finit par s'évanouir. Il entendit la voix lointaine de Renata qui lui demandait s'il se sentait bien. Son image se superposait à celle de Serena accoudée à la fenêtre du premier et qui s'extasiait devant la douceur du soir. Sa femme remonta le store pour laisser entrer la brise printanière, et Atticus l'aida à retourner le matelas du berceau de Scott afin de cacher les taches. Dans son rêve, c'étaient des taches de sang ; il se trouvait dans la salle à manger, une odeur de poudre flottait dans l'air, des centaines de verres de vin s'agglutinaient sur la table, le vin rouge coulait sur le tapis et Atticus en avait mal au cœur de voir ça. « Tu devrais faire attention », reprochait-il à son fils. Un ami de Scott lui répondit : « Nous vivons tous en marge, ici. Nous établissons les règles au fur et à mesure. » Et une main avait tracé des lettres au rouge à lèvres sur le miroir de la salle à manger, puis Atticus entendit Renata dire :

— Si vous vouliez rester plus longtemps, vous n'aviez qu'à le dire. Pas la peine d'attraper la *turista.*

Atticus ouvrit les yeux ; il faisait nuit, Renata Isaacs était assise sur le lit et lui palpait le front d'une main qui lui parut aussi fraîche qu'un gant de toilette. Il prit conscience de son propre corps et rassembla ses forces pour étreindre Renata qui pleura dans ses bras.

— Ne t'en fais pas, dit-il. Je m'en tirerai.

— En fait, j'aime m'occuper des gens quand ils sont malades. Ça m'aide à compenser ma malveillance indécrottable quand ils sont bien portants.

— Il est tard ?

— Neuf heures.

— Désolé, soupira-t-il, mais il faut que j'y retourne.

Renata l'aida à sortir des draps trempés. Il vacillait mais réussit malgré tout à se rendre au cabinet de toilette en s'appuyant contre le mur. Renata détourna les yeux pour ne pas voir sa nudité, puis il l'entendit ouvrir la porte coulissante pour aérer la pièce. Comme il faisait couler l'eau pour se brosser les dents, il entendit Renata suggérer :

— Je sais que c'est impossible pour le moment, mais si

vous oubliez vos malheurs une seconde, vous trouveriez votre maladie assez intéressante. Je veux dire, le mal que votre corps se donne pour vous débarrasser des microbes.

— Le mal ? Tu ne crois pas si bien dire, soupira Atticus.

Il prit le flacon de Pepto-Bismol dans l'armoire à pharmacie, en but une gorgée directement au goulot, puis se doucha.

Quelques minutes plus tard, il rentrait dans la chambre en boutonnant son pyjama. Renata feuilletait un livre de poésie mexicaine près de la bibliothèque.

— Vous êtes pâle comme un fantôme, dit-elle.

— Ça ne durera pas, j'en suis certain.

— Vous devriez dormir.

Renata tapota les oreillers et l'aida à s'installer dans le lit. Atticus la remercia d'un sourire qu'il tenta de rendre affectueux, mais il se sentait de plus en plus impatient — la mauvaise santé passagère n'était rien face à la terrible certitude que son fils avait été assassiné.

IV

Des dunes, de la neige, un ciel gris. Et Scott de retour du Mexique pour les vacances, dans son manteau de chasse marron mais sans fusil, qui chevauchait Pepper en piquant du nez, son Radiola serré contre sa selle. Les chevaux progressaient d'un pas serein dans une ravine au milieu des champs de pétrole, et Patsy Cline fredonnait « Crazy ». Puis le soleil et son jumeau se levèrent telles des hosties de communion.

— On appelle ça un parhélie, dit Atticus. Ou un faux soleil.

Son fils leva les yeux.

— Comment distingue-t-on le vrai du faux ? demanda-t-il.

Puis il tourna la tête vers son père afin de lui montrer son visage en bouillie.

Atticus se réveilla en sursaut. Il sut aussitôt où il était. De l'air chaud gonflait les rideaux dont les cordelettes battaient contre le mur gris. Il tenait encore le *Berlitz*, et sa bouche était sèche comme du cuir. Des bruits de casseroles montèrent de la cuisine, puis le gong suivi d'un soupir d'une bouilloire qu'on remplit. Atticus se rendit une nouvelle fois dans le cabinet de toilette en titubant ; un message était écrit au rouge à lèvres sur le miroir : « Police à une heure. » Il se doucha, puis enfila sa robe de chambre. Dans la cuisine, Renata racontait en espagnol des choses qu'il ne comprit pas, puis elle monta. Atticus était assis sur le lit quand elle gratta à la porte, la poussa, et entra avec une bouteille de Coca-Cola et un verre rempli de glaçons. Elle portait une chemise Oxford blanche trop large par-dessus un jean de marque. Des effluves de tabac semblaient émaner de ses habits.

— Vous croyez peut-être que vous allez mourir, dit-elle, mais c'est faux.

— J'ai déjà été malade, dit Atticus. Mais là, c'est le pompon. Ces dernières heures, je me suis limité à la survie.

Renata versa consciencieusement le Coca dans le verre et le tendit à Atticus avec un comprimé.

— C'est du Lomotil [1], expliqua-t-elle. De la pharmacopée de Stuart. Je vous en dégotterai d'autres.

Il prit le comprimé et avala la moitié du Coca.

— Vous voulez que je téléphone à la compagnie pour annuler votre vol ?

— Oui. Je suis trop malade pour prendre l'avion.

Renata s'assit aux pieds d'Atticus, et croisa les bras sous ses seins, comme Serena quand elle contemplait les photos de famille en parlant de la journée à venir.

— Vous savez, déclara Renata, les Mexicains aussi l'attrapent. On voit des enfants qui ont l'air d'avoir cinq ou six ans mais qui en ont souvent trois de plus. Surtout dans la jungle, où il y a de gros problèmes de parasites intestinaux et de tuberculose. Les Américains rentrent chez eux et se rétablissent. Mais ici, on s'habitue ou on crève.

On entendit le bruit d'un tiroir qu'on ouvre et qu'on referme.

— Qui est-ce ? s'étonna Atticus.

1. Médicament contre la diarrhée. *(N.d.T.)*

— Stuart ou Maria. Je l'ai croisée en ville. Elle vous prépare de la potion magique.

— De la potion magique ? Et ça marche ?

Renata haussa les épaules.

— A huit ans, quand j'étais en Europe, j'ai eu des verrues aux doigts. Un médecin de famille m'a fait mettre la main sur une machine verte dans son cabinet, il a branché le moteur, et ça m'a chatouillé pendant quelques secondes. Ensuite, il m'a fait un clin d'œil et il a affirmé que la machine verte m'avait guérie. Mes verrues ont disparu en une semaine.

La Lufthansa, pensa Atticus. Un billet d'avion pour l'Allemagne.

— Oui, mais on n'a pas huit ans toute sa vie, rétorqua-t-il.

— Dommage, soupira Renata.

Elle trouva un prétexte pour se lever, traversa la pièce et ouvrit les rideaux. Le ciel était aussi bleu que la veille, ou que l'avant-veille, et les murs de stuc neigeux frappés par le soleil étaient aussi aveuglants que des phares de voiture.

— Les garçons d'hôtel jouent au football, annonça Renata. Le sable qui colle à leur peau les fait ressembler à des doughnuts enrobés de sucre.

— *¡ Es listo !* cria Maria.

— Elle dit que c'est prêt, traduisit Renata. Dois-je lui demander de l'apporter ?

— Non, ça pue trop ici. Descends, je te rejoins.

Renata s'exécuta tandis qu'Atticus retournait dans la salle de bains.

Atticus descendit péniblement l'escalier, vêtu du pantalon de son costume et d'une chemise blanche propre, agrippé à la rampe au cas où ses jambes le lâcheraient, ou qu'il raterait une marche. Stuart, assis à la table de la cuisine, étalait des fleurs sauvages jaunes et roses sur un journal. Le consul leva la tête.

— Vous n'avez pas de chance, dit-il, faussement compatissant.

— Où est Renata ?

— A la pharmacie. Vous tenez debout, on dirait.

— Attendez un peu que je chausse mes patins.

Stuart marchait pieds nus sur le marbre rose et Atticus se souvint qu'il y avait un tapis indien sur la photo de la chambre. Avait-il été volé ?

— Qu'est devenu le tapis ? demanda Atticus.

Stuart contempla le sol de la salle à manger d'un air songeur.

— Aucune idée, fit-il.

Maria sortit de la cuisine avec un bébé de cinq mois sur un bras et la bouilloire à la main.

— *Buenas tardes, señor.*

— *Buenas.*

— *¿ Cómo está usted ?*

Atticus avait oublié son peu d'espagnol ; Maria jucha son bébé sur sa hanche et versa le contenu de la bouilloire dans un verre à whisky.

— C'est une décoction de son *abuelo*, expliqua Stuart. Son shaman. Elle prétend que c'est à base d'écorce.

— *Takinche*, dit Maria.

— De l'écorce de *takinche*. Et avec des yeux de triton, n'en doutez pas.

Atticus prit le verre qui paraissait contenir de la bière de gingembre avec des copeaux qui ressemblaient ni plus ni moins à des feuilles de thé hachées. Il but la décoction sans hésitation, d'un trait pour ne rien sentir, mais le goût ne se laissait pas oublier facilement.

— Quel homme ! s'extasia Stuart.

Atticus s'essuya les moustaches de la paume, puis sourit à Maria.

— Je me sens déjà mieux, dit-il.

Maria rougit, et coiffa la tête de son bébé avec son châle. Stuart lui parla en espagnol, sans doute pour la questionner au sujet du tapis, mais Maria haussa simplement les épaules.

— *No se, señor.*

— C'est déjà mieux que ma bonne, dit Stuart. Elle aurait juré qu'il n'y avait jamais eu de tapis.

Maria se dirigea vers la porte, se retourna, et lança en souriant :

— *¡ Hasta mañana !*

La réponse de Stuart la fit pouffer, et Atticus remarqua qu'il la couvait d'un regard attendri.

Sentant le sol se dérober sous ses pas, il dut se retenir au dossier d'une chaise.

— La police vient ici, ou c'est moi qui dois y aller ? demanda-t-il.

— Renata vous y emmènera. A la *comisaría de policía.*

— Merci. J'allais lui demander.

— Mais ne vous attendez pas à obtenir des précisions. Ici, les flics mettent rarement des points sur les I ou des barres aux T, si vous voyez ce que je veux dire. Le fatalisme mexicain, plus le fait que les flics sont souvent illettrés, il y en a même qui sont redoutables, tout cela ne les incite pas à l'excès de zèle. Une fois sur deux, les flics ne comprennent pas ce qui se passe, et le reste du temps ils s'en foutent. (Stuart prit un sécateur dans le buffet.) Les vêtements de votre fils et son fusil sont au commissariat. Sa moto, aussi. Vous pourrez la conduire ?

— Oh oui, j'imagine.

Stuart coupa les tiges et mit les fleurs dans un vase.

— Nous pourrions payer quelqu'un pour vous la ramener ici.

— J'ai l'impression que le *takinche* agit déjà.

— Nous pensions vous avoir à dîner, Renata et moi. En ce moment, l'idée de manger doit vous paraître insupportable, mais je suis persuadé que ce soir vous serez affamé. Nous préparerons quelque chose de léger, des *fettucine* ou du risotto.

— Vous êtes trop bon.

— Pas la peine de prendre ce ton ironique ! sourit Stuart. Vous faites un drôle de zigoto.

— Vous vous y connaissez en médicaments ?

Stuart le dévisagea sans comprendre.

Atticus se laissa tomber lourdement dans un fauteuil.

— Je vous demande ça parce que Renata m'a parlé de votre pharmacopée. J'ai cru comprendre que vous vous y connaissiez en médicaments.

— Hélas, oui, fit Stuart.

Atticus se leva à demi et sortit son portefeuille de sa poche arrière. Il piocha le reçu de la pharmacie que Maria avait trouvé dans la salle de bains, et le tendit à Stuart.

— Vous savez à quoi sert ceci ?

Stuart parcourut le reçu et une ombre parut voiler son visage.

— Il y a ici des médicaments, entre guillemets, contre le cancer, introuvables aux États-Unis. Si vous y tenez vraiment, vous pouvez vous les faire prescrire. A qui appartient cette ordonnance ?

— Ce n'était pas à Scott ?

— S'il était malade, nous l'aurions su, vous ne croyez pas ?

Atticus se lissa les cheveux.

— Oh, j'ai connu des gens qui gardaient ces choses-là secrètes. Vous savez, quand on n'aime pas se faire plaindre...

— Cela ne ressemble pas à votre fils.

Stuart arrangea les fleurs, parut satisfait, puis ramassa les débris de tiges et déclara :

— Nous étions rivaux, Scott et moi. Nous nous disputions tout le temps.

— Vous étiez tous deux amoureux de la même femme.

— On ne peut rien vous cacher.

Stuart alla dans la cuisine et jeta les débris de tiges dans la poubelle.

— Elle fait ce qu'elle veut de moi, lança-t-il. Je trouve cela frustrant, mais c'était sans doute valable aussi pour Scott. (Il revint dans l'encadrement de la porte et croisa les bras.) Je regretterai toujours le frisson de joie que j'ai ressenti en apprenant sa mort. J'avoue humblement manquer parfois de décence, ajouta-t-il en rougissant. (Il s'efforça de sourire, mais ses lèvres tremblèrent.) En ce moment, par exemple.

Atticus le fixa d'un regard pénétrant puis avança :

— Vous faites vraiment des efforts pour être honnête.

— J'appelle plutôt cela de la grossièreté, rectifia Stuart, qui posa une main sur une chaise et regarda Atticus droit dans les yeux. J'ai un cancer.

Il sortit un paquet de Salem et le brandit d'un air provocant, puis fronça les sourcils en prenant une cigarette et lança le paquet sur la table de la salle à manger.

— Je suis désolé, dit Atticus.

— Eh bien, moi, je suis furieux. Absolument furieux, si vous voulez la vérité.

— Vous en avez parlé à Renata ?

— Oh, en voilà une bonne idée !

Il piocha un luxueux briquet dans sa poche de pantalon, obtint une flamme, tira goulûment sur sa cigarette, et cracha ses poumons.

— *Quod erat demonstrandum*, hoqueta-t-il, cramoisi.

Atticus observa le silence.

— Où étiez-vous, mercredi soir ? finit-il par demander.

Stuart parut un instant incrédule, puis il se força à rire.

— Seigneur, vous enquêtez ! Vous jouez au détective !

Atticus le regarda sans broncher.

Stuart inhala une autre bouffée et recracha la fumée du coin des lèvres.

— J'étais avec Renata et Scott au *Scorpion*, puis au *Marriott* pour la fête et la lecture de la pièce de Williams. Ensuite, je suis allé à la librairie et j'ai terminé de la paperasserie.

— Vous y êtes resté longtemps ?

— Oui, de dix heures à une heure et demie, à peu près. Je me coltinais la comptabilité, si vous voulez vraiment savoir. Mes finances ne vont pas mieux que ma santé. Je vous remercie d'avance pour vos condoléances.

Stuart alla chercher un cendrier à la cuisine, et il y déposa avec précaution la cendre de sa cigarette.

— Vous essayez de savoir si j'ai un alibi ? s'enquit-il, moqueur.

— Exactement.

— Eh bien, je n'en ai pas. Allez-vous continuer à me mettre sur le gril ?

La porte d'entrée s'ouvrit et Renata cria :

— *¡ Hola !*

— Faisons comme si rien ne s'était passé, murmura Stuart, pour la tranquillité des enfants.

Renata entra, l'air tourmenté, l'esprit ailleurs, un sac en papier de la pharmacie à la main.

— Voilà du Lomotil, fit-elle. Comment allez-vous ?

— Sur mes deux jambes, dit Atticus qui se leva. Je vais chercher mon chapeau.

Stuart avait dû répéter la conversation à Renata pendant qu'Atticus était dans sa chambre, parce qu'elle conduisait en silence — le silence boudeur d'une petite fille punie à tort, et qui craint qu'une phrase réduise la brouille qu'elle souhaite prolonger.

— J'ai horreur que Stuart parle de moi, finit-elle par dire.

— Il n'a pas dit grand-chose.

— Stuart a cette sinistre habitude de chercher à agacer, de jouer les... goujats absolus. Cette manière d'être toujours sur la défensive m'est insupportable.

Elle rétrograda en première quand un camion de bière tchèque se rabattit devant elle, puis elle passa en seconde d'un geste rageur, déboîta, doubla le camion et freina de nouveau, bloquée par la charrette blanche d'un marchand de *chicharrones*[1].

— Et cependant Stuart fait de moi ce qu'il veut. J'ai horreur de ça.

— Il dit la même chose de toi.

1. Tripes de porc frites. *(N.d.T.)*

— Tiens ? Je n'ai pourtant pas l'impression de le dominer. Vous ne l'avez pas encore vu sous son bon jour. Stuart est véritablement un homme de la Renaissance. Il est bon en affaires, il est affable, il parle couramment cinq langues, c'est une bibliothèque vivante. Et il est sain d'esprit. La stabilité m'a beaucoup apporté.

— Tu es en train d'essayer de me dire pourquoi tu l'as préféré à Scott. Ce sont des choses difficiles à exprimer.

Elle lui coula un regard oblique.

— Parfois, je trouve que j'ai fait un choix stupide. Voire détestable.

— J'ai tendance à te croire. A mon avis, vous devriez tous essayer de vivre selon les préceptes de la Bible et voir ce que cela donne.

Renata soupira.

— Excuse-moi, mais il fallait que je le dise.

Elle gara la Volkswagen près des auvents ombragés des boutiques, sur la place. Un téléphone public était boulonné à un pilier, et un jeune cireur de chaussures perché sur sa boîte faisait semblant de téléphoner. Devant ses camarades hilares, il déclama :

— *Quisiera denunciar un carterista. Un cochino enano*[1].

Atticus ne réussit pas à traduire. Il croyait se souvenir qu'un *carterista* était un pickpocket.

— C'est là que j'ai trouvé la voiture, dit Renata. Là où nous sommes garés.

Puis elle descendit.

Des adolescents savonnaient et rinçaient des voitures sous l'œil sceptique des conducteurs américains. Sur la grande place de la *parroquia*, vingt grands-pères en chemise et pantalon blancs accordaient leurs instruments, et derrière eux le mendiant de Stuart clopinait sur ses béquilles ; il atteignit le parvis de la *parroquia* et disparut subitement.

Atticus suivit Renata sous les auvents, le long de Printers

---

1. « Je voudrais dénoncer un pickpocket. Un sale minable. »

Inc., qui était fermé, puis vers une grande mairie délabrée et *la comisaría de policía.* Une demi-douzaine d'adolescents renfrognés en uniforme bleu marine défraîchi défendaient le commissariat avec des mitraillettes et des vieux fusils dont ils semblaient impatients de se servir.

Renata attendit à un coin de rue le passage d'un car d'hôtel empli d'Américains de l'âge d'Atticus, affublés de visière de golf et de lunettes de soleil. Une jeune mère qui allaitait son bébé aborda Renata avec un air tellement misérable que Renata glissa un billet d'un peso dans la main tendue. Elle reçut en échange un paquet de chewing-gum.

— Je ne sais pas résister, dit-elle. Je me sens toujours coupable. Stuart s'y prend mieux que moi.

— Je viens justement d'apercevoir son mendiant, dit Atticus.

— Ah bon ? Où ?

— J'ai l'impression qu'il a disparu dans la cave de l'église.

Renata scruta la *parroquia.* Elle paraissait fascinée. Puis elle fit signe à Atticus, s'approcha du commissariat et déclina son identité en espagnol à un jeune homme qui avait croisé deux rangées de cartouchières sur sa poitrine de pigeon. Le jeune homme écouta Renata d'un air lugubre, puis pointa son fusil vers la porte et les laissa passer.

Derrière un vaste bureau en acajou, dans une pièce qui ressemblait à un hall de gare, un gradé avec des galons de sergent mangeait négligemment une banane. Le sol en carrelage vert était crasseux, des toiles d'araignées flottaient un peu partout, des empreintes de bottes et des crachats maculaient les murs. Derrière le bureau, une carte de Resurreccíon était punaisée au mur, rafistolée avec du sparadrap. Le long de la nationale, des croix ébauchaient la jungle et les mots *Las Ruinas* s'étalaient en gras. Renata se présenta au sergent, expliqua en espagnol la raison de leur visite et le gradé toisa Atticus comme s'il méprisait ses vêtements trop chics mais enviait ses belles bottes.

— Votre visa, s'il vous plaît, finit-il par demander en tendant la main.

Atticus sortit son passeport et le sergent prit son temps pour épeler chaque mot anglais, puis il roula la peau de banane et l'écrasa dans sa poche de chemise, sous un badge au nom d'Espinoza. Il avait une peau caramel grêlée, et de rares fils blancs dans sa chevelure malgré la soixantaine bien sentie. Tout en étudiant le visa d'Atticus Cody, il déclara :

— J'ai connu... euh, votre fils. Je l'ai croisé dans rue, et j'ai photographié mentalement. (Puis il rendit le passeport et ajouta :) *Siempre muy borracho.*

Toujours très saoul.

Renata répliqua avec humeur, et Espinoza fouilla dans un tiroir de son bureau en acajou, tout penaud. Il en extirpa un trousseau de vieilles clefs et dévisagea Atticus d'un air dur.

— *¿ Es listo ?* demanda-t-il.

— *Sí*, répondit Renata.

— Vous avez l'air mal en point, remarqua Espinoza.

— C'est la vengeance de Montezuma, dit Atticus.

Offensé, Espinoza se leva, ouvrit la porte aux barreaux de fer, et enfila un couloir étouffant en pianotant du dos de la main sur le mur vert crasseux. Sur la droite se trouvait un dortoir grand comme une salle de gym, équipé d'une seule porte et de quatre fenêtres haut perchées munies de barreaux, et dans lequel une douzaine de prisonniers, à quatre pattes, épongeaient le sol autour de leurs lits de camp en toile verte avec des serpillières qu'ils essoraient ensuite dans des seaux métalliques. Espinoza s'arrêta pour introduire un passe-partout dans la serrure d'une vieille porte en bois sur laquelle une pancarte écrite à la main indiquait « *Desposito* ». Il s'écarta pour laisser entrer Renata et Atticus dans une sorte d'étuve aussi encombrée qu'un mont-de-piété. Il y avait là des valises, des caisses, des cartons, des pneus de voiture, des fusils de l'armée mexicaine, et un moteur V-8 Chevrolet. Espinoza traversa l'étroite allée en discutant avec Renata en espagnol.

— Ils ont son fusil, traduisit-elle, ses vêtements, sa moto, et il ne sait quoi d'autre.

Le sergent ramassa un paquet en papier vert qu'il balança à travers la pièce comme si c'était du fourrage.

— On est censés vérifier, dit Renata.

Atticus s'agenouilla, déchira le papier et vit le portefeuille effiloché de Scott, une montre suisse identique à la sienne, une chemise en daim râpée, et le jean maculé de peinture de son fils. Il n'y avait pas de pesos dans le portefeuille, mais Atticus trouva une carte de bibliothèque, une carte Bancomex, une photo d'identité de Renata, une carte Visa expirée, et un morceau de papier déchiré sur lequel étaient inscrits des numéros de téléphone. Le permis de conduire et la carte American Express avaient disparu, exactement comme Renata l'avait dit. Atticus faillit demander des explications à Espinoza mais se ravisa, devinant le haussement d'épaules du sergent et son ignorance, réelle ou feinte. On les avait sans doute volés ; il demanderait à Frank de faire opposition pour la carte. Il rangea le portefeuille dans sa poche, et palpa les vêtements. Mais ces derniers aussi lui parurent suspects. Atticus n'était pas dans le commissariat depuis dix minutes qu'il transpirait déjà. Sa chemise se teintait de taches grisâtres. Or Scott avait supporté une chemise en daim et un jean. Atticus renifla la chemise, mais il ne sentit ni sang ni sueur ni térébenthine ni peinture.

Au-dessus de sa tête, Espinoza soufflait comme un phoque ; levant les yeux, Atticus vit qu'il tenait l'élégant fusil de calibre douze avec sa crosse en noyer à damier. Il se releva, et prit avec précaution le fusil des mains d'Espinoza. Le sergent s'adressa à Renata en espagnol.

— Il dit de ne pas vous inquiéter ; ils ont retiré les cartouches.

— Les cartouches ?

Renata ne parut pas comprendre.

— Oui, c'est ce qu'il m'a dit.

— *¿ Cuantos ?* demanda Atticus, et il caressa le magasin du fusil.

Espinoza fronça les sourcils, puis pointa trois doigts.

— *¿ Donde están ?* (Où sont-elles ?)

Espinoza haussa les épaules.

Atticus se tourna vers Renata.

— Si on veut se suicider, on n'a pas besoin de quatre balles, expliqua-t-il. Une seule fait l'affaire.

Renata le dévisagea, bouche bée.

Espinoza épluchait un inventaire en marchant ; Atticus le suivit, dépassa le moteur de Chevrolet, et parvint dans un recoin où la Harley-Davidson de Scott était couchée au milieu de cinq ou six bicyclettes en vrac, couverte d'une pellicule de poussière sur le carénage, avec de l'herbe de la jungle sur le cale-pied et la poignée. La clef était toujours sur le contact. Espinoza voulut redresser la moto, mais les trois cents kilos de l'engin le déséquilibrèrent, et Atticus dut se cramponner à la machine et l'ajuster sur sa béquille. Il posa le fusil à côté du sac de vêtements tandis que le sergent fouillait dans un placard métallique d'où il sortit une chemise rouge qu'il lui remit. Atticus s'assit sur une chaise en chêne et chaussa ses lunettes à monture d'or. Espinoza lui dit quelque chose en espagnol.

— Il dit qu'un adjoint a rempli le dossier à sa place, traduisit Renata. Lui, il pêchait le tarpon au large du golfe du Honduras.

— Vous avez attrapé quelque chose ? demanda machinalement Atticus.

Espinoza sourit en se tenant le ventre.

— *Mareado*, dit-il.

— Le mal de mer, traduisit Renata.

— Ah, *mareado*. Il faudra que je m'en souvienne.

Atticus ouvrit la chemise rouge qui contenait un feuillet écrit en espagnol, le rapport du sergent Jose-Maria Espinoza sur l'*investigación de suicidio*. Le corps avait été identifié comme étant celui d'un Blanc aux yeux bleus du nom de

Scott William Cody, un mètre quatre-vingt-dix, quatre-vingts kilos. *Ciudadanía* : États-Unis ; lieu de naissance, Antelope, Colorado. *Résidencia provisoria*, 69, Avenida del Mar, à Resurreccíon. Celui qui avait rempli le rapport était sans doute un amateur d'armes, car un luxe de détails décrivait le fusil : Winchester Ranger SG à pompe de calibre douze, modèle 1 300, un mètre vingt de long, trois kilos quatre cents, une cartouche tirée dans la chambre et trois dans le magasin qui peut en contenir cinq. Le reste avait moins d'importance. En outre, Atticus ne comprit pas grand-chose, hormis le nom de Renata Isaacs, et l'heure à laquelle la police était arrivée sur les lieux, « *las diez menos cinco* », dix heures moins cinq. Et c'était tout. Cela aurait pu être le rapport d'un accident domestique sans gravité, ou du vol du fusil de collection d'un citoyen américain.

En tournant la page, Atticus fut exaspéré par une photo floue en noir et blanc du visage en bouillie qu'il avait entr'aperçu dans le cercueil, une cavité béante à la place de l'œil droit, du sang collé dans les cheveux blonds, du sang sur la mâchoire et le cou, et des caillots dans l'oreille droite. Il y avait aussi une autre photo, prise depuis le pas de la porte, sans flash, de sorte que Scott n'était qu'une vague silhouette masquée par quatre policiers oisifs. Une autre encore, prise au grand angle, le montrait affaissé dans le gros fauteuil vert à oreilles, ses doigts encore sur la détente, le fusil étendu à ses pieds. Chaque cliché semblait accentuer la blessure faciale ou les dimensions de la pièce, il n'y avait rien pour qu'un père se recueille une dernière fois devant l'image de son fils, ce n'étaient que les photos banales d'un être quelconque en état de décomposition. Atticus examina de nouveau la photo au grand angle. Le pied gauche de Scott, nu, redressé ; le pied droit à plat contre le sol, avec une tache de sang sombre derrière le talon.

— Il n'avait pas de chaussures, dit Atticus, soucieux.

— *¿ Cómo ?* demanda Espinoza.

Renata fouilla dans le paquet en papier vert, mais ne trouva pas de chaussures.

— Scott était peut-être pieds nus, avança-t-elle.

— Il ne serait pas venu à moto, alors. Et s'il avait retiré ses chaussures pour travailler, on les aurait retrouvées dans l'atelier.

Offensé, le sergent Espinoza reprocha :

— *Ustedes hablan muy rápido* (Vous parlez trop vite.)

Une main affectueusement appuyée sur l'épaule d'Atticus, Renata étudia la photographie. Son visage était si près du sien qu'Atticus distinguait le duvet blond de ses joues. Même dans cette pièce crasseuse, il arrivait à sentir l'odeur de son savon parfumé.

— Vous avez raison, admit Renata. C'est bizarre.

Derrière eux, recrachant la fumée de sa cigarette, Espinoza regardait avec intérêt les photos comme s'il les voyait pour la première fois.

Atticus les tapota d'une main, puis demanda à Renata :

— Trois photos ?

Renata s'en entretint avec Espinoza.

— Ils n'avaient plus de pellicule, expliqua-t-elle à Atticus.

Furieux, Atticus rendit la chemise rouge à Espinoza.

— *¿ Esto es todo ?* demanda-t-il. (C'est tout ?)

— *Sí*, acquiesça Espinoza.

Il coinça la chemise sous son bras pour feuilleter les dossiers du classeur métallique, puis remit la chemise en place.

Renata ramassa le paquet de vêtements sans un mot. Atticus démonta le fusil, le fixa à l'aide de Sandow sur le porte-bagages de la Harley-Davidson. Espinoza maintint la porte tandis qu'Atticus arc-boutait ses soixante-dix kilos sur la lourde moto et la roulait dans le couloir. Il manœuvra la Harley dans la grande pièce, et Espinoza et un autre policier l'aidèrent à lui faire descendre les marches de l'entrée.

Une foule s'était rassemblée dans le square devant la cathédrale pour écouter un orchestre, violons, guitares et trompettes, jouer : « Tú Sólo Tú », tandis qu'un chanteur de charme, apparemment célèbre, vêtu d'un costume vert de mariachi, entonnait : « *Y por quererte olvidar me tiro a la borrachera y a la perdición*[1]. »

Renata resta sur le trottoir pendant qu'Atticus enfourchait la moto.

— Vous voulez que je rentre avec vous ? proposa-t-elle.

— Non.

Renata le regarda d'un air soupçonneux.

— Vous n'allez pas vous évanouir, vous êtes sûr ?

— Non, ça ira. (Il lui tendit son Stetson afin de démarrer la grosse machine.) Tiens-moi mon chapeau une seconde.

Renata le regardait toujours, mais différemment, comme s'ils avaient longuement débattu et qu'elle avait fini par se ranger à ses arguments.

— Vous croyez qu'il a été assassiné ? demanda-t-elle.

— Oui, je crois.

Atticus embraya d'un coup de botte et déboîta entre deux voitures ; il se fraya un chemin parmi les taxis et les Jeep de location des hôtels, déboucha dans l'Avenida de la Independencia, et de là, connaissant la route, il fit parler les chevaux, à cent à l'heure sur la nationale qui s'enfonçait dans la jungle. Le moteur ronflait, le vent s'engouffrait dans sa chemise et plaquait ses cheveux gris. Comme il avait roulé longtemps, il crut avoir raté l'embranchement pour l'atelier de Scott, mais il aperçut une adolescente en robe citron qui faisait avancer une vache grise en lui fouettant les flancs avec une baguette en bambou, et, juste derrière elle, le drapeau rouge pendu à un arbre. Atticus prit un virage serré, et s'engagea dans l'allée mangée par les herbes où flottait l'air marin des Caraïbes, chargé de sel et d'algues.

Puis il y eut la savane éblouissante, un éclat de mer bleue, la houle verte des herbes et les ruines de l'ancien fortin maya. Atticus fonça vers la colline comme Scott avait dû le faire avant lui, puis il coupa le moteur, emporta le fusil et gravit

1. « Et pour avoir voulu t'oublier, j'ai sombré dans l'alcool et la perdition. »

la pente à pied, quasiment à quatre pattes, s'arrêtant à mi-chemin pour reprendre son souffle, puis de nouveau pour arracher la bande jaune de la police qui scellait la porte.

Rien n'avait changé depuis samedi. Atticus s'assit dans le gros fauteuil vert comme Scott sur la photo prise depuis le pas de la porte, incliné sur sa droite, les doigts effleurant le sol. Si c'était un suicide, Scott n'avait rien eu en face de lui au moment de se tuer. Alors qu'il était censé s'être affaissé dans le fauteuil, le regard fixé sur un tableau à moitié terminé. Atticus se releva, monta le fusil, et le disposa sur le sol exactement comme il l'avait vu sur la photo au grand angle. Il se rassit, prit la pose de Scott, et, serrant le canon du fusil dans sa main gauche, l'appuya contre sa tempe. Mais cela ne collait pas : sa main droite se tordait dans le pontet et son avant-bras formait un angle aigu. Atticus planta son pied droit à l'endroit où on voyait celui de Scott sur les photos, puis lâcha le fusil. Le fût tomba sur sa cuisse et glissa vers son aine. Il recommença, engagea son pouce dans le pontet comme s'il voulait se tirer une balle dans la tête, imagina la déflagration et le recul qui le plaquerait contre le fauteuil. Mais le fusil retomba encore contre sa cuisse.

Et s'il n'était pas mort sur le coup ? Et s'il avait saigné pendant une heure, conscient ou inconscient, défiguré, tordu de douleur ? Aurait-il envoyé valdinguer le fusil ? Ou l'aurait-il empoigné pour s'achever ?

Atticus alla au cabinet de toilette, ouvrit le robinet d'eau froide et s'aspergea le visage, l'esprit en ébullition. Et si c'était un meurtre ? Et si Scott avait été tué sur le seuil et qu'il était trop lourd à porter à l'intérieur ? Son assassin aurait vraisemblablement amené le gros fauteuil vers la porte pour que le trajet soit moins long et moins pénible. De quel côté le sang aurait-il coulé ? Comme sur la photo, vers l'oreille tant que Scott serait resté allongé par terre. Le sang aurait tout gâché : s'il avait taché le dos de la chemise, le tueur aurait dû l'enlever et lui en passer une propre, une de celles qui étaient pendues dans le placard. Et si du sang maculait les chaussures, il les aurait enlevées aussi. Si c'était un meurtre, l'assassin aurait d'abord volé le fusil, et l'aurait chargé de plusieurs cartouches. Si c'était un meurtre, les choses commençaient à coller. Si c'était un meurtre, songea Atticus, je n'ai plus besoin de me sentir coupable.

Il referma l'atelier et marcha jusqu'à la falaise. Un soleil cru inondait les sept bleus différents de la mer des Caraïbes, et un vent du sud agitait les vagues qui se gonflaient avant d'aller fouetter les rochers sur lesquels elles se brisaient avec fracas. Les algues et le varech dessinaient des toiles d'araignée vertes et mauves sur le sable blanc, à dix mètres des rouleaux écumants. Des lauriers-roses sauvages poussaient au flanc de la falaise et Atticus aurait juré qu'une chaussure était restée accrochée sur un replat rocheux.

S'aidant du fusil, Atticus dévala la colline jusqu'au replat rocheux, puis il tendit la main et empoigna le mocassin. C'était une chaussure marron, en cuir souple, presque neuve, et dont la marque, Cole Haan, était encore visible en lettres dorées sur la semelle intérieure. Une tache de sang rougissait la tige. Atticus fouilla des yeux la falaise et le rivage à la recherche de la deuxième chaussure, et se retrouva à contempler l'eau bouillonnante d'où Renata était sortie la veille.

Puis une impression de malaise le força à se retourner vers la *casita*, et il aperçut une silhouette qui le fixait intensément ; il distingua la couleur de la peau, le visage, la stature qui se découpait dans la lumière aveuglante du soleil couchant.

— Qui est là ? hurla Atticus.

Mais l'ombre recula de quelques pas et disparut hors de sa vue.

Atticus réprima l'envie de courir après l'inconnu ; la pente était trop abrupte, il était trop faible, et la forêt trop proche. Il se laissa glisser en bas de la colline et s'assit un instant sur la moto brûlante, furieux, agacé et malheureux, puis il mit le contact, tourna les gaz, et embraya. La Harley-Davidson bondit, dérapa sur l'herbe, puis se stabilisa et fonça vers la nationale.

En retournant à Resurreccíon, Atticus passa devant un hameau où une frêle fillette, extrêmement sale, accroupie devant une hutte de palmes jaunies, fourrait de la bouillie de maïs dans des tortillas tandis qu'une vieille femme grisonnante l'observait depuis l'un des six hamacs de la chambre. Puis il passa devant une échoppe ombragée par un auvent où un garçon enveloppé dans un tablier de cuisinier taché vendait du Coca-Cola tiède ; des femmes enceintes longeaient la route, pliées sous le poids des énormes seaux en plastique qu'elles étaient allées remplir d'eau à la pompe. Des chiens affamés s'enfuyaient sournoisement à l'approche des humains. Des poules et des coqs picoraient la terre. Sur une façade bleu pâle était peint le mot LONCHERIA[1] ; à l'intérieur, autour de tables de pique-nique, des hommes trop gros dans des T-shirts sales mangeaient des haricots rouges, du riz et des *tamales* dans des assiettes en carton. Sur le comptoir, des côtes de porc s'entassaient dans une sauce orange. Des mouches noires se posaient sur la viande, pour s'envoler dès qu'une vieille femme abattait paresseusement un magazine sur le plat.

L'adolescente à la robe citron qu'Atticus avait croisée plus tôt s'éloignait, sa baguette en bambou à la main. Elle s'arrêta, fixa un regard brûlant sur Atticus qui ralentit et fit demi-tour. Quelques mètres plus loin, la vache broutait dans l'herbe tachée d'huile qui lui arrivait aux jarrets. Atticus roula jusqu'à la fille, coupa le contact, et inclina la moto sur la béquille. On entendait le murmure strident des insectes de la jungle, le pépiement et le chant des oiseaux dans la voûte verdoyante. La fille portait des socquettes blanches et des chaussures marron. Elle avait environ quatorze ans.

— *Buenas tardes, señorita* dit Atticus.

— *Buenas, señor.*

Elle se retourna nerveusement, et marcha à côté de la vache ; elle lui empoigna une oreille tout en tapotant son flanc avec sa baguette. La bête l'ignora, et courba la tête pour

1. Gargote servant le déjeuner *(lunch). (N.d.T.)*

brouter un peu plus loin. L'éleveur qu'était Atticus souffrait de voir les côtes apparentes, mais il aida la fille en flanquant une tape vigoureuse sur l'échine osseuse de la bête. La vache se lança dans un trot enlevé qui fit battre ses mamelles rebondies entre ses pattes. Atticus accompagna un instant la fille et la vache le long de la nationale.

— *Perdoneme, señorita. Yo soy el padre del señor Scott Cody.*

La fille ne répondit pas, mais elle lui coula un regard en biais et fouetta la bête avec sa baguette.

— *¿ Sabe ?* demanda Atticus. (Vous connaissez ?)

Elle acquiesça, l'air grave.

— *Cotzi,* fit-elle.

— *Sí.*

A son grand étonnement, l'espagnol lui revint comme par enchantement.

— *Mi hijo es muerto.* (Mon fils est mort.) *Miércoles.* (Mercredi.) *En la noche.* (Dans la nuit.) *¿ Comprende ?* (Vous comprenez ?)

Elle acquiesça comme une bonne élève.

— *Sí, señor. Lo siento.* (Je suis désolée.)

Atticus désigna le fusil qu'il avait démonté et fixé sur le porte-bagages.

— *¿ Escuche la arma ?* (Vous avez entendu l'arme ?)

Bien qu'étonnée, elle répondit :

— *Sí, señor.*

Intéressé, Atticus demanda :

— *¿ A que hora ?* (A quelle heure ?)

— *A medianoche,* répondit-elle après avoir réfléchi. A minuit.)

La vache s'arrêta avec une conviction entêtée et arracha une touffe d'herbe qu'elle enfourna lentement de biais. La fille dévisagea d'un œil rond Atticus qui cherchait ses mots afin de lui poser la centaine de questions qui lui venaient à l'esprit. Il finit par se décider pour la seule qu'il pouvait formuler.

— *¿ Usted ver mi hijo temprano ?* (Vous voir mon fils plus tôt ?)

Incapable de traduire sa réponse, il lui demanda d'un geste de répéter :

— Redites-moi ça.

Fermant les yeux, les deux mains jointes contre sa joue, elle reformula sa réponse avec une paraphrase où il était question de son frère et de sa sœur, et dans laquelle Atticus reconnut les mots *adormecido* et *coche.* Endormi et véhicule. Ils l'avaient vu dormir dans sa voiture. Comme il ne se rappelait pas comment dire « moto » en espagnol, Atticus désigna la Harley.

— *¿ No ése ?* (Pas ça ?)

La fille esquissa un sourire, comme s'il se moquait. Dormir sur une moto ! Elle secoua la tête.

— Que faisais-tu là ? s'interrogea-t-il tout haut.

— *No comprendo ingles, señor.*

Atticus révisa sa question mentalement, puis demanda :

— *¿ Porque usted allí, señorita ?*

— *Vimos las luces en la casita.* (Nous avons vu de la lumière dans la maison.) *A veces lo mirábamos pintando.* (Nous le regardions parfois peindre.)

Atticus devina le sens général, mais il n'était pas sûr d'avoir bien compris. Ainsi Scott dormait dans sa voiture alors que la lumière brûlait dans la maison ? Qui avait allumé ? Et comment se faisait-il que Renata ait retrouvé la Volkswagen près du square ? Il essaya de mettre sa perplexité en mots, mais son espagnol le trahit, et il voyait bien que la fille avait hâte de partir.

— *Muchas gracias, señorita,* se contenta-t-il de dire.

— *De nada.*

Elle fouetta les flancs de la vache et tous deux s'éloignèrent.

De retour sur l'Avenida del Mar, Atticus coupa le moteur de la Harley-Davidson devant chez Scott et cala la moto sur sa béquille. En entrant dans la maison, comme il se sentait défaillir, il posa le fusil et s'affala sur le dos dans le canapé, ferma les yeux et ôta ses bottes de cow-boy. Parfumée et douce comme les cheveux de sa femme au lit, une brise tropicale éventa son visage ; il tourna la tête vers la fenêtre et vit dans une bouffée fiévreuse le bleu passé du ciel, le bleu marine de la mer, et les portes coulissantes à moitié ouvertes qui laissaient s'échapper l'air conditionné. Il agrippa le bras du canapé, se hissa sur ses pieds, vacilla jusqu'à la terrasse et referma les portes vitrées. Puis il entendit un bruit qui cessa quand il essaya d'en localiser la provenance. Le silence régnait, mais, levant la tête au plafond, Atticus sentit une présence dans la chambre de Scott. L'espace d'un instant, il crut que Scott était en vie, que tout le reste n'avait été qu'une horrible mascarade, une mauvaise plaisanterie qui avait fait long feu. Ah, si cela pouvait être ainsi !

— Il y a quelqu'un ? cria-t-il.

Le silence.

Chancelant, il se retint au dossier d'une chaise, et fronça les sourcils en entendant un murmure et le déclic étouffé d'un téléphone qu'on raccrochait.

— Maria ? appela-t-il. Qui est là ?

Il alla au pied de l'escalier et, agrippant la rampe à deux mains, il scruta la cage jusqu'à l'étage supérieur. Un store filtrait la lumière crue du soleil qui frappait le mur du couloir ; Atticus aperçut alors un blue jean effiloché et des Nike sur le palier du premier, puis une main basanée se posa sur la rampe et un adolescent en chandail des Cow-Boys de Dallas dévala l'escalier, le visage détourné et caché derrière sa main comme pour éviter d'être pris en photo.

— Qu'est-ce que vous foutez là ? hurla Atticus.

Le jeune Mexicain atterrit sur le palier et y resta planté, perplexe, hésitant sur la marche à suivre.

— Je t'ai vu hier à l'église, hein ? A l'enterrement ?

Le gamin ne semblait pas comprendre l'anglais, mais un voile d'inquiétude assombrit son beau visage, et il chargea soudain comme un pilier de rugby, renversa Atticus d'un coup d'épaule, puis s'enfuit à travers la salle à manger, sortit sur la terrasse, escalada le haut mur et se volatilisa.

En se relevant, Atticus sentit la colère et l'humiliation de l'âge. Sans avoir eu le temps de se battre ni d'avoir peur, il venait d'être mis à terre par un petit voleur minable qui avait cru que le père de Scott serait rentré au pays sitôt après l'enterrement.

Le téléphone sonna dans la salle à manger. Atticus alla décrocher.

— Allô ?

— C'était comment ? demanda Stuart.

Atticus soupesa les différentes choses que le pronom neutre impliquait, puis déclara :

— Le commissariat ? Plutôt sinistre. Renata ne vous a pas raconté ?

— Je n'ai pas vu la belle.

Cela faisait longtemps que Stuart s'était exilé au Mexique. Il avait appris à ne rien savoir.

— Nous avons eu un intrus dans la maison, dit Atticus.

— Oh, non ! Qui ?

— Un gamin de seize, dix-sept ans. Quand je suis rentré, la porte de la terrasse était ouverte, et je l'ai entendu utiliser le téléphone du premier. Il avait les mains vides, je ne pense donc pas qu'il ait pris quoi que ce soit. Je ne suis pas encore amariné, sinon je l'aurais poursuivi.

— Oh, je suis navré, Atticus ! Comme c'est odieux ! Vous devez vous sentir affreusement mal ! Il y a eu trop de cambriolages, ces derniers temps.

— Euh...

— Voulez-vous que je prévienne la police ?

— Elle ne m'a pas laissé forte impression. Ça ne m'étonnerait pas qu'ils disent que le gamin était là pour empêcher les voleurs d'entrer.

Stuart garda le silence. Atticus entendit la pierre de son briquet et le grésillement d'une cigarette.

— Nous espérons toujours vous avoir à dîner. Même après notre malentendu de ce matin.

— C'est très aimable à vous. Je vais vous faire un aveu : j'ai la dalle.

— Fantastique ! Voulez-vous que nous passions vous prendre ?

— Vous savez quoi ? Je vais faire un somme. Ensuite, je me change et j'irai chez vous à pied. Je n'ai pas encore eu le temps d'admirer le bord de mer, et ça me tente assez.

Stuart lui expliqua la route, et raccrocha sans lui dire au revoir.

Le téléphone à la main, Atticus décida d'appeler Frank au Colorado, mais Marilyn lui apprit que son fils aîné donnait une conférence à Sterling devant une association d'éleveurs. Elle nota le message pour la carte American Express de Scott, et Atticus lui narra une version édulcorée des derniers jours, puis lui dit qu'on l'attendait pour dîner et qu'il comptait rester quelques jours de plus pour profiter du soleil.

Dès qu'il eut raccroché, il sortit le portefeuille défraîchi de Scott, et lissa le papier sur lequel se trouvaient les numéros de téléphone. Le premier numéro était celui de Stuart ; il composa donc le second, qui était précédé d'un « S ». Après cinq sonneries, une voix mexicaine répondit en disant platement : « *El Alacran.* » Entendant le bruit d'un gobelet de dés qu'on abat sur un comptoir, Atticus comprit qu'*El Alacran* était le *Scorpion*, et il raccrocha. « P.I » possédait un répondeur qui déclina les heures ouvrables de Printers Inc. Le numéro précédé d'un « R » au crayon répondit à la quatrième sonnerie. Un réceptionniste d'hôtel dit : « *Bueno*, El Marinero. » Atticus ne trouva rien à dire. Il était obnubilé par le « R ».

Une vingtaine de minutes avant le coucher du soleil, Atticus ferma la maison et descendit sur la plage par la piscine. La mer était d'un vert mouvementé, les vagues hautes comme des garages. Des collégiennes à peine vêtues traînaient encore sur les chaises longues des hôtels, luisantes d'huile solaire, baladeurs à l'oreille, margaritas à la main, le visage renversé vers le soleil qui se couchait derrière elles. Assise à l'ombre d'un palapa, une Américaine grassouillette, écarlate de coups de soleil, leva d'un livre de P.D. James ses yeux chaussés de lunettes noires et les promena sur le vieil homme à la moustache grisonnante et aux bottes de cow-boy qui déambulait d'un pas chancelant. Après l'hôtel *Maya*, El Presidente, les maisons à toit dissymétrique de la résidence Encanto, l'hôtel *Mexicana*, le *Marriott*, un escalier couvert d'algues et de vase conduisit Atticus vers un amoncellement de pierres brunes, vestiges d'un phare miné par les ans ou la négligence. Atticus escalada les pierres, emprunta une promenade en planches grises qui courait sur le sable, et débarqua sur quatre cents mètres de plage publique qui fourmillaient encore de familles mexicaines. Assises sur les hauteurs, de grosses femmes en robes délavées bavardaient inlassablement en cuisant des tortillas sur des grils métalliques ou couvaient des yeux des fillettes qui faisaient des pâtés de sable. Perchées sur une conduite d'égout en ciment, des adolescentes, sans doute leurs filles, discutaient à mi-voix en pouffant, et se couvraient timidement la bouche quand elles éclataient de rire. Atticus remarqua alors un Américain à demi nu d'une vingtaine d'années, bronzé comme un pain d'épice, la crinière au vent, une dague verte et une larme de sang, verte elle aussi, tatouées à la place du cœur. Affichant un sourire contraint, il aborda Atticus.

— Dites, l'ami, vous ne pourriez pas me dépanner, par hasard ? demanda-t-il avec l'accent traînant du Sud.

Une poignée de boucles et d'anneaux brillaient à ses oreilles, et il avait une sorte de clou en argent dans le nez.

— Vous cherchez une paire de tenailles ? ironisa Atticus.

Mais le jeune était trop à son cinéma pour l'entendre.

— Il faut que je me taille de ce trou, et il me manque juste cinq dollars pour mon billet de car. Vous ne pourriez pas m'avancer l'appoint ?

Vêtus de pantalons crasseux roulés au-dessus des genoux, de jeunes Mexicains jouaient au volley-ball. En soutien-gorge et culottes sombres que cachaient mal des chemises rendues transparentes par la baignade, des jeunes femmes s'extirpaient des vagues avec peine. De l'eau jusqu'aux chevilles, un maigre cuisinier d'hôtel encore en uniforme faisait tournoyer un bébé d'un an au-dessus des vagues en le tenant par les poignets.

Le jeune Américain n'avait pas lâché Atticus.

— Où veux-tu aller ? lui demanda le vieil éleveur.

— A Belize. Ou même au Guatemala. N'importe où, en fait. Il paraît que le Costa Rica est super cool.

— Ça fait un bout de temps que tu es là, pas vrai ?

— Deux putains d'années, avec la taule, qui devrait compter double.

Bien que craignant la réponse, Atticus demanda :

— Tu ne connais pas Scott Cody, par hasard ?

Le jeune parut réellement surpris — *Non ? On a les mêmes fréquentations ?* Il se retourna pour embrasser la plage des yeux, puis il chercha la maison de Scott, sans toutefois la trouver.

— Scott habite quelque part près du *Maya*, fit-il avec un geste large de la main. Je savais où, mais j'ai oublié. J'ai des problèmes de mémoire en ce moment. Je suis allé à une de ses putains de fêtes. C'est un type dément !

Atticus entendit bien la forme présente, mais s'abstint de rectifier. Un stand turquoise vendait des melons verts, du lard grillé, des bananes marron dans une espèce de ragoût sucré, et des ailes de poulet calcinées. A quelques pas, un autre stand était en réparation, et un gamin en maillot de bain, agenouillé dans le sable, peignait en vert une immense surface de ciment avec un pinceau minuscule. Une manière comme une autre de faire durer un mois le travail d'une journée. Perché sur un escabeau, un homme dont on n'apercevait que les jambes fixait des feuilles de palmier sur une armature en bois, et un autre l'assistait, dont l'unique tâche consistait à garder un pied sur l'escabeau tout en passant, un à un, des bouts de fil de fer de vingt centimètres à son collègue. Atticus sortit son portefeuille et se mouilla le pouce pour extraire un billet de cinq dollars qu'il retint un instant comme pour taquiner le jeune Américain.

— Si je voulais trouver Scott ou ses amis, où me conseilles-tu de chercher ?

Le jeune se renfrogna et se tassa légèrement tout en passant une main dans ses cheveux roux.

— Vous êtes de la police ?

— Je suis son père.

Le jeune l'examina de plus près.

— Ouais ! Mais c'est vrai ! Vous êtes le vieux qu'il était en train de peindre ! Ma copine trouvait que vous ressembliez au bon Dieu.

— Oui, nous avons la même voix, sourit Atticus.

— Elle était défoncée, bien sûr.

— Cela va sans dire.

Le jeune contempla le billet de cinq dollars.

— Whaou ! C'est comme à la télé ! s'exclama-t-il, puis il ajouta : Je crois qu'il traîne la nuit dans le Tringlodrome.

— Le Tringlodrome ?

— Oui, vous savez, les salons de massage, les putes, les bars.

Atticus lui remit le billet.

— Tu ne lui aurais pas vendu une voiture, non ?

— Euh..., hésita l'autre. En tout cas, elle n'était plus sous garantie.

— Oui, je sais. Tu as eu un accident avec la Volkswagen avant de la lui vendre ?

— Non, monsieur, jamais.

— Les pièces étaient d'origine ?

— Oui, je crois. (Il parut se plonger dans une profonde méditation.) Scott a eu un accident avec la voiture ?

— J'en ai bien l'impression.

Le jeune Américain traîna encore quelques secondes, puis il se hâta de retourner sur la plage comme s'il risquait de perdre ses cinq dollars s'il s'attardait davantage. Atticus se dirigea vers la villa de Stuart au bout du promontoire, dépassant l'antre de pirate du *Scorpion*, avec ses néons bleus, son toit de chaume, sa terrasse en bois et son ponton où des vedettes amarrées dansaient et sautaient sur les vagues. Des bouteilles de *cerveza* et des gobelets de plastique contenant encore des zestes de citron vert jonchaient le sable gris comme de la cendre de cigarette. Il y eut ensuite des villas sans âme, placements immobiliers inhabités, entretenus par des jardiniers et des domestiques qui branchaient le système d'alarme à la nuit tombée avant de rentrer chez eux. Et tout au bout, la grande villa rose de Stuart, et Renata, somptueuse robe blanche et châle sur les épaules, face à la pelouse luxuriante, qui contemplait le coucher de soleil.

Au dîner, Stuart monopolisa la conversation, parla de ses craintes de voir un jour les trains à grande vitesse violer Resurreccíon, de la plomberie bâclée qui cédait sous la pluie, des résidences de luxe qui se vendaient à perte à cause de la chute du peso. Il parla de sa librairie, de *Publishers Weekly*, et d'une employée qui était tombée enceinte exprès, et cela nourrit d'autres sujets de conversation qu'on se repassait comme des plats. Tout était léger et spirituel, bien que chargé de sens, comme empreint de sous-entendus qu'un invité ne pouvait espérer comprendre. Renata flattait Stuart ou gardait le silence pendant qu'il imitait cruellement des amis, imposait ses opinions arrêtées ou entamait vivement des disputes aussitôt oubliées. Et Atticus faisait tourner son verre d'eau minérale glacée entre ses mains, imaginant son fils pendant ces soirées d'automne et d'hiver, aussi mal à l'aise que lui sous un calme apparent, souriant gentiment à ses hôtes tout en bouillant intérieurement.

Atticus pensa aux mensonges qu'il avait entendus depuis deux jours. Il faillit demander à Renata de venir parler à la jeune Mexicaine, mais il n'était pas sûr de lui tirer davantage de renseignements, et il craignait que Renata ne lui traduise que ce qu'elle voulait bien qu'il sache. Même ce soir, elle semblait bizarre, à cran, distante, la première à rire, la première à arrêter de rire, timide en paroles, audacieuse en gestes, et se désintéressant de lui. Elle se comportait comme une enfant gâtée qu'on force à manger avec les grands et qui attend la fin du repas avec impatience. A-t-il été assassiné ? avait-elle demandé ; il lui avait répondu qu'il le pensait, et elle ne l'avait plus questionné depuis.

Stuart finit la sauce hollandaise tout en délivrant son diagnostic sur la crise immobilière ; Atticus l'interrogea sur ses investissements personnels.

— Stuart possède des hôtels, dit Renata avec une pointe d'exaspération.

— Je possède des parts dans des hôtels, rectifia Stuart, avec une courbette puérile.

Bien que déjà à moitié ivre, il se tourna à demi et lança :

— Julia ? *Mas vino por favor.*

Atticus remplit son assiette de *fettucine.*

— J'en ai peut-être vu quelques-uns, avança-t-il.

Stuart le jaugea comme s'il venait de découvrir en lui une complexité qui lui avait échappé.

— Ce ne serait pas digne de vos principes. Ils se trouvent dans, comment dire ? Dans la partie *aventureuse* de notre belle ville.

— Le Tringlodrome, peut-être ?

— Tu entends ça, Renata ? (Elle refusa de sourire.) Ne me dites pas que vous avez questionné les chauffeurs de taxi ?

Atticus entortilla des *fettucine* sur sa fourchette.

— J'ai de grandes oreilles, c'est tout.

— Oh, j'avais remarqué !

Et Stuart se renversa en arrière tandis qu'une bonne enjouée et grassouillette versait du vin rouge chilien dans son verre.

— Oh, Renata, comment s'appelle-t-il, déjà ?

— Lequel ?

— Celui que Barry m'a aidé à renflouer. Tu sais bien.
— La *Casa Fantasía* ?
— Non, non, non ! Sur El Camino, nom de Dieu !
— *El Marinero*, dit Renata.
Atticus ne broncha pas.
— Voilà, c'est ça. Bravo, chérie. Je t'envoie un baiser.
Stuart brandit la bouteille de vin, examina l'étiquette d'un air déçu, puis reposa la bouteille.
— Vous voulez un aperçu de mon génie, Atticus ?
— Je vous en prie.
— Ce n'était pas un coup de génie, Renata ? Pour l'amour de Dieu, soutiens-moi sur ce coup.
— Stuart a passé des petites annonces dans l'*International Herald Tribune*, confia Renata à Atticus.
Stuart s'affala.
— Et voilà, je suis trahi. Tu m'as volé mon anecdote !
— Oh, mais l'histoire ne s'arrête pas là.
— Non, mais c'était la chute.
— Ne fais pas cette tête.
— Tu as joué les Miss Casse-pieds toute la soirée, et quand j'ai une bonne histoire à raconter, tu lui dévoiles la chute !
— Il est tard, intervint Atticus. Je devrais rentrer.
Stuart colla son œil à sa montre.
— Dix heures, dit-il. Ce n'est pas tard.
Ils se retirèrent donc dans une bibliothèque verte pour prendre le kahlua et le café, mais la bonne humeur les avait fuis — Stuart s'endormait et Renata parlait avec le naturel de celle qui a trop révisé sa leçon. Elle alla prendre un livre au hasard sur une étagère, en lut un ou deux paragraphes d'un air morne, puis le remisa. Stuart posa poliment des questions sur les raffineries de pétrole et l'élevage de bétail, glissant sans cesse des regards vers Renata par-dessus sa tasse de café ; Atticus finit par lorgner ouvertement sur sa montre, remercia Stuart pour l'excellent dîner et se leva.
Renata reposa le livre qu'elle feuilletait.

— Vous voulez que je vous reconduise ?

— Ne te dérange pas. Je fais toujours un petit tour après dîner. Une habitude que je tiens de Harry Truman.

Renata le regarda avec un intérêt accru.

Stuart lui tendit la main sans se lever de son fauteuil.

— Je suis ravi que vous alliez mieux, assura-t-il.

— Merci, fit Atticus.

Il prit son chapeau que lui présentait Renata et sortit.

— *Vaya con Dios*, entendit-il Stuart lui lancer.

Le vent poussait un troupeau de nuages des Caraïbes, et la nuit fraîchissait tant qu'Atticus ne regretta pas d'avoir pris sa veste. Sur l'Avenida del Mar, comme sa chaussette droite godillait sur sa cheville, il se baissa devant le *Scorpion* pour la remonter. C'est là qu'il entendit une radio dont on réglait la station et qu'il vit un taxi vert et blanc parmi la centaine de voitures garées dans le parking du *Scorpion*. Cédant à son impulsion, il se redressa et héla le taxi avec le sifflement strident qu'il utilisait jadis pour appeler Scotty et Frank ; il sauta dans le taxi en marche.

— Comme on se retrouve, dit-il.

Panchito fit la moue dans son rétroviseur.

— *¿ Cómo ?*

Atticus ôta son Stetson.

— *Señor Cody*, dit-il.

A sa surprise, Panchito parut éprouver des difficultés à le reconnaître, comme s'il n'était qu'un *gringo* de plus, puis il sourit et s'exclama :

— *¡ Ay, sí !* Salut *amigo*.

— Vous êtes le seul taxi de Resurreccíon ?

Panchito s'esclaffa comme s'il avait compris, puis demanda :

— *¿ Adónde ?*

— Au Tringlodrome.

Panchito roula vers El Camino Real tout en cherchant une

station de Mexico sur sa radio. Une femme se mit à fredonner d'une voix douce : « *Solo tu sombra fatal, sombra de mal, me sigue por dondequiera con ostinación*[1] ».

— *¿ Quiere una prostituta, señor ?* s'inquiéta Panchito en jetant un regard par-dessus son épaule. (Vous voulez une prostituée, monsieur ?)

Atticus secoua la tête.

— *Es peligroso*, ricana Panchito en le menaçant d'un doigt. (C'est dangereux.)

— Tout est dangereux, répliqua Atticus, et il s'absorba dans la contemplation du paysage.

La voix claironnante du disc-jockey parut surgir d'une cabine de douche quand il annonça que la chanteuse s'appelait Linda Ronstadt et que la chanson s'intitulait « Tú Sólo Tú ». Toi, rien que toi. En quelques minutes, ils avaient quitté le *centro* et se dirigeaient vers une poignée de néons clignotants, dignes d'un Reno de quatrième zone.

— *Por favor, pare en la proxima parada*, demanda Atticus, et il déposa une somme trop importante dans la paume de Panchito.

— *¿ Quiere que espere ?* interrogea le chauffeur, surpris. (Vous voulez que j'attende ?)

— Non, ça ira, affirma Atticus, mais il n'en était pas si sûr.

Des centaines d'hommes tristes et honteux rôdaient autour des hôtels et des tavernes, disparaissant parfois à l'intérieur comme happés par une laisse, ou déambulaient tête basse dans la rue sale, et les vitrines crasseuses munies de barreaux les renvoyaient à leur solitude. Il y avait une *cantina* toutes les deux portes. *La Cigarra, Salón Carmelita, Texas, El Farolito.* A l'intérieur, des jeunes femmes mélancoliques, juchées sur des tabourets face à la porte, arboraient des cheveux teints, des coiffures en choucroute et des robes en Polyester à fanfrelu-

1. « Seule ton ombre fatale, ton ombre mauvaise, me suit où que j'aille avec obstination. »

ches qui semblaient sortir tout droit d'un bal d'étudiants des années 50.

Des gousses d'ail pendaient des maisons telles des guirlandes de fête. Des jeunes enfants à la tête rasée, marbrée des cicatrices rouges des coupures de rasoir, suivaient Atticus, l'imploraient, tiraient sur sa veste, et tendaient leurs mains sales avides de pièces. Des chiens maladifs et sauvages couraient le long des toits en terrasse et aboyaient furieusement après les passants. Des odeurs de feu de bois, de porc grillé, et de cuisine flottaient dans l'air. Au fond d'une ruelle, Atticus aperçut une adolescente qui baissait son caleçon et relevait sa robe pour qu'un gros lard en uniforme d'hôtel la soulève par les cuisses et la pénètre debout.

Atticus contourna une fille agenouillée sur le trottoir près d'un plateau en bois plein de travers de porc inondés de chili, poivrés d'une nuée de mouches. Vêtu d'un pantalon kaki et d'une chemise écossaise à manches courtes, un Américain de son âge le dépassa avec la démarche guindée et vacillante de l'ivrogne qui s'imagine tenir l'alcool. Quand Atticus passa devant elle, une grosse prostituée en jean moulant l'interpella d'une voix chantante. A une dizaine de mètres, un homme en costume bleu pastel se caressait la cravate sous le néon vert de l'hôtel *El Marinero.* Et juste en face était garée la Volkswagen rouge de Scott. Renata sortit de l'hôtel d'un pas pressé, et discuta avec l'homme au costume bleu pastel. Il haussa les épaules, renversa la tête et leva les bras dans un geste théâtral bien latin. Renata s'apprêtait à monter dans la Volkswagen quand des cris stridents retentirent. Puis il y eut un coup de feu.

Une centaine de Mexicains se précipitèrent vers le *Bella Vista* d'où la fumée d'une arme s'échappait en volutes grises et bleues. Atticus hésita, puis se dirigea lui aussi vers le bar, les mains dans les poches, genre : *Ne faites pas attention à moi* et il se glissa parmi des enfants qui, sur la pointe des pieds, tendaient le cou pour regarder par une fenêtre opaque de saleté. Des lambeaux de fumée planaient encore au plafond, et un corps inerte formait un tas sur le sol, tel un sac de sable ou un paquet de linge jeté du deuxième étage. Du sang s'écoulait de sa poitrine et ruisselait entre les lattes du parquet. Effondré au-dessus de sa victime, un Mexicain plus âgé tenait encore le revolver, mais un autre s'approcha et le lui arracha ; l'assassin prit alors le visage du garçon entre ses mains, lui parla d'une voix plaintive et déposa un baiser sur ses cils. Atticus s'aperçut que le garçon n'était autre que le voleur qu'il avait surpris chez Scott, le même qu'il avait vu à l'enterrement.

Renata le rejoignit.

— Ne restez pas là, conseilla-t-elle.

— Pourquoi ?

Elle l'empoigna par le coude.

— Il faut partir. Je vous dépose.

Elle garda le silence jusqu'à ce qu'ils aient quitté le quartier chaud.

— A la façon dont vous avez demandé, je craignais que vous ne veniez ici. Et votre expression vous a trahi. Pourquoi *El Marinero* ?

— A toi de me le dire.

— Je me suis dit qu'il y avait un rapport avec Scott.

— J'ai trouvé le numéro de téléphone de l'hôtel dans son portefeuille.

— Ah.

— Tu sais quelque chose de la fusillade ?

Un policier mexicain fit arrêter les voitures pour qu'une ambulance se fraie un chemin à toute allure.

— C'est passé dans les mœurs, dit Renata. Si on a un revolver, on finit toujours par s'en servir.

Le policier les autorisa à poursuivre ; Renata enclencha la première mais lâcha trop vite l'embrayage. Les pneus crissèrent et la Volkswagen fit un bond en avant.

— Le jeunot, dit Atticus, c'est lui que j'ai surpris chez Scott aujourd'hui.

— Non ! fit Renata, sincèrement surprise.

— Tu n'as aucune idée sur la question ?

Renata fixa la route et parut se forcer à continuer. Elle arriva à la maison sans réaliser qu'elle n'avait pas dit un mot de tout le trajet.

V

Qu'est-ce qui a bien pu te réveiller ? Une main près de son visage ; une main qui le cherche mais se retire brusquement, comme de peur de se brûler. Puis un léger bruissement intermittent dans la cuisine. Mais, à cinq heures, la pénombre de la chambre à coucher ne permettait pas de distinguer l'intrus, et il n'y avait ni respiration étouffée, ni bruits dans le couloir, ni même l'ombre d'une présence humaine après un départ précipité. Et cependant Atticus se leva et alla en haut des marches, l'oreille aux aguets, se demandant s'il avait entendu ou imaginé le souffle d'un pas sur le marbre rose de la salle à manger. Il finit par entrer dans la chambre où dormait Renata ; il alluma le plafonnier et vit le *Théâtre de Shakespeare* sur le lit défait, et trois Corona vides sur le plancher.

Renata avait repris ses habits et ses chaussures dans le dressing, mais elle avait laissé la valise verte avec l'étiquette des Mexicana Airlines. La valise était aussi manifestement présente que le mot espagnol qu'il se rappela soudain : *escopeta.* Le fusil. Atticus dénoua la sangle rouge, libéra le fermoir, mais ne trouva à l'intérieur qu'un vieux sac en plastique d'un magasin de Nijmegen, aux Pays-Bas. Il ne se souvenait pas que son fils y était allé, mais il n'était plus sûr de rien, et plus rien ne le surprenait. En fait, il semblait impossible de jamais connaître réellement Scott, c'était comme tenter de retenir de l'eau dans ses mains.

L'esprit en ébullition, il était incapable de se recoucher ; Atticus enfila donc sa chemise des funérailles, son jean et ses bottes. Et il était en train de finir un bol de cornflakes dans la cuisine quand il vit le magnétophone Radiola sur le réfrigérateur. Il pressa la touche Retour Rapide, alla mettre le bol et la cuillère dans l'évier, rinça le bol, puis il appuya sur la touche Marche en fronçant les sourcils. La bobine de droite se mit à tourner et la voix de Linda Ronstadt, forte, lumineuse, entonna une chanson de fiesta, « La Charreada », tenant une note aiguë interminable, soutenue par les trompettes et les violons des mariachis. Atticus cala le Radiola sur son bras gauche et se dirigea vers le bord de mer, égayé par la musique joyeuse ; il se promena sur le sable mouillé, haussa le volume pour couvrir le tonnerre des vagues gigantesques qui se brisaient en craquant comme des arbres qu'on abat, et le hurlement du vent dans les palmes des toits.

Linda Ronstadt attaqua les premiers vers d'un « Corrido de Cananea », puis se tut subitement ; Atticus approcha le magnétophone de son oreille et perçut des bruits ambiants de pinceaux dans des pots de térébenthine, des pas étouffés sur le plancher, comme si Scott avait pressé par mégarde la touche Enregistrement. Atticus escalada une dune de sable pour s'éloigner du grondement de la mer, et il entendit un robinet qu'on ouvrait, de l'eau couler dans un récipient quelconque. Quand on ferma le robinet, le tuyau couina brièvement, puis le récipient s'abattit sur le fourneau et il y eut le sifflement du gaz, le souffle de la flamme, et pendant quelques minutes plus rien d'intéressant... son fils devait sans doute préparer le café, mais il était trop loin du magnétophone.

Quand il entendit Scott sortir de la maison, puis le silence, Atticus, l'estomac noué, les mains tremblantes, contempla la bobine qui se déroulait dans l'attente d'un nouveau bruit qui ne devait pas tarder. La nuit gris acier s'estompait et le soleil ensanglantait déjà l'horizon à l'est. Au bout de quelques minutes, Atticus entendit la porte d'entrée de la *casita* s'ouvrir, puis des halètements, et des bruits de chaussures raclant le sol avec effort. Il eut l'impression d'être revenu au temps des pièces de théâtre radiophoniques de sa jeunesse ; quelques acteurs, quelques bruitages, et l'imagination faisait le reste. Un choc soudain, puis le gémissement du gros fauteuil vert qu'on tirait sur le plancher. Atticus comprit que c'était mercredi soir, et qu'il entendait le meurtrier traîner son fils dans la *casita*.

Atticus fut pris d'une haine si intense qu'il se sentait possédé ; il eut peur de ce qu'il risquait de faire. Puis il crut entendre les bruits des horreurs qu'il avait déjà imaginées, son fils qu'on hissait dans le gros fauteuil à oreilles, ses pieds et ses jambes qu'on arrangeait, le fusil qu'on dressait sur sa crosse et les doigts de Scott qu'on introduisait dans le pontet. Atticus sortit son mouchoir et le pressa fort sur ses yeux.

Il soupira, puis colla son oreille contre le magnétophone et entendit l'assassin sortir. Il tressaillit lorsque le coup de feu partit. Aussitôt après, il y eut le crépitement lointain des feux d'artifice. La fiesta. Des cintres s'entrechoquèrent quand on sortit le jean et la chemise en daim de Scott du placard, puis il y eut des bruits sourds de vêtements que l'on change : tiraillements, frottements, le crissement d'une fermeture Eclair, les chaussures qu'on enlève. Atticus écoutait, plié en deux par l'atrocité, le visage dans les mains, la tête touchant presque les genoux, puis le magnétophone s'arrêta subitement ; la cassette était terminée.

Atticus ne bougea pas, respirant à peine, brisé de douleur, anéanti. Avait-ce été plus pénible d'apprendre que sa femme avait été tuée ? Non, il n'atteindrait plus jamais la limite de cette douleur.

Plus tard, Atticus retournait à la maison quand il vit une vieille fourgonnette Ford se garer dans l'allée. Il posa le

Radiola sur le réfrigérateur et se pencha à la fenêtre de la cuisine ; un vieux jardinier mexicain détacha les panneaux du hayon qui était rempli de tondeuses, d'aspirateurs de feuilles, de râteaux en bambou, et de sacs de jute bourrés d'herbe coupée. Atticus sortit pour observer le jardinier qui, sans se troubler qu'on ne lui parle pas, déchargea un plateau de pensées, s'agenouilla sous une bougainvillée rose qui tombait en cascade d'un muret blanc, et se mit à racler fiévreusement la terre avec son déplantoir.

Il devait être huit heures moins le quart. Un autocar blanc s'arrêta devant l'hôtel *Maya* et une équipe d'ouvriers mexicains en descendit. Quelques maisons plus bas, de l'autre côté de la rue, un caniche blanc audacieux, qu'Atticus avait entendu appeler Winslow, fourrait sa truffe sous une haie tandis qu'une blonde Américaine en pantalon de toile blanc et chemise d'homme flottante pointait vers le ciel son nez chaussé de lunettes de soleil.

Le jardinier avança à croupetons et trouva un objet au pied de la bougainvillée. Il se redressa sur les talons, et brandit une cartouche en se retournant, éberlué.

— *Un cartucho, señor*, dit-il, et il la tendit à Atticus comme s'il cherchait à se débarrasser d'un objet encombrant.

Atticus rentra, prit la Winchester, et glissa la cartouche dans le chargeur, puis pompa le magasin et regarda la cartouche gicler au sol. Quand on tire un coup de feu, la cartouche reste en place, mais elle est éjectée dès qu'on recharge le fusil. Atticus resta longtemps planté dans le couloir ; il essayait de se représenter comment les choses avaient pu se passer, visualisa la chute de son fils, le sang sur le tapis, un message écrit furieusement au rouge à lèvres en espagnol sur le miroir de la salle à manger. Atticus prit la clef de contact de la Harley et, sur une impulsion, alla chercher la clef plate dans le tiroir de la table de la cuisine. Puis il ferma la maison, enfourcha la moto et roula vers les flèches roses de la *parroquia*, dépassa le *jardín*, et, s'il se souvenait bien, compta quatre pâtés de maisons dans la rue Cinco de Mayo. Oui, le magasin rose des pompes funèbres était bien là, le nom « Cipiano » s'étalait en grosses lettres sur les portes en cuivre qu'un concierge était en train d'astiquer. Atticus freina, et cria par-dessus le bruit du moteur :

— *¿ Abierto ?*

Le concierge lui jeta à peine un coup d'œil.

— *Cerrado*, répondit-il.

Après réflexion, Atticus accéléra, puis, quand le magasin fut hors de vue, il vira à l'ombre d'une *tienda*[1], coupa le moteur, et bascula la béquille. A pied, il contourna le pâté de maisons, trouva la ruelle que Stuart avait prise avec son break le samedi, et, un peu plus loin, le parking de terre battue derrière les pompes funèbres. Là, il glissa un œil par la porte-moustiquaire verte et actionna légèrement la poignée. Un simple crochet maintenait la porte fermée ; Atticus prit son couteau de poche, sortit la grande lame, l'introduisit entre les battants, souleva le crochet, et poussa la porte. Appuyé au mur en stuc brûlant, il ôta ses bottes, puis entra.

Le sol venait d'être arrosé, l'eau s'égouttait dans une bouche de canalisation à ses pieds ; on entendait quelque part une radio en sourdine, et le faible ronronnement d'un ventilateur derrière une porte sur sa gauche. Atticus trouva le ventilateur sur un tabouret dans la salle de préparation, soufflant par la fenêtre entrouverte la puanteur d'un cadavre en décomposition. Sur une table au revêtement d'étain gisait le corps qu'il s'était attendu à trouver, un pied dépassant du plastique vert qui le recouvrait. Autour du pouce, attachée par un fil de fer, une étiquette beige pendait sur laquelle on pouvait lire : « Renaldo Cruz. » « *R* », songea aussitôt Atticus. Il se protégea le nez avec son mouchoir avant de tirer le plastique vert, et, comme il l'avait deviné, il découvrit le visage légèrement cireux de l'adolescent qu'il avait aperçu à l'église pendant les funérailles de Scott puis dans la maison, ses cheveux noirs comme de la mauvaise herbe sur son crâne et ses paupières

1. Magasin.

fermées par des pesos ; le coup de feu n'avait laissé à la place du cœur qu'un trou à peine plus gros que le pouce. Atticus était tellement persuadé que Renaldo Cruz avait assassiné son fils qu'il aurait aimé avoir un marteau ou une barre à mine pour démolir sa belle gueule d'amour, le tuer de nouveau, mais le tuer bien. Il n'avait plus que cela en tête : venger Scott. Sa fureur était telle qu'il lui fallut toute la maîtrise de son âge pour se retenir de jeter feu Renaldo à terre et de lui écrabouiller la tête à coups de pied. Mais il se calma, et recouvrit le visage du meurtrier du plastique vert.

Le jeune homme était nu. Ses vêtements étaient sans doute rangés quelque part dans la pièce. Avec précaution, Atticus entrouvrit une à une les portes d'un placard métallique adossé au mur, le temps d'apercevoir des produits chimiques, des teintures, des pots de maquillages, jusqu'à qu'il trouve un paquet de papier vert attaché avec une ficelle, qu'il fit glisser à terre. Il batailla avec le nœud, le défit de ses ongles et aplatit soigneusement le papier. Maculé de sang et de caillots, le chandail des Cow-Boys de Dallas de Renaldo empestait la transpiration ; son jean raide puait la saleté, la sueur et l'urine ; il chaussait du 41 et ses Nike étaient orange de la terre qu'on trouve dans la jungle. Sous les vêtements se trouvait un sachet en plastique comme ceux dont on emballe les fruits et les légumes. Il contenait quelques pesos, un paquet de chewing-gum rouge à la cannelle, une fine chaîne en or avec un crucifix, et un portefeuille en vachette dans lequel Atticus ne trouva ni billets, ni carte de sécurité sociale, ni carte bancaire, ni permis de conduire, juste un reçu plié en quatre du garage « Los Tres Hermanos », à Merida, et la photo Kodak en couleur d'une jolie Mexicaine de seize ans environ, toute pomponnée, en uniforme de collégienne, chemisier blanc et jupe écossaise bleue. Assise devant un rideau de photographe, elle esquissait timidement un sourire coquin. Elle avait écrit au feutre, au dos de la photo : « *A Renaldo, para siempre, con amor sempiterno. Carmen.* »

« A Renaldo pour toujours, déchiffra Atticus, avec l'amour

éternel. Carmen. » Il relut le reçu du garage, et en déduisit qu'on avait réparé un pare-chocs et un pare-brise, repeint le pare-chocs, mais les trois frères avaient omis de noter le nom du client et la marque du véhicule. Le travail avait été terminé le lundi de la semaine précédente. Mécontent, Atticus remit les objets dans le sachet en plastique, enveloppa les vêtements dans le papier d'emballage vert, refit le nœud et replaça le paquet où il l'avait trouvé.

Le concierge mexicain entra dans le bâtiment, un seau métallique dans une main, une serpillière grisâtre dans l'autre. Atticus entrebâilla la porte pour le surveiller ; le concierge posa le seau, y plongea la serpillière sale, et augmenta le volume d'une radio portative qui crachotait en espagnol. Il fixa un tuyau au robinet d'eau chaude, et remplit le seau dans lequel il versa un détergent qui se mit à mousser, puis il se plia en deux pour éternuer.

Atticus reprit ses bottes et se glissa derrière lui en silence, et, quand le concierge éternua de nouveau et tira son mouchoir de sa poche, Atticus franchit la porte-moustiquaire verte et sortit dans la ruelle inondée de soleil.

Ensuite il quitta la ville sur sa moto, déboucha sur la nationale, et roula au milieu de la chaussée pour éviter les paysans qui marchaient sur la route en *huaraches*[1]. Mais un virage le surprit, et une fillette se trouvait sur sa trajectoire, un plein panier de citrons en équilibre sur sa tête. Atticus se pencha vivement à gauche, mais il allait trop vite. Les pneus dérapèrent sur l'asphalte, la roue arrière bloquée crissa, le guidon vibra et se cabra tandis que la roue avant luttait contre la force centrifuge. Enfin la moto se stabilisa et Atticus, le cœur battant, regarda la fillette trottiner tranquillement, sa robe bleue effilochée battant sur ses genoux, concentrée uniquement sur son panier. « Voilà comment un accident arrive, songea Atticus. La mort subite. » En passant devant les monuments commémoratifs, le moteur crépitant sous la chaleur,

1. Sandales en lanières de cuir.

Atticus ralentit pour lire le nom et les dates inscrites sur les croix. Puis il la trouva. Il rangea sa moto sur le bas-côté, devant une croix fraîchement plantée, un tas de fleurs en plastique à son pied. Gravé dans le ciment, on lisait : « Carmen Martinez ». Elle avait été tuée un peu plus d'une semaine auparavant, un samedi. Elle avait seize ans. *Con amor sempiterno.*

Il se rendit dans le Tringlodrome. Dans El Camino Real, il se fraya un passage parmi les taxis, les Ford de location, les minibus climatisés des hôtels emplis d'Américains prêts à marchander ferme des tapis tissés à la main ou des antiquités du XIXe avant que la chaleur ne devienne insupportable. Les piétons faisaient des bonds pour éviter la grosse moto. Aussitôt après le bar américain et le *Bella Vista*, Atticus aperçut la *posada* ; il vira sec dans une rue transversale, puis tourna à gauche dans une ruelle encore à l'ombre et arriva devant un mur en stuc bleu où « El Marinero » s'étalait gauchement au-dessus d'une porte métallique battante trop souvent maltraitée. Atticus arrêta son engin, entra dans l'hôtel, se dirigea d'un pas désinvolte vers la réception où quatre blondinets bronzés, d'aspect européen, étaient agglutinés devant le comptoir. L'un d'eux s'adressait au caissier en espagnol. D'autres jeunes étaient avachis contre leurs énormes sacs à dos, sur le sol carrelé ; une blonde tressait les cheveux fins de sa compagne ; un jeunot en short sale et en chaussures de marche se passait machinalement un doigt dans sa barbe aux poils clairsemés. Atticus passa tranquillement devant eux, et gravit l'escalier avec l'assurance d'un client de l'hôtel qui vient d'aller boire un café dehors.

Il longea le couloir du premier jusqu'à la porte 13 où une pancarte en plastique « *No molestar* » était suspendue à la poignée en cuivre. Il frappa légèrement à la porte et colla son oreille contre le bois. N'entendant aucun bruit, il glissa sa clef plate dans la serrure et fit lentement coulisser le pêne dans la gâche.

Dans la chambre, le capharnaüm le surprit. Du pain de mie vert de moisi, des bouteilles de bière et de Coca-Cola tièdes, un paquet de biscuits déchiré, une plaque chauffante et une boîte de minestrone Campbell's, une pile de romans policiers allemands en éditions de poche, un carton d'une quarantaine de lunettes de soleil avec leurs étiquettes en pesos, une vieille radio avec l'antenne pointée dans sa gaine en aluminium, le sol était jonché de films Kodak dans leur emballage, et d'une chemise de smoking froissée de chez Armani oubliée sous une chaise rembourrée. Cou 36, manche 76. Sur la commode, le cendrier en plastique était vide ; aucune odeur de tabac dans l'air.

Atticus ouvrit la penderie, mais ne trouva que quelques cintres éparpillés au sol ; la salle de bains ne contenait pas davantage d'objets personnels, mais des traces de dentifrice tachaient le lavabo et une touffe de cheveux blonds salissait la corbeille, suggérant qu'on avait nettoyé une brosse au-dessus. « La chambre d'un blond », se dit Atticus. Il s'était mis dans la tête que Renaldo Cruz s'était caché à *El Marinero.*

Atticus s'assit sur le lit et médita en caressant les pointes de sa moustache. Y avait-il un lien entre Renaldo et l'occupant de cette chambre ? Pourquoi son fils avait-il son numéro de téléphone dans son portefeuille ? Logeait-il un ami dans l'hôtel ?

Enervé, Atticus se releva, souleva un affreux paysage marin punaisé au mur, au-dessus du lit, mais il n'y avait rien derrière. La table de chevet en faux bois était vide, à part un annuaire de Resurreccíon appelé *guía de teléfono.* Aucun Cody n'y figurait, mais, en tournant une page, Atticus tomba sur le numéro de Stuart Chandler encerclé à l'encre bleue. Il trouva cela étrange. Feuilletant l'annuaire, il vit que d'autres numéros avaient été encerclés, dont celui du *Scorpion* et celui d'une *farmacia* de la Calle Hidalgo, celle-là même qui avait délivré le reçu pour les médicaments anticancéreux. « Qui es-tu ? » demanda Atticus à haute voix.

Il fouilla dans les provisions et les boîtes de conserve, mais n'y trouva rien d'intéressant. Puis il examina la pile de romans policiers, à la recherche du moindre indice, et tomba finalement sur un signet, une carte d'embarquement d'un vol Miami-Cancún des Mexicana Airlines au nom de Schmidt/Reinhardt.

Reinhardt Schmidt. Atticus alla jusqu'au lit, souleva le matelas à deux mains, ne trouva rien et le remit en place. Puis il s'accroupit, regarda sous le sommier et en tira un portefeuille en plastique glissé entre deux planches. Il s'assit sur les talons pour le fouiller. Le vieux portefeuille contenait moins de cent dollars en Deutschmark, en francs suisses, en florins hollandais, et un permis de conduire international dont la photo manquait, délivré à Rome au nom de Giuseppe Grassi. Attachées par un élastique, neuf cartes de crédit expirées portaient les noms de John P. Gillespie Jr., Joseph L. Naegele, Page Edwards, William Peatman. C'était soit un faussaire, soit un voleur. Dans une enveloppe à l'en-tête de l'hôtel, Atticus piocha deux négatifs qu'il brandit à la lumière. Le premier était un gros plan de la plaque arrière de la Volkswagen de son fils, prise de nuit sur une nationale. L'autre était une photo, prise vers midi, du pare-chocs et du pare-brise endommagés, avec en arrière-plan des épaves de voitures et un garage en tôle ondulée orné d'une pancarte « Los Tres Hermanos ». Reinhardt avait-il embouti la voiture de Scott ? Reinhardt et Renaldo étaient-ils de mèche ? Ou le reçu du garage était-il tombé par hasard entre les mains de Renaldo ? Et où était passé Reinhardt ?

Atticus fit le tour du lit, chercha le numéro de la réception, et composa le 1 au hasard. Une Mexicaine décrocha ; il se présenta comme Reinhardt Schmidt.

— Bien sûr, fit-elle, même s'il n'était pour elle qu'un numéro de chambre.

Elle parlait l'anglais comme quelqu'un qui a passé quelque

temps aux Etats-Unis, mais la politesse mexicaine lui commandait de prétendre savoir ce qu'elle ignorait.

— Vous avez des messages ou du courrier pour moi ?

— Un instant, je vous prie, dit-elle. (Puis, au bout de quelques secondes elle ajouta avec une déception feinte :) Non, il n'y a rien.

— Je ne me souviens plus de votre nom.

— Rosa.

— Ah, c'est ça. Gardez-vous des traces de mes appels téléphoniques, Rosa ?

— Bien sûr, répondit-elle, sur la défensive. Nous les gardons toujours pour tous nos clients.

— Ça tombe bien, parce que j'ai oublié : quel est mon dernier appel ?

— Un instant.

Atticus sortit de son portefeuille les numéros de téléphone écrits de la main de Scott, puis les posa sur sa cuisse, son stylo débouché à la main.

Rosa revint au bout du fil.

— Mercredi, annonça-t-elle. A six heures.

— Auriez-vous l'amabilité de m'indiquer le numéro ?

Rosa lui lut un numéro pour lequel il ne trouva pas de correspondant sur la liste de Scott.

— Cela m'ennuie de vous le demander, mais pourriez-vous répéter ce numéro ? (Il le nota. C'était un numéro de Mexico.) Et celui d'avant ?

Rosa soupira et dit :

— Même heure, puis elle lui donna le numéro de téléphone de Scott. Nous sommes obligés de facturer toutes les communications, même celles qui ne dépassent pas la minute.

— Bien sûr, je comprends. L'autre a duré combien de temps ?

— Quatre minutes.

— Je ne voudrais pas abuser, mais...

— Pas du tout, mentit Rosa.

— Je ne me souviens plus si j'ai appelé d'autres numéros.

Rosa parut éplucher un registre.

— *Sí. Lunes.*

— Ah, lundi. Pourriez-vous me rappeler le numéro ? (Il nota celui qu'elle lui indiqua.) Y en a-t-il eu d'autres ?

— *Nada, señor.*

Atticus la soupçonna de parler espagnol pour lui signifier que leur conversation était terminée.

— Voyez-vous, dit-il, je suis en train de vérifier mes dépenses pour ma note de frais.

— *Por supuesto*, dit Rosa. (Bien sûr.)

Mais une ombre de suspicion filtrait dans sa voix.

— Depuis combien de jours exactement suis-je descendu ici ?

Rosa soupira bruyamment.

— Non, ne comptez pas. Dites-moi seulement la date de mon arrivée.

— Le 8 décembre, Mr. Schmidt. Vous ne vous en souvenez plus ?

— J'hésitais entre le 7 et le 8.

— Vous m'excuserez, je suis occupée..., dit Rosa, et, après avoir accepté les remerciements d'Atticus pour son dérangement, elle le salua et raccrocha.

Atticus lorgna les numéros qu'il avait notés et composa le premier que Reinhardt avait appelé. Une voix féminine répondit.

— *Bueno*, Cipiano.

— *¿ Habla usted inglés ?* demanda Atticus.

— Un peu.

Une dizaine de questions traversèrent l'esprit d'Atticus, mais il se souvint que l'appel datait du lundi.

— Pourriez-vous me dire si vous avez eu des veillées funèbres ou des enterrements la semaine dernière ? Lundi dernier ?

— Vous êtes ?

— Un de mes amis est mort.

La femme soupira, mais s'exécuta. Atticus l'entendit tourner une page, puis elle lut :

— Alvarez, Ellacuria, Hijuelos, Martinez, Ortiz.

— *Carmen* Martinez ?

La femme hésita, revint à la page précédente.

— *Sí, señor.*

— *Muchas gracias*, dit Atticus, et il raccrocha.

Il composa ensuite le numéro à Mexico qui précédait celui de Cipiano. Une communication de quatre minutes, le mercredi. Il entendit une voix officielle masculine, mais lointaine... avait-il dit l'ambassade américaine ? Atticus se boucha l'oreille gauche et demanda :

— *¿ Quien este ?* (Qui est-ce ?)

Reconnaissant son accent, l'interlocuteur demanda :

— *¿ Habla inglés ?*

— Un peu, mentit Atticus.

— Vous êtes à la section des passeports, l'informa son interlocuteur avec un accent de Brooklyn.

— Ah, j'avais peur d'avoir composé un mauvais numéro, dit Atticus pour se rattraper.

— Votre question, je vous prie ?

Atticus réfléchit à peine, puis demanda au jugé :

— Auriez-vous un passeport au nom de Scott Cody ?

— Vous avez bien dit Cody ?

— Oui. Pouvez-vous vérifier s'il est prêt, ce serait très aimable à vous.

— Ne quittez pas.

Atticus patienta.

— Oui, il est prêt, dit enfin l'homme.

Atticus le remercia et raccrocha. Reinhardt cherchait-il à rentrer en Allemagne ? Essayait-il de prendre un avion sous l'identité de son fils ? Avait-il traîné autour de Scott jusqu'à ce qu'il trouve un moyen d'obtenir un nouveau passeport ? Au moment où Atticus se relevait, le téléphone sonna longuement. « Ce doit être Rosa », songea-t-il. Le portefeuille en plastique sous son bras gauche, il sortit et referma la porte à clef derrière lui. Dans le couloir, il vit une grosse domestique sortir d'un monte-charge en poussant un chariot garni de serviettes et de draps ; il prit le monte-charge jusqu'au rez-de-chaussée, et en descendit au moment où Rosa montait dans sa chambre par l'ascenseur.

Et il n'eut rien d'autre à faire qu'à retourner à la maison. Maria avait ouvert la porte d'entrée pour aérer, et, installée à la table de la salle à manger, elle promenait avec ardeur un vieux fer à vapeur sur des mouchoirs.

— *Buenas días, señor*, dit-elle. *¿ Cómo está usted ?*

— Je ne comprends absolument pas ce qui se passe, répondit-il en anglais.

— *Bueno*, sourit-elle.

Epuisé, il sortit un Coca-Cola du réfrigérateur et alla sur la terrasse. « Et maintenant ? » se demanda-t-il. Mais il ne savait que faire. Une volée de mouettes bataillaient en criaillant autour de restes qu'on avait jetés des cuisines du *Maya*. A une centaine de mètres de là, un hors-bord rugissant dessina un arc de cercle sur la baie et rebondit sèchement sur le clapotis d'un remorqueur ; plus loin, un cargo disparaissait à l'horizon dans la brume de chaleur. Atticus passa en revue les diverses cachettes que Reinhardt avait à sa disposition au Mexique : les bateaux de pêche, une tente dans la forêt, les cabanes sans eau courante du *barrio* qui se louaient neuf dollars par mois.

Était-ce le téléphone qui sonnait ? Atticus tourna son corps raide vers la porte vitrée, mais les glaces ne lui renvoyèrent que son reflet et la vue qui s'étalait derrière lui. Il appliqua la boîte de Coca-Cola glacée contre son front. Des jeunes jouaient au volley-ball ou couraient dans les vagues. Au nord, des voiliers fendaient les flots.

La porte de la terrasse coulissa, et Maria parut dans l'encadrement.

— *Teléfono, señor*, appela-t-elle.

Atticus entra dans la maison, et Maria désigna du menton le clignotant vert du répondeur.

— *Es urgente*, précisa-t-elle.

Atticus pressa la commande Retour, attendit que la cassette se rembobine, puis appuya sur Message. Encore la voix étrangère masculine qui disait : « *Hola*, Scott. Tu es à la fête avec Renata ? Amuse-toi bien... »

Maria interrompit son repassage et fronça les yeux en entendant la voix familière. Reinhardt. Atticus appuya sur Pause.

— *¿ Lo conoce ?* (Vous le connaissez ?)

Elle rougit, puis acquiesça :

— *Sí.*

— *¿ Cuál es su aspecto ?* (De quoi a-t-il l'air ?)

— *Rubio.* (Blond.) (Elle réfléchit plus longuement.) *Guapo.* (Beau garçon.) *Pero no me hace buena impressíon.* (Mais il ne me plaît pas beaucoup.)

Atticus chercha le terme pour la taille.

— *¿ Cuál es su altura ?*

— *Como usted*, répondit-elle avec un haussement d'épaules. (Comme vous.)

— *¿ Usted lo ver aqui ? ¿ En la casa ?* (Vous le voir ici ? A la maison ?)

— *Sí.*

— *¿ Con mi hijo ?* (Avec mon fils ?)

— *Una vez.* (Une fois.)

— *¿ Sabe su nombre ?* (Connaissez-vous son nom ?)

Elle devait penser en avoir trop dit. Elle plia un mouchoir.

Atticus appuya sur la touche Marche, et Reinhardt reprit : « J'ai horreur des noubas et, d'ailleurs, j'ai de la lessive à faire. Ne t'inquiète pas, j'ai ma clef. On peut se voir à la Bancomex demain à dix heures ? »

Mercredi soir. Aussitôt après, il y eut une tonalité, puis la voix de Renata : « Ohé ? Si tu es encore là, il y a une fête chez Stuart. Tu veux venir ? A plus. »

Ce fut ensuite le tour de Stuart. Il parla d'abord dans un

espagnol impeccable destiné à Maria, disant que le message était urgent, puis il ajouta en anglais : « Nous avons eu une chance extraordinaire, Atticus. On dirait que votre fils Frank a le bras long. Nous avons obtenu l'autorisation d'exhumer le corps et de le rapatrier. Quelle veine ! Voulez-vous me rejoindre au cimetière ? A onze heures. Désolé de vous bousculer. »

Il était onze heures moins dix. Atticus sortit prestement, enfourcha la moto et fonça vers le *centro.* Mais il ne savait plus très bien où se trouvait le cimetière ; il se rappelait qu'il était à l'ouest de la *zona turistica,* loin dans le *barrio,* mais quand il prit El Camino Real, il sut qu'il s'était trompé et tourna au bout de quelques centaines de mètres dans l'Avenida de la Independencia. Il vit une cabine téléphonique devant un supermarché géant, arrêta sa Harley-Davidson, coupa le moteur et cala l'engin sur sa béquille.

Il allait téléphoner à Cipiano quand il vit le mendiant de Stuart devant le supermarché ; il tendait sa main pleine de pièces aux passants et leur offrait ses prières. Cloué sur place, horrifié, Atticus s'aperçut qu'il portait le T-shirt gris de Stanford que son fils avait à Noël.

Le mendiant remarqua Atticus, mais fit d'abord semblant de ne pas le reconnaître. Il le toisa, parut réfléchir, puis se jucha pieusement sur ses béquilles et s'éloigna en clopinant vers le *centro,* sa *huarache* raclant le sol en crissant. Atticus le suivit de loin, descendit la Calle Veracruz à vingt mètres derrière lui, dépassa les boutiques couleur chewing-gum, une fillette accroupie près d'une radio portative rouge qui vendait des travers de porcs au chili dans un plateau de bois poivré de mouches. Une volée de moineaux surgit d'un arbre et rejoignit un toit à tire-d'aile. Atticus regarda un chat gris grimper à l'arbre puis retomber doucement à terre et ramper vers une haie, la queue en panache. La chaleur rendait la marche pénible ; il y avait des rues étroites sans ombre ni brise ni âme qui vive, qui sentaient le feu de bois et les abattoirs, et où l'air était brûlant, dense et épais comme de la purée. Dans la cour d'une *carnicería*[1], des cochons sauvages étaient attachés au bout d'une corde, et des volailles caquetaient dans un poulailler. Dans une *lavandería*, quatre femmes devisaient joyeusement en martelant du linge trempé sur des pierres plates. Atticus perdit Hector à un coin de rue, puis le rattrapa à l'ombre d'une échoppe de diseur de bonne aventure à l'enseigne d'*Adivino*. Puis il aperçut les lauriers verts du square, les cireurs de chaussures de six ou sept ans, la librairie Printers Inc., *la comisaría de policia*, les voitures américaines blanches de mousse qu'on rinçait à grande eau.

Hector clopinait sur ses béquilles le long de l'église ; il dépassa les mendiants accroupis au pied de ses hauts murs et sur ses marches, des corbeilles d'osier sur leurs genoux pour recevoir les aumônes. Adossé à l'église, Hector attendait Atticus près d'une porte en bois gris qu'il maintenait ouverte de sa main droite. Atticus entra d'un pas hésitant, descendit une échelle de coupée en se cramponnant à la rampe, se courba sous les énormes solives du plancher de l'abside pour découvrir un œil dans une cave gigantesque, partagée en compartiments par des bâches goudronnées vertes ou des feuilles de plastique d'emballage assujetties au sol par de grosses pierres. Des urnes, des bancs, des tableaux d'autel étaient entassés dans une poussière gris-violet, et une fillette en robe verte sale transportait de l'eau dans un seau de plastique.

En entrant dans la cave, Atticus faillit marcher sur une vieille grand-mère endormie, enroulée dans un surplis déchiré qui cachait sa misère. Derrière un enchevêtrement de chaises bancales et de chandeliers en fer forgé, il y avait une allée sombre que la fillette emprunta jusqu'à un cul-de-jatte obèse juché sur un chariot à roulettes. Une vingtaine de personnes étaient cloîtrées dans la vaste cave. Accroupie, une fille enceinte sauçait son bol de soupe avec une tortilla. Allongés sur leurs ponchos, deux vieillards aux membres frêles comme des allumettes jouaient aux dominos.

1. Boucherie.

Atticus passa entre les rangs, tournant la tête à droite et à gauche, cherchant un indice qui l'aiderait à trouver le meurtrier de son fils. Il s'arrêta devant un carton aplati sur lequel était écrit le nom Hotpoint. Celui qui dormait là gardait un cahier à spirales et un crayon près de la couverture pliée qui lui servait d'oreiller. Atticus s'agenouilla, feuilleta le cahier et reconnut l'écriture familière.

Puis la lumière changea comme si une fenêtre se bouchait, et une voix lança :

— Me pardonneras-tu jamais ?

Atticus se retourna et vit son fils.

LA MAISON
DE CELUI QUI S'INVENTE

VI

Je me suis passionné pour les indigènes au Mexique au point de vouloir être comme eux et je me suis lié d'amitié avec un shaman nommé Eduardo. Un matin, je me réveillai en toussant avec Eduardo qui me soufflait doucement la fumée de son cigare à la figure. « Tu es prêt ? » me demanda-t-il en espagnol. Je vis trois Mayas sérieux comme des papes, les cheveux noirs hirsutes, la chemise cousue main crasseuse qui leur tombait aux genoux. Tout en eux me disait à quel point j'étais essentiel à leurs yeux. Je les suivis donc à travers une forêt verte comme le Tahiti de Gauguin ; je respectai leur manie du silence tandis que nous sautions d'un sentier à l'autre sans raison apparente. Nous marchions huit cents mètres, puis nous nous reposions cinq minutes, puis nous marchions une centaine de mètres suivie d'un repos d'une demi-heure. Impossible de prédire quand nous allions nous arrêter, encore moins la durée de la pause. J'entendis finalement le fracas des vagues et le chuintement du ressac ; je mis mes mains en visière pour m'abriter de l'éclat aveuglant du soleil et du sable blanc. Le but du trajet était de trouver la crique, mais les Mayas s'arrêtèrent encore à l'intérieur de la forêt au lieu de poursuivre vers la mer. Comme je ne comprenais pas leur hésitation, je demandai à Eduardo en espagnol pourquoi nous nous arrêtions. Il me toisa comme si j'étais un bébé, puis il m'expliqua avec une patience infinie : « Nous attendons que nos esprits nous rattrapent. »

En guise d'écritoire, j'ai installé une planche sur mes genoux, et un cahier à spirales — *Hecho en Mexico por Kimberly Clark*, à Naucalpan — est ouvert à la première page. J'utilise un stylo à bille bleu Micro avec une pointe fine. Je ne sais absolument pas pour qui j'écris ces lignes. Nous attendons que nos esprits nous rattrapent.

J'ai rencontré Reinhardt Schmidt dès mon retour du Colorado. A l'époque, j'étais aussi sain d'esprit qu'Atticus. Et relaxe, en plus. Lunettes noires sur le nez, je baguenaudais dans le marché en plein air de Resurreccíon. Il faisait chaud, la place surpeuplée était bruyante comme un jardin d'enfants, et partout des fauchés vendaient de l'artisanat, des fruits merveilleux, des légumes, des poulets plumés avec leur tête, des objets sauvés de la poubelle. On n'y voyait pas beaucoup de *Norteamericanos*, mais on trouvait de vraies affaires, marchandises détournées des boutiques discount, articles inutiles et inutilisables, genre rasoirs Gillette, pneus neige Goodyear encore dans leur emballage, disquettes à un nickel pièce ; un type avec un Walkman assis sur le coffre d'une Chevrolet verte ne vendait que des cigarettes Salem. Reinhardt appelait cela sa *duty free shop*.

Sentant une main légère comme une aile de papillon effleurer mon épaule, je me retournai, et vis un gamin brandir une bouteille de Jameson irlandais tout en me présentant sa main comme une sébile. « *Aquí* », dit-il. Mon refus le surprit. « *¡ Es para usted !* » C'est pour Votre Grâce. Puis il essaya en anglais. « Nous offrons meilleur prix. »

J'entendis alors une voix à côté de moi me dire, tandis qu'une main égrenait des pesos dans celle du gamin : « On dirait que nous sommes jumeaux. »

Reinhardt Schmidt me ressemblait, certes, mais il était du genre beau gosse, ossature fine, cheveux blonds, gravure de mode, taillé sur mesure pour être steward sur la Lufthansa. Il avait quarante ans au moins — il ne me l'a jamais dit — mais il était légèrement plus petit que moi et pesait bien huit kilos de moins, un type nerveux, amical, de l'énergie à revendre, séducteur en lunettes noires chicos, chemise blanche aux manches retroussées au-dessus du coude, pantalon de treillis vert d'une quelconque légion étrangère, et des pieds misérablement nus mais avec néanmoins des bracelets aux chevilles. Un appareil-photo de poche pendait à son cou au bout d'une cordelette effilochée.

Soufflé, le jeune vendeur nous dévisagea tour à tour, puis se tâta les cheveux en disant « *Rubio* », ce qui parut le rasséréner.

Reinhardt m'interrogea du regard ; je lui traduisis : « Blond. » Puis je dis au gamin : « *Mi gemelo malvado.* » Mon jumeau malfaisant.

Le gamin sourit, puis tendit la bouteille de whisky à Reinhardt et rejoignit vivement l'étal de son père.

Après les présentations, nous marchâmes une dizaine de minutes, pas plus. Reinhardt m'apprit qu'il était allemand, mais il parlait cet anglais universitaire qu'on entend un peu partout en Europe, de nos jours, et j'en déduisis que sa nationalité n'était qu'une façade de circonstance, un passeport pratique pour voyager. Même là, je ne le crus pas ; j'étais persuadé d'avoir affaire à un mec en cavale. Il avait l'attitude sournoise du voyou, la flatterie facile, la crainte de l'offense, une manière de vous détailler pour estimer votre prix tout en se montrant d'une affabilité suspecte. On voit des types dans son genre dans tous les bars américains : gros buveurs malchanceux, menteurs invétérés fuyant des histoires pas très glorieuses, échec financier dans la restauration ou une énième épouse, mais qui s'échinent à vous raconter qu'ils vivent au Mexique sur un héritage, ou pour écrire un roman que quatre ou cinq éditeurs se disputent, ou bien qu'ils sont ici incognito, cachés par la justice pour témoigner dans un procès futur, ne le répétez surtout pas ! On les écoute, ne serait-ce que pour savoir quels sujets éviter avec eux, et leur histoire se dévoile peu à peu, sordide sous sa couche de maquillage.

Je n'ai pas d'autres souvenirs de notre première rencontre, si ce n'est qu'il prononçait *ch'ai* pour j'ai, *foir* pour voir. Il me dit que, si j'avais besoin d'une coupe de cheveux — et à sa façon de loucher sur ma coiffure, c'était le cas —, il était l'homme de la situation ; il avait coiffé les femmes les plus riches de Hawaii — il laissa entendre qu'il ne s'était pas limité à cela — avant de perdre son permis de travail et de se faire embaucher sur le yacht de Mick Jagger — un type formidable, à propos —, puis il était tombé sur un chirurgien fabuleusement riche et son épouse qui avaient besoin de lui comme équipier. Il était resté avec eux six mois, naviguant, jouant au backgammon, exauçant tous leurs désirs. Tout avait capoté quelques semaines auparavant à Cuba — le mari trompé, les menaces, le revolver — et il s'était enfui au Mexique avec l'argent de la montre Piaget de l'épouse qu'il avait mise au clou pour l'occasion.

Bon, il connaissait sans doute la tolérance des exilés américains pour ce genre de légende, et, comme il se trouve que j'ai une tolérance particulière pour les cinglés, je lui pardonnai ses mensonges. Et quand, à peine cinq heures plus tard, Reinhardt me tomba dessus par surprise au *Scorpion* (« Tiens, salut ! Tu me suivais ? »), nous discutâmes comme deux futurs amis. J'étais alors sous perfusion de gin tonic, et je déballai pendant une heure ou plus mes déboires avec Renata, elle-me-rend-tellement-malheureux en quarante variations, et Reinhardt m'écouta d'une oreille ô combien compatissante, non sans mener sa petite enquête. Est-elle jolie ? Est-ce que j'ai une photo d'elle ? Est-ce que je la vois souvent ? Fréquente-t-elle d'autres hommes ? A-t-elle des revenus personnels ? Où habite-t-elle ? J'ai oublié mes réponses ; je me rappelle cependant m'être compromis dans des confidences style *Étrangers dans un train.* Je m'attendais presque à un pacte maléfique quand il interrompit ses questions le temps de commander une tournée de Jose Cuervo ; il avala son verre d'un trait, puis contempla fixement son reflet dans la glace du *Scorpion.* Mais, au lieu du pacte, il me regarda d'un œil morne et me dit : « Je n'ai pas d'argent pour payer la tequila. Tu ne veux pas que je te coupe les cheveux ? »

C'est comme ça que Reinhardt atterrit chez moi un jour vers midi, la première semaine de janvier, ses outils dans une sorte de besace qu'il portait sur l'épaule. Je m'assis sur un tabouret de la cuisine, une serviette sous le menton. Son silence croissait tandis qu'il me maintenait la tête d'une main ferme, jouant des ciseaux, et pour la première fois je ressentis sa tension ; j'en déduisis qu'il était homosexuel et qu'il hésitait à se déclarer. Mais, au moment où j'allais parler de ce qu'il n'osait dire, il détourna la conversation sur la prison qu'il avait fait à Honolulu pour trafic de haschisch. Un an ferme, mais il s'était lié d'amitié avec un codétenu qui lui avait dégotté un job de coiffeur pour Universal Television. J'ai oublié la façon dont il avait altéré sa première version, j'ai oublié comment il s'était retrouvé manager dans une unité de production pour quatre vidéos musicales, mais un type de Tri-Star avait tellement apprécié son travail qu'il l'avait envoyé au Mexique faire des repérages pour le prochain film d'une actrice célèbre — « Tu la connais forcément, crois-moi. » Mais son patron avait rejoint la Paramount, le film était au point mort, et Reinhardt s'était retrouvé à sec. C'était la raison pour laquelle il se baladait avec un appareil-photo ; il prenait des clichés d'extérieurs. Alan Pakula l'avait appelé quelques jours plus tôt pour lui dire de rester sur place ; il s'occupait de la pré-production d'un film qui nécessitait quatre jours de tournage à Cancún et il voulait Reinhardt dans son équipe. « Alors, j'attends. »

Comme j'étais affamé d'anglais à l'époque, et plutôt indifférent aux récits flamboyants, je ponctuai son monologue de faibles amen (« Whaou ! », « Sans blague ! », « Mince, pas de chance ! », « Pas possible ! »), mais, quand il étala du gel sur mes cheveux, il commença à s'intéresser à moi. Est-ce que je claquais un héritage ? Mon père était-il riche ? Mes tableaux se vendaient-ils donc si bien pour que j'habite une si belle maison ? Ah, je louais ? Les propriétaires venaient-ils souvent ? La maison était-elle bien assurée ? Reinhardt avait vu un ami perdre tous ses biens ; il s'inquiétait terriblement pour moi, mais il ne savait pas pourquoi. Enfin, si. Ne te vexe pas, mais tu as l'air si naïf, même à quarante ans. C'est pourquoi je devais m'entourer de gens d'expérience capables de veiller sur mes affaires.

— Tu es si honnête, si confiant, alors qu'il y a tant de... comment dire ? Je ne trouve pas le mot : *schlau ?*

— Rusés ?

— Exactement ! Rusés. Tu n'imagines pas. Moi-même, je n'ai pas de talents, mais j'ai du savoir-faire. Tu as peut-être besoin qu'on t'aide dans les finances ? Dans les affaires ? Tu sais, pour trouver des choses au meilleur prix. J'ai des relations. Et des compétences. J'ai un don pour arranger les choses.

— Tiens, fis-je. Garde-moi mon portefeuille.

Reinhardt sourit et éteignit le sèche-cheveux.

— Pardon ?

Son plan était si clair, son arnaque si honteusement dénuée de finesse, que j'en restai sans voix. Alors, il brandit une glace et colla son visage contre le mien afin que nous puissions nous regarder ensemble.

— La coupe est superbe, dis-je.

Et c'était vrai. La réplique exacte de la sienne.

— Regarde-nous, dit-il. On pourrait être frères.

— J'en ai déjà un.

Reinhardt reposa négligemment la glace sur le comptoir de la cuisine.

— Ah bon ? Comment s'appelle-t-il ?

— Frank.

Je montai dans ma chambre, pris trente dollars en pesos, tandis qu'il manipulait la chaîne stéréo de la salle à manger, cherchant « *Witchcraft* » sur le CD de Frank Sinatra. Quand je redescendis, il fouillait dans ma pile de disques.

— Tu fais des repérages ? demandai-je.

Reinhardt esquissa un sourire gêné.

— Des repérages ? qu'est-ce que ça veut dire ?

Je lui donnai les pesos qu'il fourra dans sa poche en les comptant furtivement.

— Elle t'a coûté cher, ta stéréo ?

Je me dis que, dans quelques semaines, en rentrant de mon atelier de la jungle, je trouverais la maison vide, vite fait bien fait, et Reinhardt offrirait ses bons services à un autre riche naïf.

— J'aimerais te faire un cadeau, lui dis-je.

— Oh ? fit-il, et ses yeux brillèrent comme ceux d'un enfant le matin de Noël quand j'allai au placard d'où je sortis un tableau que j'avais peint.

C'était un paysage avec un ciel d'orage et la mer écumante en bas de mon atelier. Je fus réellement surpris par le respect sincère avec lequel il contempla ma croûte, la fascination, l'honneur, la joie avec laquelle il l'admira. On aurait dit que c'était un Corot.

— C'est fantastique ! s'exclama-t-il. C'est super !

Et, la larme à l'œil, il me gratifia d'un sourire charmeur.

— Pour nous autres, Européens, l'amitié est une chose sérieuse. Je te revaudrai ça.

Il y a huit ans, dans une soirée du Village, je suis tombé sur une psychologue qui faisait des recherches pour un livre sur « l'appartenance », comme elle disait — l'impression décisive que ressentent certaines personnes qui voyagent loin de chez elles et décident soudain que « c'est là que je suis destiné à vivre », comme si l'unique but de leur vie avait été de les amener dans cet endroit particulier. J'ai ressenti cela en arrivant à Resurreccíon, mais au début je croyais que c'était parce que Renata y vivait. Depuis, je l'ai perdue, je le sais. Je téléphone chez Stuart, et c'est toujours lui qui répond ; il me demande d'une voix enrouée, juste pour m'ennuyer : « Qui dois-je annoncer ? » La jalousie et la rivalité ont transformé nos rencontres en escarmouches et nos retraites en sièges et en intrigues. Stuart m'a dit un jour : « Tu causeras sa ruine », comme si j'étais un hooligan et que je piétinais les fleurs de la réputation de Renata ; Stuart me traite comme un jeune collégien et un rustre, ni plus ni moins, ou comme un employé congédié. Dans les soirées, il me plaint ouvertement, me supporte comme un mal chronique ; un soir, en débarrassant la table, il a même jeté mes couverts à la poubelle.

Enjoué quand Renata était avec moi, désespéré et anéanti quand elle me quittait, je ne maîtrisais absolument pas notre relation, et elle en jouait avec volupté, sans doute comme je l'aurais fait si j'avais été à sa place. Elle couchait avec moi en souvenir du bon vieux temps, ou pour se venger de Stuart, ou avec l'allégresse d'une collégienne qui capitule, de guerre lasse, devant les tentatives répétées de son amoureux quand il la raccompagne en voiture. Nous n'étions pas fiers de nous, Renata et moi ; un après-midi, elle vint chez moi, triste et épuisée après une nuit blanche, et elle pleurnicha : « Ça ne peut plus durer comme ça. »

Mais elle ne changea pas pour autant. Nous étions complètement dépendants de notre irresponsabilité. Dès que Stuart était parti, je fonçais à la villa et je m'asseyais avec Renata à l'ombre du palapa ; nos genoux s'effleuraient, je la couvais des yeux ; si je voyais une perle de sueur couler le long de son corps, je me disais : « Ah, comme j'aimerais être cette gouttelette ! », et je me laissais détruire peu à peu par la douce caresse de sa voix, ses propos brillants mais insondables. Une heure ou deux passaient ainsi, et se terminaient pour des raisons qui étaient toujours en rapport avec Stuart ; nous nous embrassions, nous cachions notre peine, et quand mes mains retrouvaient les endroits familiers de son corps, elle me repoussait.

A peine une semaine avant mon départ pour le Colorado, je l'appelai, le cœur serré, la gorge sèche, emberlificoté dans le fil du téléphone comme un nigaud de vaudeville, et je tentai de savoir où j'en étais dans notre relation chaotique ; je mis mon cœur à nu, j'avouai à Renata que je me sentais comme un adolescent qui vit sa première histoire d'amour, — *Personne ne t'a jamais aimée comme ça* —, et j'étais frustré de ne pas avoir de mots pour dire que je l'aimais vraiment, vraiment, vraiment pour de vrai, que je l'avais toujours aimée, et que je n'imaginais pas d'avenir sans elle. Accepterait-elle de venir au Colorado avec moi ? Voulait-elle m'épouser ?

Renata répondit avec un soupir aussi crispant que la lame d'un rasoir sur la peau : « Oh, Scott... » Je reçus cela comme un coup de poignard. Elle m'affirma qu'elle n'avait pas assez confiance en elle pour s'engager, ses sentiments étaient trop confus, elle n'était pas une femme pour moi, pourquoi ne pas chercher ailleurs ?

J'étais penaud comme un gamin, horriblement mal à l'aise. Comme j'avais peur de m'étouffer ou que ma voix se brise, je me barricadai aussitôt et lui déclarai :

— Oh, il n'y a pas urgence. Je voulais seulement clarifier la situation, toucher du doigt la réalité.

— La réalité, nous la connaissons trop bien.

— C'est pour cela que je t'en parle. Tout finit par devenir comme à Las Vegas.

— Je ne veux pas que tu te sentes rejeté, me dit-elle joliment.

— Puisque tu le dis.

Le téléphone parut peser une tonne. Un brouillard m'enveloppa de la tête aux pieds.

— J'aimerais tant que nous restions amis, déclara-t-elle.

Décidément, nous nous comportions tous deux comme des adolescents attardés.

— Oui, bien sûr... Ça me ferait trop de peine qu'on ne se voie plus.

— Stuart est là, souffla-t-elle alors, et elle raccrocha.

Les bons jours, je peins dans la jungle, ou plutôt je fais semblant ; trop de technique à la con, et pas assez d'imagination. Sinon, je traîne dans les hôtels, à moitié défoncé au haschisch ou aux drogues dures que j'achète aux étudiants en rupture de fac, et je déambule sur la *playa*, déchiré, jean, chemise en satin bleu-gris et lunettes noires, le play-boy typique des Caraïbes ; je drague les minettes qui sont déjà refaites et je les invite chez moi pour une partie de jambes en l'air, puis je refais surface au milieu de cadavres de bouteilles, d'inconnus envapés, et de pleurs étouffés à l'étage. Je prends n'importe quoi pour m'éclater la gueule, oublier mon obsession : Dexedrine, Fortal, Ritaline ou Valium, et j'essaie tous les mélanges imaginables jusqu'à ce que j'essuie les attaques de milliers d'araignées. Je suis à mi-chemin d'une imitation de Malcolm Lowry à Cuernavaca : bronzé et en pleine forme l'après-midi, un sourire pour la caméra, en short blanc et *huaraches*, les *Métamorphoses* d'Ovide dans une main, une bouteille de gin dans l'autre ; et le soir, défoncé à mort, inepte, maussade, furax, mal rasé, mélange de honte et de manque affectif, un échec sur toute la ligne.

Mais j'ai beau être aussi bas que terre, nous sommes des centaines comme moi par ici, anciens surdoués, anciens prodiges, affaissés devant nos verres, buvant en silence parce qu'incapables d'articuler un mot, la trouille comme seule compagne, aspirant maladroitement une goutte parce que nos mains tremblent trop pour mener la coupe aux lèvres. On peut nous voir hanter le *centro* à cinq heures du matin, épaves ambulantes, attendant l'ouverture des *cantinas*, détournant les yeux pour ne pas voir notre reflet dans le visage de l'autre. On entend toute sortes de justifications pour vivre sous les tropiques : il y a ceux qui soignent leur arthrite, ceux qui profitent de leur retraite, ceux qui viennent pour la pêche, la vie calme et facile, mais la réalité c'est que nous restons au Mexique parce qu'on nous y traite comme des enfants, on nous passe notre paresse, nos manies, et on nous oppose en général le silence et la tolérance d'un bon majordome qui monte son maître bourré comme un coing dans sa chambre. Au collège, mon frère m'avait dit sentencieusement, en manière d'avertissement : « Il y a des gens qui font quotidiennement des choses dont tu n'as pas idée ! » Et voilà que j'étais devenu l'un de ceux-là. C'était devenu une habitude pour moi de perdre les pédales et de m'enfoncer dans un trou noir, si loin de chez moi que j'aurais pu être à Cleveland, affalé sous un porche putride du *barrio*, quasiment sûr que je venais de tirer un coup mais sans savoir avec qui, du sang sur ma chemise, du vomi sur mes pompes, pendant que des gamins me vidaient impunément les poches, et ignorant où j'avais garé ma Volkswagen au point de passer l'après-midi en taxi pour la retrouver. Et, bien sûr, dès que je remettais la main dessus, j'arrosais ça.

J'ai du mal à mettre une date sur cette crise particulière, mais c'était fin janvier, quatre mois après avoir arrêté le lithium, et pendant des jours je m'étais maintenu dans un état d'« intense fragilité mentale », comme disait Renata. Que ce fût la folie ou les suites de mes excès pharmaceutiques, je me sentais brillant, exubérant, invulnérable, plein de gaieté, pétant de fausse bonne santé, genre Whaou, c'est *dément !* Quand je me sens bien, c'est souvent comme l'aura qui précède la crise d'épilepsie, et je me dirigeais droit dans le mur avec l'ardeur de la force de l'âge, capitaine Électrique, Scott l'heureux veinard. Stuart essaya de me supporter à la librairie, mais c'était au-dessus de ses forces, et quand je me pointai à la villa rose (« Salut, chérie, me voilà ! »), Renata me toisa avec un regard éloquent, *Oh, le pauvre toutou dans quel état il s'est mis.* Nous finîmes par nous infliger notre compagnie mutuelle, et nous prîmes un billet pour une visite guidée de Resurreccíon en autocar, dans l'une de ces balades offertes par les grands hôtels pour faire sortir les vieux de leurs chambres. C'est le moment que je choisis pour tomber dans un gouffre de solitude, de manque et de désolation, enfermé dans cette vieille sensation de folie, trouvant familiers tous les visages des passagers américains de ce bus (« Mais, on se connaît ! »), comme si j'étais dans une réunion cosmique, un déjà-vu maximum — le viocque au nez barbouillé d'écran total indice 15 et la bossue qui serrait son sac à deux mains m'étaient aussi proches que les habitués du relais Routier d'Antelope, et, mais oui, c'est tante Claire ! Si j'avais encore été dans ma période rose, j'aurais trompeté des « Saluts les copains » à la ronde, j'aurais harcelé les vieux rentiers avec ma gaieté fanatique, mais mon humeur capricieuse et les abus chimiques m'incitaient à me terrer dans ma cellule de paranoïaque, paniqué, anéanti de terreur, luttant désespérément pour réprimer le martèlement chaotique de mon cœur, attacher le chien de garde à sa laisse avant que les choses ne deviennent trop dingues.

Ce qui arriva, bien sûr. Nous roulions vers le *centro*, nous prîmes consciencieusement des photos des bateaux de pêche et des marchands de quatre saisons, nous écoutâmes les responsables de la chambre de commerce nous vanter l'avenir illimité de l'immobilier, et nous nous arrêtâmes finalement devant l'église de la Résurrection. Nous allions faire une visite guidée, nous dit-on. Nous trouverions « dans la *parroquia* du mobilier importé d'Espagne au XVIIIe siècle par les *padres* ».

J'ignore si c'était pure intuition ou si les vannes psychiques venaient de s'ouvrir en m'inondant d'un savoir historique, mais je me sentais supérieur à tout ce que pourrait dire la guide. J'étais comme un primitif du lieu, j'avais l'impression d'avoir connu l'église quand la peinture était encore fraîche, comme si les couloirs, les portes dérobées, les tableaux aux murs m'étaient aussi familiers que la maison de mon père, et je renonçai subséquemment à la visiter. Appelez cela superstition, ou mauvais trip, mais je me sentais lourd comme du plomb, comme si j'étais un gamin sur la première marche du porche d'une maison hantée et que je n'avais d'autre choix que d'enfouir ma tête sous les couvertures. J'ai du mal à affronter ces moments autrement qu'avec la logique effrayante des cauchemars. Tout ce que je sais, c'est que, lorsque les vieux descendirent du car, j'étais la proie des griffes de la démence, et je restai à ma place, livide, l'œil caverneux, frêle comme un invalide, et frissonnant comme s'il faisait moins quarante.

J'entendis Renata demander :

— Tu as la trouille ?

Je m'aperçus alors que nous étions les deux seuls passagers restant dans le car et que le chauffeur nous fixait méchamment dans le rétroviseur.

— Je ne suis pas prêt pour ça, dis-je.

— Tu n'es pas obligé d'entrer dans l'église, me certifia Renata.

— Tu es sûre ?

— Je vais voir si tu peux rester ici.

Et Renata s'avança galamment pour aider le timbré.

J'entendis des phrases en espagnol, puis les heures semblèrent défiler tandis que je me courbais en deux, la tête dans les mains, et que je respirais profondément comme si c'était la seule chose à faire. Puis Renata m'avisa que je ne pouvais pas rester, c'était l'heure de la pause, le car allait fermer, et sans la climatisation je grillerais certainement. Elle m'empoigna par la main et me conduisit à la porte en me maternant comme un enfant, puis elle me fit descendre avec d'infinies précautions.

On aurait pu croire que j'allais leur rentrer dedans à voir la façon dont les Américains me fuyaient, renfrognés, un « vous n'obtiendrez rien de moi » dans leur regard, tandis que Renata me faisait traverser la rue à toute allure, jambes cotonneuses, pieds raclant la chaussée, et m'installait, tel un paquet mal ficelé, sur un banc du *jardín*.

— Tu sais, me dit-elle, je n'ai pas non plus une santé de fer. Nous ne pouvons pas nous reposer l'un sur l'autre.

Si je l'ai regardée à ce moment-là, ce fut sans doute furtif, mais je la suivis avec l'air égaré d'une marionnette abandonnée tandis qu'elle s'enfonçait dans la foule médisante, et je refoulai ma propre inquiétude en me disant que l'impuissance et le désespoir étaient de son côté, pas du mien ; pour moi tout allait bien. « Il faut que j'y aille, maintenant, me disais-je. Il faut que je me lave. Je mangerai proprement, avec une fourchette. »

Le lendemain, chez moi, j'allais de nouveau bien ; c'est vrai, je ne plaisante pas. En me réveillant, je brandis mes mains devant mes yeux pour l'examen final combien-j'ai-de-doigts d'un être conscient et lucide. Mais un coup d'œil dans la glace de la salle de bains, et la vision fugitive, effrayante, de Mr. Hyde, me convainquit qu'il était judicieux de quitter la ville pour quelque temps. J'enfilai prestement une chemise décolorée, un pantalon kaki, chaussai mes bottes, fourrai de la bouffe dans un carton, écrivis un mot pour Maria en lettres majuscules, et me rendis chez Eduardo pour planquer le timbré dans la brousse.

Avec Eduardo, nous partagions un passé qui faisait que ses amis considéraient mes apparitions dans sa cabane perdue dans la jungle comme une sorte de jubilé d'une orthodoxie extravagante ; ainsi, les jours suivants, toutes les familles des environs vinrent lui rendre visite pour entendre le fou sacré. Pour ma première nuit, quatorze hommes et enfants s'accroupirent autour du feu, fumant des cigares gigantesques faits maison, puis, complètement intoxiqués, contemplèrent, fascinés, l'animal de zoo sur son tas de fumier. Eduardo vint finalement s'accroupir à côté de moi et me susurra en espagnol :

— Ils attendent un discours.

Eh bien, je m'exécutai ; je récitai en anglais une leçon apprise au collège, un paragraphe de Moby Dick : *« Quand je sens s'abaisser le coin de mes lèvres, quand s'installe en mon âme le crachin d'un humble novembre, quand je me surprends à faire halte devant l'échoppe du fabricant de cercueils et à emboîter le pas à tout enterrement que je croise, et, plus particu-*

lièrement, lorsque mon hypocondrie me tient si fortement que je dois faire appel à tout mon sens moral pour me retenir de me ruer délibérément dans la rue, afin d'arracher systématiquement à tout un chacun son chapeau... alors, j'estime qu'il est grand temps pour moi de prendre la mer[1]. »

J'ignore comment l'anglais sonnait à leurs oreilles, mais, lorsque j'eus terminé, quelques-uns applaudirent doucement, paumes à plat comme ils font d'habitude, puis il se levèrent un par un et partirent, pleinement satisfaits.

Ce n'était pas une vie mouvementée. Nous allions puiser de l'eau dans un trou, nous utilisions des pieux pour pilonner les grains de maïs dans un champ encore brûlant de cendres et de suie, mais à part cela les heures s'écoulaient au ralenti dans le grésillement des insectes ; Eduardo conseillait ses femmes étourdies dans leur travail, et la chaleur asséchait ma mélancolie. Chaque nuit, Koh, la plus vieille épouse d'Eduardo, m'offrait un hideux brouet de *balche*, de racines mastiquées, et de cosses de graines que je mangeais docilement. Et je dormais comme une souche jusqu'à midi, sourd à tout sauf au grognement des cochons, au caquetage des poules, et aux cliquetis des machettes qui abattaient d'énormes arbres dans la jungle, insensible à tout sauf aux épisodiques caresses des enfants qui effleuraient mon visage et mes cheveux.

Puis, le samedi après-midi, Eduardo et trois de ses amis m'invitèrent à la pêche, et nous traversâmes la forêt pour rejoindre une crique où une yole dansait sur la houle, avec à son bord un jeune garçon en tenue de sport qui manipulait un moteur de cinquante chevaux affreusement mal amarré sur une traverse. Au nord, dans le lointain, une aura grise de pollution enveloppait Resurreccíon, mais hormis cela la côte m'était complètement inconnue.

Nus comme des vers, nous nageâmes jusqu'à la yole, brandissant nos vêtements au-dessus de nos têtes, et quand nous

---

1. Traduction d'Henriette Guex-Rolle.

nous hissâmes sur le plat-bord, j'entendis le rythme syncopé du maya tandis qu'ils se livraient à des plaisanteries qui avaient pour cible le gringo. Je jouais la cinquième roue du carrosse, *ne vous gênez surtout pas pour moi*, et juché à l'avant sur le banc de nage je leur présentai un visage de pierre tandis que le gamin en tenue de sport emballait le moteur et que nous foncions vers les barrières de corail où l'eau était tiède et aussi limpide que du Perrier, mais qui de loin avait la couleur turquoise des cuisines des années 50.

Le jeune coupa le moteur et roula par-dessus bord trois blocs de ciment qui étaient attachés à l'amarre. On me tendit un vieux masque à moitié mangé par le sel et des palmes en assez bon état, puis une lance d'un mètre vingt identique aux leurs. Je leur décochai un clin d'œil, brandis un pouce, *ne vous en faites pas, les gars, je suis un vieux de la vieille.* Je fus le premier à piquer une tête dans l'eau, puis j'entendis des hurlements suivis de quatre plongeons ; ils s'étaient élancés sans masques ni palmes, et se tortillaient comme des loutres autour du corail blanc et des bébés éponges, chassant les labres étincelants, les mérous, et les poissons-perroquets arc-en-ciel. Je remontai à la surface une bonne minute avant les autres — ils gardaient leur respiration comme des tortues —, et ils reparurent tous ensemble avec une vache marine qui pissait des traînées de sang ; je replongeai au milieu de colonies de coraux rouge et lavande, traversai un banc de goémon d'un bleu magnifique qui frissonna et se brisa devant moi avant de se rassembler de nouveau ; avec de légers battements de palme, je m'aventurai plus avant, au-delà d'une terrasse de corail noir et d'anémones, vers un fond sableux. Et là, je trouvai une pastenague presque enfouie dans le sable, ses yeux jaunes clignotant dans le vide, puis la peur ou l'irritation remplaça la vacuité et, d'un battement de ses superbes ailes gris acier, elle souffla le sable comme de la fumée et disparut dans un vol aussi fluide qu'un onguent. Le premier coup d'ailes l'emmena à dix mètres, puis elle plana, souveraine, se reposa, et ondula des ailes avec une infinie douceur jusqu'à ce que le sable la recouvre de nouveau.

Je ne sais si je l'avais lu quelque part ou si Eduardo me l'avait dit, mais, dans leurs anciennes cérémonies religieuses, avant Cortez, les grands prêtres mayas piquaient la pointe de la queue d'une pastenague dans leur pénis et le poison leur procurait des défonces magiques qui leur permettaient des interprétations hallucinatoires de l'avenir. Le danger et la douleur de cette sorte d'extase m'attiraient irrésistiblement, c'est dire l'état de démence auquel j'étais parvenu. Je me défonçais aux menaces et aux interdits ; j'étais comme ces camés qui prennent leur pied rien qu'en se piquant avec une simple aiguille. J'aurais dû remonter vivement à la surface, mais je ressentis un besoin violent et irrationnel de toucher la pastenague ; je plongeai donc encore plus profond, jusqu'à ce que je sois au-dessus de la raie, et je l'observai m'observer de son œil glauque.

Je ne cherche plus à convaincre personne. On s'attire de ces réactions : « Oh ouais, des pastenagues ! » Mais en réalité une volée, ou un troupeau, ou une invasion de pastenagues surgit de nulle part, cinq ou six m'effleurèrent au ralenti, m'enveloppèrent de leurs ailes soyeuses, leur queue fouettant l'eau avec ardeur ; elles ne s'éloignaient que pour revenir se frotter contre ma peau, montrant leur ventre blanc tandis que leur bouche édentée semblait sourire béatement. Je n'ai aucune idée de ce qui les attirait. Je n'ai jamais ressenti une telle impression de pure force musculaire m'inspirant autant de dégoût. C'était comme un de ces tableaux de la Renaissance, saint Antoine persécuté par les démons. Les pastenagues me heurtaient violemment, me maintenaient au fond de l'eau, et l'une d'elles me fit sauter le masque d'un coup de tête aveugle. J'étais sur le point de m'évanouir ou de manquer d'air quand j'entendis les Mayas accourir à la nage ; ils bataillèrent avec les ailes gris acier, puis une lance transperça une raie et une orchidée de sang rose parut éclore sur sa peau, et les Mayas la saisirent par la tête et par ses branchies ventrales.

Je refis surface ; ils me suivirent nonchalamment, et hissèrent le poisson sur la yole.

Agenouillé sur le plat-bord, le jeune sportif me tendit une gaffe. Réjoui, il m'aida à grimper dans l'embarcation, me tapota la tête et m'abreuva de louanges en espagnol tout en tirant le poisson sur le plancher. Mais quand les autres nous rejoignirent, ils se regroupèrent à côté du moteur, le plus loin possible de moi comme s'ils craignaient que je les touche. Même Eduardo ne put rien faire d'autre que de maugréer devant mon mauvais karma.

Nous remontâmes la côte jusqu'à un bras de mer et la jolie petite jupe de sable qui s'étendait près de la cabane d'Eduardo. Autour d'un feu, des femmes vêtues de robes américaines bon marché fredonnaient des chansons en décortiquant du maïs, et Koh, la femme d'Eduardo, me tendit timidement une jarre d'alcool de maïs fermenté qu'ils appellent *chica*.

Franchement, je n'apportais rien à leur fête ; j'étais un anachorète, *il penseroso*, à l'écart sur un rocher, je les entendais sans les comprendre ; et toujours le bourdonnement aigu des insectes au coucher du soleil. Je me sentais coupé du monde, et je m'apitoyais sur mon sort comme un raté hargneux sur ses petites misères. Koh remplit de nouveau mon pot en terre cuite et, tandis qu'on écaillait la raie et qu'on cuisait le repas, Eduardo vint s'asseoir près de moi. Il resta silencieux quelques minutes, puis me dit en espagnol d'une voix hésitante :

— Nous avons peur de toi.

— Pourquoi ?

— Des choses mauvaises arrivent. Nous avons peur pour nos enfants.

En maya, le nom secret d'Eduardo est *Nicuachinel*, « celui qui voit au cœur des choses ».

L'espagnol courtois me manqua. Je lui répondis quelque chose comme :

— C'est complètement stupide.

Mais il me déclara simplement :

— Maintenant, rentre chez toi, s'il te plaît.

Je rassemblai donc mes maigres affaires, montai dans ma Volkswagen et retournai à Resurreccíon. Est-ce que je pensais à la façon dont ma mère était morte ? Aucune idée, mais c'eût été approprié. J'avais vingt-quatre ans à l'époque, j'étais plein de colère et de psychologie. Je détestais mes cours de dessin en Angleterre, mais je n'avais pas non plus envie de rentrer à la maison pour les fêtes. J'avais l'impression d'y retomber en enfance, d'y être un adolescent attardé. Je fulminais contre l'arbre en plastique que ma mère avait installé, contre la température glaciale de la maison, contre le régime à forte teneur en cholestérol de mon père. Et je m'étais mis dans la tête que la réunion de famille gagnerait à être arrosée, ils étaient bien trop coincés, trop puritains. Il neigeait furieusement mais Atticus n'était plus d'humeur à se disputer avec moi et ma mère se rappela qu'elle avait besoin de faire des courses à l'épicerie ; nous partîmes donc à Antelope. A quelques kilomètres au nord de la ville, cela se gâta sérieusement, mais je n'écoutai pas les recommandations de prudence de ma mère. Je maintins le pied au plancher même après avoir commencé à déraper sur la glace. « Oh non, chéri, non ! » furent ses derniers mots. Une bonne heure plus tard, je me retrouvai assis contre une congère orange, à peine conscient, enveloppé dans le silence et la blancheur, la nuque et le dos douloureux, du sang ruisselant de mon front, une voiture de shérif, un camion de pompiers et une ambulance garés sur la route tels des jouets abandonnés. Je vis quatre hommes entrer en se courbant dans une Thunderbird blanc crème dont l'avant était écrasé contre un orme, puis en ressortir vivement. Dieu merci, leurs parkas gris ouverts me cachèrent son visage. Je me levai en voyant le camion de mon père foncer vers le lieu de l'accident, et je me ruai dans la voiture du shérif, tout plutôt que de l'affronter, je me couvris même la tête de mon manteau comme les truands qu'on conduit en prison devant une meute de photographes. Mais Atticus me trouva, bien sûr, et il me demanda d'une voix affermie par une maîtrise terrifiante : « Ça va, fiston ? » Il pouvait, si besoin, faire taire complètement le « moi » en lui-même, il pouvait écarter ses émotions comme des objets inutiles. S'il devait jouer au père, il le faisait, et ce qu'il ressentait pour son fils après qu'il eut tué son épouse était exactement le genre de sentiment qu'il repoussait. Depuis, plus rien n'a jamais été comme avant entre nous. Ma honte nous séparait.

Bon, disons que je pensais à cela. Et Carmen Martinez marchait sur la nationale avec sa robe blanche qui dansait au vent et son écharpe bleu marine, tenant un énorme iguane vivant par la queue ; elle se courba, sans doute pour regarder la fine pédale de ses griffes, examiner ses mâchoires béantes et sa tête pointée pour voir défiler la jungle. A quoi pouvait-elle bien penser ? A l'amour ? Au repas ? Au ménage ? A ses projets ? A ses souvenirs d'enfance ? Avait-elle l'esprit bouillonnant, ou la tête vide, comme moi qui conduisais machinalement, les mains crispées sur le volant, le pied au plancher, le moteur gémissant et crachotant, et qui ne voyait que le tunnel des phares, en tout cas pas une fille avec un iguane trop à ses pensées magnifiques pour entendre la Volkswagen derrière elle et s'écarter de la route ?

Elle n'eut pas le temps de savoir ce qui la faucha. J'entends constamment Carmen, je suis l'hôte involontaire de son cri, c'est impossible à rendre noir sur blanc, cette plainte si pleine de douleur et d'indignation et pourtant encore inconsciente de la mort qui l'attend. Impossible de décrire à quel point l'impact fut bouleversant, horrible et ténu, un bruit mat qui fit tressauter la voiture, vite couvert par le froissement de la tôle du capot tandis que Carmen était projetée en l'air et que son coude ou son crâne, je préfère ne pas savoir, venait heurter le pare-brise et qu'une toile d'araignée de verre brisé volait en éclats devant moi ; et je vis Carmen pour la première fois, au moment où elle plongeait dans la nuit, à côté de moi, puis derrière moi... juste le temps de penser : « Bon Dieu, qu'est-ce que c'était ? » et elle avait disparu.

Et cependant, je savais ce que c'était. Il n'y avait pas à se tromper, elle était dans un sale état. Je jetai un œil dans le rétroviseur et vis Carmen écroulée sur la route avant que l'obscurité ne l'enveloppe. Six secondes s'étaient écoulées, pas plus, moins peut-être, je pouvais les fractionner, et je peux toujours, il est des nuits vers quatre heures où le claquement sec de sa robe contre sa peau, quand le capot heurte sa cuisse, résonne en moi comme une explosion.

J'hésitai, juste le temps d'imaginer l'avenir qui m'attendait, à prétendre que rien ne s'était passé, le pare-chocs et le capot dans cet état, le pare-brise éclaté par une pierre, un pigeon, un défaut dans le verre, *Il m'est arrivé un truc dément, hier soir.* Puis je donnai un violent coup de frein, je passai en marche arrière, et à coups de zigs et de zags, éclairé par les feux arrière, je revins à l'endroit où Carmen avait été renversée. Je ne sais pas combien de temps j'attendis dans la voiture, vexé par l'injustice de la vie, souhaitant qu'elle se relève, l'exhortant à le faire. Puis, je vis l'énorme iguane accroché à la route, les mâchoires ouvertes dans un sourire étrange, qui semblait me remercier de l'avoir libéré. Je pris une lampe torche sous le siège avant et je suivis le cercle jaune qu'elle dessinait sur la route jusqu'au corps de Carmen. Pas de sang, Dieu merci, pas même sur son crâne, juste l'écharpe bleu marine qui recouvrait son visage, et ses jolis membres écartelés comme ceux d'une poupée cassée. La chaussée était encore chaude et, l'espace d'un instant, je ne compris pas comment elle pouvait rester ainsi sans se brûler la peau. Puis je pris sa main, elle était glacée. La violence du choc avait relevé sa robe au-dessus de son slip en coton blanc. Je la ramenai sur ses genoux, je passai une main sous ses cuisses, l'autre sous sa nuque et je la soulevai avec difficulté et l'étendis le plus doucement possible dans les hautes herbes qui bordaient la route. En glissant à terre, l'écharpe dévoila le joli minois d'une fille de dix-sept ans on ne peut plus morte, mais dont les yeux noirs restaient fixés dans les miens avec la surprise et la peur de quelqu'un qui voit ses espoirs et ses projets s'envoler à jamais. Pas d'accusation, pas d'apitoiement sur soi, juste un regard anéanti et déçu.

Et cela m'acheva. Je me bouchai les oreilles comme si elle criait encore, et je me mis à tourner en rond comme un dingue. Une minute s'écoula, ou cinq, je n'en ai aucune idée, j'étais perdu, hébété, et je gémissais « oh non, oh non, » si la police était passée à ce moment-là, je leur aurais volontiers dit : « D'accord, arrêtez-moi. » J'étais prêt à aller en prison, mûr pour une forte peine, pour qu'on me tranche la main. Culpabilité, ou terreur, ou le sentiment que c'était trop, j'étais dans le brouillard, plus une goutte de courage, la tête vide avec un trou béant par lequel on aurait pu faire passer une chaussure.

C'est comme cela que Reinhardt me trouva ; il passait tranquillement dans une espèce de Jeep que les jeunes louent aux hôtels pour s'amuser. Qui sait à quel trafic il se livrait dans la jungle ? J'étais assez barré pour ne pas trouver la coïncidence miraculeuse, « Bien sûr qu'il serait là », ai-je dû penser, je n'aurais pas été surpris s'il était descendu du ciel par une corde à nœuds, le *deus ex machina* de ma propre perte. J'entendis la Jeep, je mis une main en visière pour protéger mes yeux de l'aveuglement des phares, prêt à disparaître dans la jungle ou à me jeter sous les roues, quand la Jeep s'arrêta à côté de moi.

— Je te cherchais, m'annonça le conducteur.

Je m'aperçus alors que c'était Reinhardt et je compris qu'il avait aussi vu la fille. Son pied lâcha légèrement la pédale de frein, *excuse-moi, il faut que je me sauve*, mais il parut réévaluer la situation, comprendre dans quel état j'étais, et imaginer aussitôt des bribes de plans basés sur le fait que j'étais dans le pétrin jusqu'au cou et que ce ne serait pas plus mal si j'avais une dette envers lui. Nous avons dû parler, mais je n'en garde aucun souvenir ; j'ai simplement l'image de son corps penché au-dessus de Carmen, de sa main qui lui prenait le pouls, d'abord au poignet, puis au cou, de sa torche braquée sur ses iris, puis de l'index et de l'auriculaire de sa main gauche avec lesquels il ferma les paupières de Carmen, le signe des cornes de Satan. Ensuite, Reinhardt s'assit sur ses talons, me regarda d'un air hostile, et me dit :

— Je m'en occupe.

J'ai honte à dire que je le laissai faire. Un sentiment de gratitude m'enveloppa, et, si je protestai ou essayai d'arguer ma virilité, je n'en ai aucun souvenir ; je me rappelle juste être monté dans sa Jeep — il me tendit la clef de contact avec un sourire paternel — et être rentré chez moi comme un gamin qui vient d'obtenir son permis de conduire. Je remarquai à peine le flash de son appareil-photo, je roulai à trente à l'heure maximum, largement en dessous de la limite autorisée, de sorte qu'en croisant une vieille aux portes de la ville j'eus le temps de lire dans le regard qu'elle posait sur moi en avançant, courbée le long de la route : « Nous avons peur de toi. »

Je cachai la Jeep de Reinhardt sous une bâche, rentrai chez moi me verser un verre de whisky et montai dans ma chambre d'où provenait une odeur de joint. Des bouteilles de Corona vides traînaient près de la table de chevet, une cassette de *Predator* était encore dans le magnétoscope, et sur mon bureau mon carnet de croquis était ouvert à la page où Reinhardt avait noté, tel un hôte venu de l'enfer, quatorze appels téléphoniques pour l'Europe et Hawaii. Ce fut la première fois que je me rendis compte pour de bon du prix que me ferait payer Reinhardt ; je me mis au lit dans un état second de paranoïa, de dépression, incapable de me lever pendant deux jours, mais je ne dormis jamais plus d'une heure de suite tant la tempête qui faisait rage dans ma tête exigeait un skipper à la barre. J'entendais Reinhardt répéter inlassablement : « Je m'en occupe » ; et aussi, parfois pendant des heures, le hurlement de déception de Carmen en même temps que je sentais sa présence angélique. J'entendais Maria s'agiter à l'étage en dessous, ou parler au téléphone, dire aux gens qui appelaient que je ne me sentais pas bien ; elle m'apporta des repas auxquels je touchai à peine, et m'avoua que mon ami aux cheveux blonds n'avait cessé de venir pendant mon absence, et il avait tellement insisté qu'elle avait fini par lui laisser faire sa lessive ici. Avait-elle bien fait ?

Vous voyez où tout cela mène. Reinhardt Schmidt gara ma Volkswagen à côté de sa Jeep trois jours après l'accident, et je l'entendis causer à Maria devant la porte d'entrée, lui offrir des fleurs pour la fiesta. Je me levai et enfilai prestement une chemise et un pantalon tandis que Reinhardt montait dans ma chambre ; il me trouva assis devant mon bureau, en train de glisser une feuille blanche dans la machine à écrire.

— *Está bien*, annonça-t-il avec le sourire.

— Qu'est-ce qui est *bien* ?

— *Todo*, dit-il. Regarde par la fenêtre.

Je vis un pare-brise neuf, un capot repeint et un pare-chocs redressé.

— Belle allure, non ? dit-il. Je suis allé jusqu'à Merida pour les réparations. J'ai le reçu du garage, bien sûr, et aussi les photos de la Volkswagen.

Une flamme avait dû s'éteindre dans ma tête. Je restai aussi impassible et silencieux qu'un arbre abattu.

— Tu ne m'as pas interrogé au sujet de la fille, remarqua Reinhardt.

— Tu t'es occupé d'elle ?

— Malheureusement, non. J'ai entendu un camion. Tu parles d'une situation ! Je suis monté dans la voiture et j'ai foncé la cacher dans la jungle. Quand je suis revenu sur la route, un quart d'heure plus tard, pas plus, elle n'était plus là. Évaporée. (Reinhardt alla dans le couloir et cria :) *Maria ! Dos Corona por favor !*

Maria hésita avant de répondre :

— *Sí, señor.*

— Elle s'appelait Carmen Martinez, reprit Reinhardt. Seize ans, la huitième d'une famille nombreuse. Fiancée à un dénommé Renaldo qu'elle devait épouser en juin. On n'en a pas parlé dans le journal en anglais, mais ils ont passé deux photos d'elle dans le *diaro* de lundi. Elle a été enterrée aujourd'hui.

— Tu es venu chercher de l'argent.

Reinhardt s'assit au pied du lit et tapota gaiement une place à côté de lui. Mais je refusai l'invite et croisai les bras comme un dur avant de m'affaisser contre la fenêtre à guillotine.

— Tu te souviens de ce que je t'ai raconté sur moi ? Tout n'était pas vrai.

— Ça alors ! On croit connaître quelqu'un...

— J'ai le cancer.

Reinhardt me lança un regard glacial, comme s'il se refrénait de me dire toute l'horreur de sa souffrance.

— J'ai tout essayé, et maintenant je suis venu au Mexique pour essayer les médicaments qu'on ne trouve pas ailleurs. Est-ce qu'ils marchent ? Je l'espère, mais probablement pas. En attendant, je maigris, je n'ai pas d'amis et pas d'argent. Je possède quelques cartes de crédit volées, mais j'ai peur de m'en servir. J'habite une chambre minable dans un hôtel bourré d'Occidentaux sur El Camino Real. Je vends à la sauvette des lunettes de soleil dans la rue, et je mange des conserves. C'est pathétique. Aux États-Unis, il y a une fondation pour les enfants, j'ai oublié son nom, mais elle exauce les derniers vœux des enfants mourants : une visite à Disneyland, rester caché dans les vestiaires après une partie des Yankees, etc. Moi aussi, j'ai des vœux.

Maria s'arrêta devant la porte, réticente et tourmentée, avec un plateau chargé de deux Corona et de deux verres ballons.

— *Gracias*, Maria, dit Reinhardt, et il la couva d'un œil intéressé quand elle débarrassa le plateau.

Quand elle sortit, Reinhardt continua à la fixer comme si le spectacle l'amusait.

— Tu la baises, Scott ?

A propos de ce genre de question, Atticus disait que ça ne méritait pas de réponse. Je remplis mon verre sans un mot.

— Tu es un innocent, ricana Reinhardt.

— Tu parlais de tes derniers vœux.

— Ah, oui. Un billet d'avion pour Francfort en première classe par la Lufthansa, des vêtements luxueux, des dîners gastronomiques, et l'amour avec des prostituées l'après-midi.

— Chaque jour sera un chef-d'œuvre.

— Comme c'est joliment dit ! (Reinhardt but une gorgée de bière avant de poursuivre ?) Je m'imagine bien finir mes jours à Monaco, jouer au chemin de fer comme James Bond. Si je gagne, je jetterai les billets en l'air et je m'esclafferai comme un gros sultan en regardant les gens se traîner à quatre pattes pour les ramasser. Si je perds, je dirai : « Je suis ruiné », et je me ferai sauter la cervelle avec un revolver de poche.

— Il faudrait dépenser quatre ou cinq cents dollars par jour pour ça, tu ne crois pas ?

— Hier, j'ai déposé cinq cents pesos sur ton compte en banque, et j'ai demandé ta position. Tu as vingt-quatre mille dollars sur ton compte. Je me contenterais de la moitié.

— Ah, comme ça, on est de mèche ?

— De mèche ?

Je fis mine de griffonner 24 000 et j'étais en train d'effectuer la division par deux quand Reinhardt intervint, agacé :

— Ça fait douze mille dollars.

— Veux-tu que nous allions à la banque tout de suite ?

Il essaya de retenir un sourire mais ne réussit qu'à grimacer.

— Il est dix-huit heures quinze.

— Bon, fis-je avec empressement, demain matin à la première heure.

— Tu dois savoir qu'il y a une fiesta, mercredi, j'imagine ?

— Nom d'un chien ! Et ils se demandent pourquoi leur économie fout le camp.

— C'est facile de plaisanter, mais je ne crois pas que la police trouvera cela drôle. Ici, un accident avec délit de fuite, cela équivaut à un meurtre. Tu croupiras en prison pendant un bon bout de temps.

Je levai mon verre et bus la moitié de la bière. Reinhardt

leva le sien, lui aussi, mais il se sentit idiot de m'avoir imité, et il le reposa derechef.

— Ne t'imagine pas que tu es un type dangereux parce que tu as tué une jolie fille. Il te manque la haine, mon ami. Tu es inhibé, irrévocablement inhibé.

Pour illustrer sa sentence, Reinhardt se leva et sortit. Sans inhibition aucune.

Oh non chéri, non.

Ce soir-là, j'achetai le *diaro* du lundi à la boutique de cadeaux de l'hôtel *Cortez* et j'épluchai la page des notices nécrologiques en buvant un Gentleman Jack au bar. Carmen Martinez y figurait bien comme Reinhardt l'avait affirmé, mais je n'étais pas en état de traduire ; j'avais beau me concentrer sur l'article, l'espagnol me fuyait. Je repliai le journal et commandai un autre whisky. Une honnête culpabilité me tourmentait, mais elle s'accompagnait d'un instinct de conservation grandissant et, après une heure de pathos et de remords, j'essayai d'imaginer comment Reinhardt mettrait sa menace à exécution. Je vis un agent de police déchirer une enveloppe et découvrir une page blanche parsemée de lettres découpées dans un magazine qui dénonçaient en anglais le chauffard qui avait tué Carmen avant de prendre la fuite. Dans l'enveloppe, il y aurait aussi les clichés de la fille, de la plaque minéralogique de ma Volkswagen, et le reçu du réparateur de carrosseries de Merida. Ensuite, j'imaginai Stuart venir frapper à ma porte dans son costume de consul américain. « Pourrions-nous avoir une petite conversation en privé ? »

Même dans mon malaise et malgré mon manque criant de rationalité, je n'eus aucun mal à me construire un alibi. Reinhardt m'avait rendu visite à la *casita* où j'avais travaillé dur pendant quelques jours, et, m'ayant vu batailler pour faire entrer un tableau trop grand dans ma Volkswagen, il m'avait proposé d'échanger nos voitures. J'avais accepté et il avait dû écraser Carmen pendant que je me garais devant chez moi. N'avait-il pas essayé de me cacher son accident en faisant réparer la voiture à Merida ? J'étais au lit avec une forte grippe et j'avais oublié que je n'avais pas récupéré ma Volkswagen. Maria pourrait témoigner que j'étais resté chez moi pendant deux jours, et que Reinhardt avait rapporté la Volkswagen le mardi soir. Oui, j'avais remarqué la peinture fraîche et le nouveau pare-brise. Reinhardt avait prétendu avoir écrasé un cerf et avoir fait ensuite réparer la voiture à Merida.

Je détestai le visage candide que je présenterais au *jefe*, si innocent et empreint d'inquiétude pour avoir entravé le cours de la justice. Mais bon, je n'avais pas l'impression qu'on aurait redressé un tort considérable en m'envoyant en prison. Néanmoins, j'estimai devoir mettre en garde Renata au sujet de Reinhardt, au cas où il s'en serait pris à elle par dépit, mais quand je lui téléphonai ce fut Stuart, bien sûr, qui décrocha. « C'est de la part de qui ? » demanda-t-il. Il couvrit le répondeur, mais il souleva la main juste le temps pour moi de l'entendre s'écrier : « Non, pas question ! Non, tu ne peux pas ! » Puis sa main se colla de nouveau sur le répondeur, et au bout d'une longue minute Renata lança gaiement :

— *¡ Hola !*

— Le moment est mal choisi pour se parler ?

— Un vrai médium, ma parole !

— Tu vas à la lecture de la pièce, demain soir ?

— Mais je suis dans la pièce, Scott !

— Ah, c'est vrai. Bon, eh bien, on se parlera demain. D'accord ?

— Vas-y mollo sur le whisky, bonhomme.

— Mais on pourra parler ?

— Je te note sur mon carnet.

— Stuart fait la grimace, je parie ?

— Ta-ta-ta, se contenta de faire Renata, et elle raccrocha.

La nuit dernière, peu après deux heures, j'entendis un grand plouf dans la piscine, puis les battements réguliers de Reinhardt qui faisait des longueurs de bassin. Rassuré que les portes de la maison soient fermées à clef, je réussis à trouver le sommeil.

Le mercredi matin, je me levai à huit heures et j'essayai de suer ma gueule de bois en courant six kilomètres sur le sable mouillé encore barbouillé d'écume. Des gamins allumaient des pétards dans les immenses pièces enguirlandées d'un hôtel en construction, et des familles emportaient des planches de contre-plaqué pour y installer leurs chaises pliantes ou les planter dans le sable pour s'abriter du soleil.

Comme Maria était de congé, je me fis des *huevos rancheros*, puis je feuilletai l'*Art Journal* près de la piscine, ensuite j'enfilai un blue jean, une chemise blanche, et vers midi j'enfourchai ma Harley-Davidson pour me rendre à la *casita* ; je fis une halte sur la nationale pour jeter un œil inquiet sur l'endroit où Carmen avait été tuée.

Des semaines avaient passé depuis la dernière fois que j'avais peint dans mon atelier, mais il y avait de fraîches traces de pneus sur le sentier forestier qui y menait. Je n'en fus pas surpris pour autant. On avait forcé la porte d'entrée avec ma pelle, et le cadenas pendait misérablement au bout de sa chaîne. Malgré le foutoir qui régnait dans l'atelier, les dommages paraissaient plus spectaculaires qu'intimidants. Mon Radiola était encore là avec mes cassettes, le casse n'était donc pas l'œuvre de simples voleurs. On avait répandu des pots de térébenthine, éclaboussé de couleurs, avec une violence de collégien, le tableau sur lequel je travaillais, lointain hommage à la peinture de Hans Hoffmann. Il y avait des chaises renversées, bien sûr, la table à dessin était retournée, et, tandis que j'errais dans la pièce pour constater les dégâts, des pages de mon carnet de croquis s'envolèrent comme des feuilles mortes. Le pathos même de la fureur — chemises décrochées des cintres, robinets ouverts, un couteau à éplucher planté dans mon autoportrait — aurait dû m'indiquer que Reinhardt n'était pas responsable du carnage, il aurait plus volontiers embarqué mes toiles — *Whaou, merci pour les tableaux !* — mais il m'obsédait trop pour que je sois capable de distinctions aussi subtiles. Les heures s'égrenèrent tandis que je nettoyais l'atelier, je fixai le verrou sur le montant avec des vis neuves, et j'étais tellement accaparé par mes tâches ménagères que ce ne fut pas avant d'être parvenu au bas de la colline qu'une pointe de soupçon me frappa ; je remontai vite fait à la *casita* pour vérifier si le superbe coffret en noyer du fusil que Frank m'avait offert pour Noël était encore à sa place dans le placard. Le coffret était bien là, mais la Winchester avait disparu, avec une poignée de cartouches.

C'est la raison pour laquelle, quand vint le soir, au *Scorpion*, mutique, broyant du noir, ombrageux, parano, je ne me mêlai pas au babillage de Renata et Stuart, et quand Renata fit une remarque acidulée sur mon entrain j'avouai que mon atelier avait été cassé, oh, rien de grave, mais ça fait quand même mal, bla-bla-bla.

— On t'a volé quelque chose ? demanda Renata.

Noyé dans mon gin tonic, ne sachant pas comment elle prendrait les choses si je lui apprenais que le fusil avait disparu, et craignant que la nouvelle ne la terrifie, je dis finalement non, on ne m'a rien volé, Dieu merci. J'aurais préféré qu'ils emportent l'affreux tableau sur lequel je travaillais.

Stuart régla l'addition parce que je m'étais aperçu que j'avais oublié ma carte American Express quelque part.

— Tu as vérifié dans les bars ? susurra Stuart avec un sourire affecté.

— Bonne idée, je vais faire la tournée des bistrots.

Comme nous nous rendions à l'hôtel *Marriott*, Renata parla de la cruauté des pièces de Tennessee Williams, puis je m'éloignai d'eux, m'attroupai avec une centaine de personnes autour de la table de la fiesta, dépouillai un serveur d'un pichet de margarita glacée que je gardai jalousement, tel un collégien malappris qui s'est introduit dans une soirée en resquillant. Pendant ce temps-là, Renata lisait avec d'autres *La Nuit de l'iguane*. J'avais la ferme intention de lui parler de

Reinhardt Schmidt, de Carmen Martinez et des hasards et mésaventures de la vie, mais j'avais pris la mauvaise habitude des ivrognes, il me fallait le coup de fouet d'un alcool fort pour être moi-même, je ne reprenais confiance qu'après une bonne tisane. Hélas, le coup de fouet ne vint jamais, même après avoir descendu le pichet, et, quand Renata fut enfin libre après la pièce, nous n'étions plus sur la même longueur d'ondes. Elle était près de l'estrade, sous la haute surveillance de Stuart, entourée d'une flopée d'amis qui la félicitaient pour les nuances subtiles qu'elle avait apportées au rôle d'Ava Gardner. Et j'étais là, pauvre con jovial, envapé, du vent dans les voiles, l'œil brumeux, et je lançai un « Superbe interprétation ! » si sonore qu'il fut accueilli comme un verre de whisky qu'on fracasse sur le mur. Quatorze paires d'yeux me fixèrent, implacables, mais Renata esquissa un sourire crispé et dit :

— Tu me flattes.

— Ne le ménage pas, Renata ! lança Stuart. Tu ne vois pas qu'il t'insulte ? Il est saoul comme un Polonais !

— *« Est-il humain, est-il homme, celui qui se lève tard et contemple, hagard, les assiettes sales, les bouteilles vides, englouties dans le long et bruyant comment-ça-va de la veille — bien qu'un verre demeure encore, infâme tentation ? Est-il humain, est-il homme, celui-là, qui, encore saoul, trébuche au milieu des arbres rouillés pour déjeuner de sardines et de petits pois arrosés de rhum éventé ? »* (Dans un silence hostile, je lançai :) Fin du poème, « Dessoûleur », Malcolm Lowry. Un Anglais, comme vous. Un parent, peut-être ?

— Malheureux bouffon, soupira Stuart.

Et Renata me tourna le dos.

Vexé et penaud, je grimaçai un sourire amical — *voyez comme je suis inoffensif* — et m'arrachai de la fiesta. Infantilisé par ma soûlerie, rageur et incohérent, je tombai à quatre pattes plus d'une fois, abasourdi par les pétarades, les craquements et les sifflements des fusées qu'on tirait de l'hôtel *Zuma* ; je partis à la recherche, Dieu ait pitié de moi, d'un lieu plus amical où les gens boiraient comme moi, je me souvins vaguement d'une *cantina* diabolique appelée *La Cucaracha* qui aurait dû se trouver sur l'Avenida de las Pulgas mais qui n'y était pas, et je finis par tomber, dans une sorte de transe, sur ma maison de l'Avenida del Mar.

Et là, contre le haut mur blanc, oubliée comme un tricycle, ma Winchester ! Quand je l'empoignai, je sentis la chaleur du canon, et je l'ouvris en trébuchant. Une cartouche verte jaillit de la chambre ; je n'eus pas le temps de voir où elle atterrit et passai quatre bonnes minutes à la chercher, sans succès. Je reniflai comme un limier la chambre du fusil, conclus définitivement qu'on s'en était servi, puis hurlai dans la nuit : « Reinhardt ! Tu as oublié ton Intimidateur ! » Je trouvai cela irrésistiblement drôle, du plus haut comique, le type a un soufflant pour chaque situation, et j'ouvris la porte d'entrée avec ma clef sans me rendre compte que le verrou n'était pas tiré. Je perçus le grattement et le tourniquet du linge dans le séchoir de la cuisine, et Sinatra chantait « Where or When » quand je m'aventurai dans la salle à manger, le fusil plié en deux sur l'avant-bras. Reinhardt Schmidt gisait sur le tapis indien, étendu sur le dos, le visage horrible, les chairs déchiquetées par la balle de calibre douze.

Je tombai à genoux dans le couloir, frêle comme un vieillard, et le fusil glissa de mon bras pour ricocher sur le marbre rose avec un claquement métallique. Quel est le contraire de la vénération ? Je ne me suis jamais senti aussi seul, ensorcelé, détestable et maudit qu'en contemplant Reinhardt perdre son sang ; dans ma soûlerie je me demandai s'il y avait des premiers soins à apporter, puis je lus dans le miroir de la salle à manger « *Asesino* » crayonné avec le rouge à lèvres de Renata.

L'inquiétude et la trouille me dessoûlèrent à moitié, car j'étais intimement persuadé que l'assassin avait confondu Reinhardt avec moi ; c'était un ami ou un parent de Carmen Martinez, et il reviendrait se venger dès qu'il aurait compris son erreur. Malgré mon état d'ébriété avancée, je me relevai, allai dans la cuisine et tentai de reconstituer la chronologie des faits, même si j'ignorais alors qui était l'assassin de

Reinhardt, qui était Renaldo Cruz ; je m'aperçus que les portes vitrées que j'avais fermées à clef étaient fracturées, le panier à linge en plastique vert de Reinhardt trônait sur le comptoir de la cuisine avec une boîte de lessive, son verre de whisky par terre à côté de la stéréo, sa main gauche tendue comme pour une offrande, et la moitié de son visage épargné par la balle semblait aussi inexpressif que celui d'un garçon de restaurant.

Même en écrivant ces lignes j'ignore totalement comment Renaldo a découvert que j'avais tué sa *novia*. Mais le long de cette route, la forêt ne manque pas d'yeux, on lui a sans doute parlé d'un *rubio* fou qui était passé en trombe juste avant l'accident de Carmen, et il avait ensuite trouvé mon atelier dans la forêt, l'avait saccagé, et avait pris mon fusil. Même les enfants dans les champs auraient pu lui indiquer où je vivais, ô combien ouvertement, en ville. M'avait-il suivi depuis ? Ou avait-il filé Reinhardt par erreur ? Était-ce la fiesta qui avait obligé Renaldo à attendre le mercredi soir pour escalader le haut mur de la piscine et fracturer les portes vitrées ? Avait-il ensuite fouillé les chambres du premier, parcouru mes affaires ? Avait-il enragé devant la différence entre ma vie luxueuse et la misère dans laquelle se trouvaient ses amis et sa famille ? Néanmoins, il n'avait rien saccagé chez moi, il n'avait rien pris hormis la pochette à rouges à lèvres de Renata, sans doute pour en faire cadeau à une de ses sœurs. Il avait dû se cacher dans la maison, un seul et unique but en tête, jusqu'à ce qu'il entende la porte d'entrée s'ouvrir. Et même à ce moment-là, il s'était sans doute retenu le temps de vérifier qui arrivait, et il avait vu Reinhardt apporter son linge sale, fourrer mes affaires dans le séchoir et les siennes dans la machine à laver. Renaldo était-il dans le couloir quand Reinhardt se versa un verre de whisky ? Reinhardt emportait-il son verre dans la cuisine quand Renaldo brandit le fusil ? Eut-il un moment d'hésitation en voyant Reinhardt ? Et Reinhardt se retourna-t-il, surpris ? Échangèrent-ils des mots ? Reinhardt introduisait-il le CD de Frank Sinatra dans l'appareil quand il entendit des pas et se retourna ? Était-il agenouillé devant la stéréo quand il posa son verre par terre ? Et entendit-il le bruit du chien quand Renaldo arma le fusil ? Comment réagit-il au bruit ? Est-ce qu'il crut que c'était moi et non Renaldo ? Et est-ce qu'il ricana quand il se retourna ? Est-ce qu'il eut le temps de dire en anglais qu'il n'était pas celui que Renaldo croyait ? Combien de temps faudra-t-il avant que Renaldo s'aperçoive de son erreur ?

C'était trop pour moi, bien plus que je ne pouvais assurer vu les circonstances, avec mon crâne à feu et à sang. Même des choses aussi simples que l'alphabet dérapaient en « A, B, C, D, E, F, Gâteau, Haschisch... ». J'y réfléchirai plus tard, me dis-je, et je savais que j'aurais l'éternité pour ne penser à rien d'autre.

Dois-je avouer que j'enviai Reinhardt ? Il paraissait soudain si plein d'assurance et de détermination. Et c'était moi dont la vie n'était que chaos, dont les peurs, les attentes et les croyances me semblaient incompréhensibles. Nous étions arrivés au moment crucial de notre histoire à l'heure où le héros doit faire un choix. Tu es dans la merde, me dis-je finalement. Tu ferais mieux d'agir, et vite.

Je jetai un œil sur ma montre. Onze heures moins le quart. Je me levai, emportai les chaises dans la cuisine. Je tirai la table placée sur le tapis indien et la poussai contre les portes vitrées. Je m'agenouillai à côté de Reinhardt, le soulevai avec précaution et le basculai sur mes genoux, vaincu comme le Christ d'une pietà. Je me sentais faible comme un enfant, il me semblait tellement injuste et cruel que notre ressemblance l'ait tué, tellement injuste que je ne puisse le ranimer ; je n'avais aucun moyen de prouver mon innocence, il ne me restait qu'à cacher sa mort.

Je hissai le lourd fardeau sur ma cuisse, m'arc-boutai pour me relever et traînai le cadavre à travers le couloir ; sa tête heurta plus d'une fois le mur et ses *huaraches* s'entrechoquèrent quand je l'étendis près de la porte d'entrée. Je pliai en quatre le tapis de la salle à manger alourdi par le sang, le jetai sur mon épaule, et traversai le couloir en titubant. Je trouvai du vinaigre blanc et une éponge sous l'évier, j'effaçai *Asesino* du miroir de la salle à manger, puis cherchai avec une minutie pointilleuse les traces de sang sur le sol et sur les murs, scrutai le couloir pour effacer les indices éventuels que j'aurais laissés en traînant Reinhardt. Je rinçai méthodiquement l'éponge, lavai l'évier à la main, puis rapportai les chaises dans la salle à manger, glissai la table à sa place, et rangeai la pièce.

Je me remontai avec le whisky que Reinhardt s'était servi, coulai un œil inquiet vers le miroir de la salle à manger qui me renvoyait mon reflet en CinémaScope. J'étais blême, la vie s'était retirée de mon visage. Mon regard effaré m'implorait, insoutenable. Je détournai les yeux. Je découvris des gouttelettes de sang sur le devant de ma chemise Oxford blanche, et j'étais en train de l'ôter quand je tressaillis en entendant la sonnerie du téléphone, aiguë comme une baïonnette. Je fis le geste de décrocher, hésitai, puis laissai finalement sonner, quatre, cinq fois. Était-ce Renata ou quelqu'un d'autre ? *(Euh, je suis occupé pour l'instant, j'ai un cadavre à planquer.)* Je bataillai pour ôter ma chemise, sortis par la porte de la cuisine et l'enfouis dans la poubelle verte sous les ordures, puis j'enfilai un T-shirt gris de Stanford encore chaud qui tomba avec mes vêtements quand j'ouvris le séchoir. Je vidai le contenu dans le panier en plastique vert de Reinhardt, fourrai ses vêtements mouillés dans le séchoir, remarquai son écriture sur un carnet qui pendait près du téléphone de la cuisine ; il avait noté un numéro de Mexico que j'eus la présence d'esprit d'appeler.

Une voix de femme m'apprit en espagnol que j'étais à l'agence de voyages de l'American Express. Je sortis mon portefeuille, et l'ouvris pendant que je demandais à la femme si elle parlait anglais.

— Oui, monsieur.

Mon permis de conduire du Colorado avait disparu, lui aussi. Je pigeai la situation.

— Euh, j'ai réservé un billet d'avion mais je crois que je me suis trompé en vous donnant le numéro de ma carte.

— Votre nom, je vous prie ?

— Cody. Scott Cody.

— *Momentito.*

Je l'entendis pianoter sur son ordinateur. J'étais frénétique, électrifié, agité comme sous cocaïne, mes genoux tambourinaient contre les tiroirs.

— Sur un vol de la Lufthansa pour Francfort ? demanda-t-elle finalement.

— *Sí.*

Elle épela les numéros.

— Ah, c'est bon. *Perfecto.* Et où puis-je retirer mon billet ?

— Au même endroit. A notre agence de Resurreccíon.

— *Muchas gracias, señora.*

— *De nada.*

Je raccrochai, éteignis les lumières, fonçai dans le couloir et pris deux bonnes bouffées d'air avant de trouver le courage de me pencher au-dessus de Reinhardt et de m'obliger à fouiller ses poches. Je trouvai son portefeuille, mais ma carte American Express et mon permis de conduire n'étaient pas dedans. J'eus une furieuse envie de lui botter le crâne. Je fouillai ses poches intérieures. Vides. Accroupi sur les talons, je fulminai une minute entière, puis j'entendis Reinhardt me parler de sa chambre dans un hôtel minable d'El Camino Real, bourré d'Occidentaux, avait-il dit, je supposai donc qu'il s'agissait de la *posada* appelée *El Marinero.* Je sortis en laissant Reinhardt dans le couloir, refermai la porte à clef et grimpai dans la Volkswagen. Je réglai la radio sur une station du Texas que l'on ne captait à Resurreccíon que la nuit, et j'écoutai des imbéciles déblatérer en traversant le Tringlodrome et en descendant El Camino à la recherche d'*El Marinero.*

Courbé sur son bureau, le veilleur de nuit maintenait de ses coudes un magazine de catch aux images sanglantes.

— J'ai oublié ma clef, dis-je.

Il leva la tête, maussade, avec un air de lassitude mêlée de suspicion.

— Votre nom ?

— Reinhardt Schmidt.

Il me dévisagea longuement, comme s'il commençait à se faire des idées, *Hé, il y a quelque chose de louche là-dessous*, puis il soupira, décrocha la clef numéro 13 du tableau, et retourna à son magazine tandis que je gravissais l'escalier avec désinvolture, une main effleurant la rampe, aussi décontracté, croyais-je, que Ray Milland dans *Le crime était presque parfait*. On n'est jamais complètement en phase avec ses émotions.

Puis je me retrouvai dans la chambre de Reinhardt, catastrophé par le trésor qu'il avait accumulé pendant les semaines de son traitement sans espoir. Du pain de mie, du Coca-Cola, des biscuits, un chauffe-plat, une boîte de soupe Campbell's, une pile de romans policiers étrangers en éditions de poche, une boîte remplie de lunettes de soleil avec leur étiquette, le sol jonché de photos, de planches contact, et d'emballages de films Kodak. Trop pressé par le temps, j'empoignai sa valise verte et y fourrai une bonne partie de ses vêtements. Ses photos et ses épreuves, je les enfournai dans un carton qui avait été expédié de Hollande, et je le déposai dans le couloir pour le récupérer par la suite. Dans la salle de bains, je découvris un sac en plastique de la *farmacia* ; je le remplis avec les élixirs et les comprimés entassés dans l'armoire à pharmacie.

Est-ce que l'hôtel préviendrait la police si Reinhardt disparaissait ? Je téléphonai à la réception et dis en anglais au veilleur de nuit que j'étais Reinhardt Schmidt, que je partais en expédition à l'intérieur des terres, mais que je voulais garder la chambre. Je l'entendis chercher la note de Reinhardt.

— Bien sûr, Mr. Smit, dit-il. Vous comptez toujours régler avec votre carte Visa ?

— *Si, gracias.*

— C'est moi qui vous remercie, rétorqua-t-il sans chaleur.

En sortant de la chambre, j'accrochai la pancarte « *No*

molestar » pour que la femme de ménage n'entre pas faire la chambre, et je traînai le carton hollandais et la valise de Reinhardt à travers le couloir. Au début, je pensais m'en débarrasser dans le barrio, *Vos prières ont été entendues*, un cadeau tombé du ciel, mais j'eus peur que des noctambules me voient les jeter ; je fourrai donc la valise et le carton dans la voiture puis retournai à la maison.

Là, je fus pris de panique parce que la porte refusait de s'ouvrir plus de cinq centimètres. J'avais l'impression que Reinhardt était vivant et qu'il s'arc-boutait de toutes ses forces pour m'empêcher d'entrer, mais j'insistai, réussis enfin à ouvrir et m'aperçus qu'il avait roulé contre la porte tel un zombie et qu'il me fixait de son visage dissocié, une moitié rouge et torturée comme un cri, l'autre aussi familière et paisible qu'une tête tranquillement calée contre un oreiller moelleux.

Je fonçai dans ma chambre, pendis les vêtements de Reinhardt avec les miens, et rangeai sa valise verte dans l'armoire de la chambre d'ami. J'oubliai de chercher mon passeport et mon visa. J'emportai les médicaments de Reinhardt et le sac en plastique de la *farmacia* au rez-de-chaussée, fourrai son verre de whisky et la bouteille de Jameson dans le sac. Je me croyais vraiment à la coule, rusé comme un renard, j'étais persuadé de brouiller les pistes.

Finalement, je fouillai de fond en comble son carton plein de photos et de planches contact, j'y trouvai des photos de moi en train de courir sur la plage, de verser du *vino rojo* dans le verre de Renata, d'allumer un cigare sur la terrasse, de monter dans ma Volkswagen garée devant Printers Inc. — cinquante clichés en tout, peut-être davantage ; Reinhardt était resté à l'affût, il avait attendu sa chance, l'avait saisie, sachant qu'elle se présenterait forcément un jour ou l'autre. Je ne trouvai pas les photos de la Volkswagen sur la nationale, du pare-chocs et du pare-brise endommagés ; quel que soit l'usage qu'il comptait en faire, il les avait sans doute planquées quelque part. Je traînai le carton en bas de la colline, près du *Maya*, et je l'enfouis dans la grande poubelle verte, derrière la cuisine de l'hôtel.

Je retournai ensuite à la maison en courant, jetai sur mon épaule le tapis plié en quatre, éteignis les lumières et traînai je ne sais comment Reinhardt dans la Volkswagen. Ce n'était pas une partie de plaisir. Je n'en garde aucun souvenir, en fait, je me vois seulement m'éloigner de la portière de droite entrouverte, je me rappelle la lueur jaune du plafonnier qui éclairait son visage hideux, je me souviens avoir jugé sa position satisfaisante, une excellente mise en scène, on aurait dit un type tranquillement assis dans la nuit. Je revins sur mes pas pour allumer la radio, j'écoutai les premières minutes du flash d'information, puis je claquai la portière. J'examinai de nouveau le rez-de-chaussée à la loupe, trouvai le fusil dans le couloir, éteignis la lumière, et ressortis.

Je roulai vers la jungle, les mains crispées sur le volant pour les empêcher de trembler de trouille, à moitié barré dans un film d'horreur avec le mort qui menaçait de revenir à la vie pour une vengeance terrible, l'autre moitié, celle qui est un peu moins folle, soudain prise de sympathie pour Reinhardt, et qui essayait de s'acheter le paradis en soutenant qu'il serait inhumain de ne pas enterrer dignement le corps. Je me préparais à le faire : je roulerais le type dans le tapis, je le déposerais au fond d'un trou, je tasserais la terre fertile avec une pelle. *Reinhardt Schmidt, dites-vous ? Oh, ça fait un bout de temps qu'il a disparu.*

Je me garai au pied de la colline, empoignai le fusil, coupai le moteur mais laissai les phares allumés pour éclairer le sentier. Le bourdonnement des insectes, régulier comme une machine. Et pas d'autres bruits que le ressac des vagues léchant doucement le rivage. J'allumai l'électricité dans l'atelier ; je voulus mettre de la musique, mais je ne remarquai pas que j'avais appuyé par erreur sur la touche Enregistrement de mon Radiola, je ne remarquai pas davantage le silence de la cassette, trop occupé par une sorte de train-train qui me paraissait absurde : je nettoyai des pinceaux dans un pot de térébenthine, je fixai un tableau inachevé sur le chevalet, j'écrasai quelques tubes sur ma palette, je chauffai de l'eau pour le café. Je ne me souviens pas avoir placé de filtre dans l'entonnoir, mais je dus le faire, je versai une dose de café moulu, puis attendis sans l'ombre d'un frisson que l'eau commence à bouillir. Je remplis l'entonnoir et j'allai enfin chercher Reinhardt.

Les gosses d'Eduardo étaient en bas, ils s'agitaient dans les phares de la Volkswagen, grimpaient sur le marchepied pour jeter un œil sur Reinhardt. Comme son visage était tourné de l'autre côté, il paraissait dormir, et l'obscurité, le véhicule familier, ses cheveux blonds, notre vague ressemblance suffirent pour que j'entende la fille qui s'appelait Elba dire à mi-voix : « Cotziba », puis les gamins sautèrent du marchepied et Elba les fit taire pendant qu'ils s'éloignaient en courant.

C'est à ce moment-là que l'idée me frappa : échangeons nos places, Reinhardt prendra la mienne, il sera mon faux soleil. J'entamerai une nouvelle vie, je laverai mes échecs, je jetterai aux orties mon passé de raté. Cela semblait si facile et si nécessaire. Je ne m'étais pas senti aussi libre depuis l'âge de quatre ans.

Je glissai la clef dans le contact de ma Harley-Davidson pour faire croire que j'étais venu avec, puis j'ouvris la portière de la Volkswagen et je tirai Reinhardt dehors, je l'étreignis à bras-le-corps et bataillai pour grimper jusqu'à l'atelier. Je le déposai dans le vieux fauteuil vert à oreilles, forçai son pouce droit dans le pontet, calai la crosse par terre puis je laissai retomber le fusil. Un plan d'une remarquable acuité scientifique. Puis j'emportai le fusil dehors, visai la lune et tirai un coup de feu. L'énormité du bruit me frappa, mais j'entendis aussitôt le crépitement des pétards dans la jungle, et je me dis que je n'étais qu'un joyeux drille de plus dans la fiesta. Je trempai un mouchoir dans la térébenthine et nettoyai le pontet au cas où la police mexicaine aurait essayé de relever les empreintes — ce dont je doutais fort —, puis j'appliquai les mains de Reinhardt sur le fusil, frottai ses doigts sur le métal, et plaçai la Winchester comme elle était tombée lors de mon essai. Mais le sang de Reinhardt avait dessiné un ruisselet le long de sa gorge, et je m'aperçus qu'il se coagulait aux mauvais endroits, sous son bras et dans le dos, une traînée maculait sa jambe et la tige de sa chaussure. Je m'escrimai à lui ôter sa chemise, son pantalon et ses chaussures, avec le calme et l'assurance d'un croque-mort, je lui enfilai un blue jean et la chemise en daim qui pendaient dans mon placard. La cassette dans le Radiola parvint au bout de la bande, émit un petit clic, mais cela ne me mit pas la puce à l'oreille. J'allai balancer les chaussures du haut des falaises qui surplombent la mer ; je roulai vivement ses vêtements en boule pour les enterrer dans la forêt. J'inclinai sa tête vers la gauche comme si elle avait été repoussée par la déflagration, et je terminai la mise en scène en passant ma montre suisse à son poignet et en fourrant dans les poches de son blue jean les pesos que j'avais pris dans nos deux portefeuilles.

Et, pour la première fois, je ressentis un soupçon de culpabilité en pensant aux souffrances que j'allais infliger à mon père et à Renata. Mais j'étais allé trop loin pour faire demi-tour, et je déchirai simplement une feuille de papier de mon carnet de croquis sur laquelle j'écrivis au feutre : « Ce n'est la faute de personne. » A peine suffisant, je le savais bien, et sûrement pas ce qu'un père lirait en se disant : « Ouf, quel soulagement ! », mais je signai le mot et laissai finalement la porte ouverte, je n'éteignis pas la plaque chauffante de la cafetière, et je dévalai la colline, espérant de tout mon cœur que l'atelier flamberait ou que des bêtes boufferaient Reinhardt, rendant toute identification impossible.

Je ne mérite aucune sympathie, je le sais. Froid, craintif, inconscient, apitoyé uniquement par mon propre sort, j'étais tellement incapable d'assumer mes actes que j'agissais comme dans un rêve. Si je ne suis pas, en fait, un meurtrier, c'est parce que le terme ne recouvre pas l'horreur que j'ai commise. Je ne pensais pas m'en tirer, mais j'étais trop engagé dans le processus pour ne pas aller au bout. Je chargeai le tapis ensanglanté et les vêtements de Reinhardt sur mes épaules, je m'enfonçai dans la forêt, m'efforçant de ne pas remarquer dans le faisceau de ma torche les créatures qui s'enfuyaient, et je bouclai mon supplice en enterrant les preuves avec une pelle que je rangeai ensuite dans la voiture. Je ramenai la Volkswagen à Resurreccíon. Je refusais de penser au chagrin de ma famille et de mes amis le jour des funérailles, ne pensais qu'à Scott et comment il pourrait s'enfuir du Mexique et recommencer sa vie. Je retombais dans mes sales habitudes d'enfance, quand je me renfermais, quand je gardais tout pour moi, sans rien avouer à mon père, espérant gagner du temps en me cachant comme autrefois dans ma chambre du premier. *Il ne se rendra peut-être compte de rien.* D'accord, je l'avoue, c'était de la folie pure, mais il y avait longtemps que je ne pensais plus de façon rationnelle, c'était trop douloureux. Je ne pouvais même pas me confier à Renata. Si elle m'aidait d'une manière ou d'une autre, elle deviendrait complice. Elle risquerait la prison, même si je parvenais à m'en tirer. Or Renata était mon seul espoir de réussir mon coup. Je garai donc la Volkswagen devant une cabine téléphonique près du square et composai son numéro. Une lampe de bureau brûlait dans la librairie Printers Inc. Stuart faisait ses comptes. Quelques policiers riaient et fumaient des cigarettes devant le *comisaria.* Je retins mon souffle quand Renata décrocha.

— Salut, fis-je. Il est trop tard pour parler ?

— Il est une heure et quart. Tu es en état ?

— J'ai dessoûlé.

Nerveux et terrifié, je tournais en rond dans la cabine, et finis par fixer mon regard sur la vue depuis le square de l'immense église rose. À sa base, une pièce de contre-plaqué obstruait une ancienne fenêtre, mais un rai de lumière encadrait le contre-plaqué comme si une ampoule brûlait dans la cave.

— J'entends des voix derrière toi, dis-je.

— C'est la troupe. On fête encore la représentation.

— Ah, je vois. (Je me souvins que mon but était de parfaire mon plan.) Écoute, j'ai oublié où j'ai laissé ma voiture.

— Encore ? (Heureuse, éméchée, elle paraissait prête à rire de tout.)

— Elle doit être près du *jardín.* Tu as toujours la clef ?

— Oui.

— J'ai des trucs à terminer à l'atelier. J'y retourne avec la moto. Tu veux bien récupérer ma caisse et la ramener à la maison ?

Elle attendit que les voix féminines se taisent. Elle avait peut-être émigré dans une autre pièce.

— Tu vas bien ? s'inquiéta-t-elle. Tu as l'air vraiment bizarre.

— Non, je suis fatigué, c'est tout. Vraiment fatigué.

— Tu attends que tes esprits te rattrapent.

J'avais oublié que je lui avais raconté celle-là.

— Tu veux que je vienne ? murmura-t-elle d'une voix câline.

L'ironie de la chose faillit m'achever. J'avais l'impression d'être le dindon de la farce. Tout semblait avoir basculé, et Renata devenait accessible au moment où il m'était interdit de l'avoir.

— Surtout pas, fis-je.

Mon ton la fit hésiter.

— C'est que tu as l'air d'avoir besoin de compagnie, dit-elle.

— Accorde-moi deux ou trois jours. J'ai pas mal de boulot et je ne veux pas être dérangé.

Même ça, elle le trouva drôle.

— Ça m'ennuie de te le dire, mais tu *es* dérangé, Scott.

Il n'y avait plus rien à ajouter, je lui dis que je l'aimais et raccrochai.

Je contemplais toujours la *parroquia.* Eduardo la désignait d'un mot maya qui signifiait « la maison de celui qui s'invente ». Cela collait si bien à mon personnage actuel que l'idée me parut géniale. Je traversai donc le *jardín* dans le silence de l'heure tardive, et je fus soulagé par la première image précise d'une vie meilleure, à l'abri du danger, caché dans la cave de la vieille église, mendiant des pièces, courbé à l'ombre de midi.

Les portes d'entrée étaient closes, mais je pénétrai par une petite porte en bois située sous le grand clocher. Je trempai un doigt dans les fonts baptismaux et me signai. Une faible lueur jaune provenait de la centaine de cierges, et je mis près d'une minute avant de m'apercevoir de la présence d'une vieille Mexicaine bossue qui baisait le bout de ses doigts puis les appliquait sur les lèvres de saint Joseph, le charpentier. Remontant l'allée centrale entre les bancs noirs, je me dirigeai vers une architecture, des saints et des tableaux qui m'avaient été familiers à l'époque révolue où j'avais encore toute ma tête. Je me sentais prodigieusement vigilant, émerveillé, avisé, c'était mille fois mieux que le meilleur trip de peyotl. Je franchis calmement en crabe la barrière du maître-autel, esquissai une génuflexion devant le tabernacle, puis me dirigeai vers la sacristie. Je connaissais le chemin, je savais qu'un couloir semi-circulaire en brique formant le périmètre de l'abside y menait. Je franchis la porte grise, empruntai avec précaution l'escalier qui plongeait dans une cave à peine éclairée ; m'aidant de la rampe, je passai sous les énormes solives en courbant la tête, et m'habituai peu à peu aux odeurs de marécage et d'excréments humains.

Les murs de la première mission étaient encore visibles sous les fondations, et le mobilier des siècles précédents était entreposé sous l'immense plancher du bâtiment, les bancs et les prie-Dieu recouverts d'une fourrure de poussière, un faible courant d'air agitant doucement les voiles gris des toiles d'araignée, et, dans le havre brumeux de la cave, une vingtaine de pauvres Mexicains qui avaient trouvé un misérable refuge parmi ce dépotoir me contemplaient avec le naturel désabusé des désespérés chroniques. Un vieillard grisonnant au visage criblé par le cancer de la peau me fixa d'un œil éteint en récitant son rosaire d'une voix rauque. Pas de jugement dans son regard. Puis il désigna du doigt une boîte en carton aplatie sur laquelle je lus le nom Hotpoint. C'était comme si on m'avait préparé ma place. Je m'agenouillai sur ce matelas, persuadé d'avoir trouvé mon avenir. Éreinté de fatigue, je m'écroulai et m'évanouis aussitôt.

Quand je m'éveillai, le jeudi matin, des paires d'yeux mornes me dévisageaient. J'avais dû parler en dormant, toutefois leur regard insistant et leur curiosité rallumèrent ma paranoïa, et je me persuadai que ce petit peuple faisait partie de la conspiration — c'étaient des amis ou des parents de Carmen ou de Renaldo qui attendaient le moment propice pour me sauter dessus. Ma peur était disproportionnée. Je voyais des ennemis partout. Je me recroquevillai dans un coin de cette immense cave obscure, le crâne serré dans un étau à cause de la gueule de bois, jetant des coups d'œil furtifs à la ronde. Ce manège inquiéta les Mexicains qui se rassemblèrent à l'autre bout de la salle, et protégèrent leurs enfants de leurs corps quand le grand méchant loup alla jusqu'à un seau d'eau vert et, pour faire bonne mesure, y plongea profondément sa tête et but comme un cheval.

N'ayant rien à faire, je demandai à un gamin d'aller me chercher un crayon et un cahier à spirales, et je remplis une page ou deux de ma prose mélancolique. Puis je passai le reste de la journée à bouillir et à me ronger les sangs, tordant les mains dans les lattes de lumière qui tombaient à travers le soupirail d'un ventilateur, contemplant les tremblements nerveux de mon pouce et de mon index droit, soulevant les revers de mon pantalon kaki pour observer les muscles de mes mollets se nouer et tressauter comme si des rongeurs rampaient furtivement sous ma peau. Une crise de démence, le delirium tremens ? C'était comme la mescaline ou le peyotl, le genre de défonce où même les pensées paraissent râpeuses comme du papier de verre. J'étais sûr qu'on avait découvert le corps de Reinhardt, mais j'ignorais si la police avait gobé ma mise en scène. Dans le cas contraire, si les flics savaient que c'était le cadavre de Reinhardt, je serais recherché pour meurtre et je ne pourrais jamais prouver mon innocence. N'était-ce pas mon fusil ? Mon atelier dans la jungle ? N'avais-je pas un mobile ? N'avais-je pas essayé de camoufler mon crime ? Votre Honneur, sont-ce là les procédés d'un innocent ? D'autre part, si j'essayais de fournir des explications, je devrais parler de Carmen Martinez, de l'accident, de la fuite, et je n'éviterais Charybde que pour mieux tomber en Scylla. Et même si la police croyait que le cadavre retrouvé dans mon gros fauteuil vert était le mien, j'étais persuadé que Renaldo ne serait pas dupe. Même s'il pensait m'avoir tué dans la salle à manger, il aurait entendu parler de l'Américain qui s'était suicidé dans la jungle, il se serait étonné que ma femme de ménage n'ait pas déclaré le meurtre de l'Avenida del Mar, et il aurait fait le rapprochement en moins de deux. Tous mes faits et gestes froidement calculés du mercredi soir me paraissaient désormais insensés. A présent, si Renaldo me tuait, personne ne me pleurerait. Tu es un homme mort, me dis-je, affirmation à prendre dans tous les sens du terme.

Vers six heures du soir, un jeune Mexicain passa avec un carton de tacos fourrés à la viande d'iguane épicée. Comme mes compagnons d'infortune oublièrent de le mettre en garde contre moi et que j'avais encore assez l'air d'un Américain aux poches pleines, il vint me les proposer. J'achetai deux tacos, en dévorai un séance tenante tout en sortant un rouleau de pesos dont je tirai l'équivalent de trente dollars que je remis au petit pour qu'il me rapporte des *huaraches*, des lunettes de soleil en plastique, un bandana bleu pour cacher mes cheveux blonds, et un vieux chapeau de cow-boy en paille. Le mendiant de Stuart était toujours assis sur son banc, il mangeait une boîte de haricots réchauffés, et je réussis à lui échanger sa chemise en toile bleue fétide contre mon T-shirt gris de Stanford fraîchement lavé. Le petit Mexicain reparut au bout d'une heure avec des affaires pourries qu'il avait sans doute trouvées dans le placard de son père, et que j'enfilai aussitôt. Travesti de la sorte, j'errai dans les rues comme Jack l'Éventreur, et tombai sur une *tienda* qui vendait le *diaro* du jeudi — l'épicier gratifia d'un regard mauvais l'Américain clochardisé. Et c'était là, en quatrième page, sous le titre *Suicidio* : quelques données brutes sur Scott Cody et la *triste pérdida* du *famoso artista de los Estados Unidos.* On citait le magasin de pompes funèbres Cipiano, pas de veillée funèbre, et une messe programmée pour dans deux jours, à midi, dans l'église de la Résurrection. Ce qui signifiait qu'Atticus était sans doute en route pour le Mexique.

Longeant les zones d'ombre, je remontai l'Avenida del Mar jusqu'au numéro 69 et j'entrai chez moi en fracturant la porte comme Renaldo avant moi. Même à la lueur de la lune, on voyait que Maria avait nettoyé la maison à fond, ciré le sol de la salle à manger à l'endroit où le tapis avait disparu. Dans la cuisine, je pris une bouteille de whisky dans le noir, en remplis un verre à jus de fruits, puis montai dans ma chambre, sortis d'en dessous mon bureau la corbeille en plastique que Maria avait oublié de vider, et trouvai parmi les cendres de cigare et les papiers froissés le journal du lundi dans lequel se trouvait la rubrique nécrologique de Carmen Martinez. J'allai dans la salle de bains, fermai soigneusement la porte, puis allumai le néon au-dessus du lavabo et traduisis laborieusement le paragraphe. J'appris que Carmen laissait un père, une mère, quatre sœurs et un fiancé du nom de Renaldo Cruz. C'était forcément lui. Je découpai la rubrique avec une lame de rasoir, pliai le morceau de journal et l'enfouis dans ma poche de pantalon, puis je remis le journal dans la corbeille, emportai un annuaire téléphonique dans la salle de bains, et, tout en ôtant mon jean noir et ma chemise sordide, je cherchai les Cruz. Il y en avait quatorze, et je craignais que mon espagnol soit trop approximatif pour ce que j'avais à demander. Je pris une douche rapide, me séchai, puis essuyai la cabine pour effacer les traces de mon passage. Je remis mes frusques mexicaines, éteignis la lumière, puis je pris mon passeport et mon visa dans le tiroir où je rangeais mes mouchoirs. Un coup d'œil au réveil à quartz de la table de nuit m'apprit qu'il était neuf heures moins cinq ; je cherchai dans l'annuaire le numéro de téléphone de l'American Express avec un stylo-lampe et composai le numéro de leur agence de voyages en ville.

— *Bueno*, annonça une jeune femme en décrochant.

Je lui demandai en espagnol si elle détenait toujours un billet d'avion sur la Lufthansa au nom de Scott Cody.

Quand l'avais-je réservé ?

Mercredi soir.

— *Momentito*, dit la jeune femme, puis elle me confirma qu'elle possédait bien le billet, mais il était trop tard pour le vol du soir.

Le billet était-il valable n'importe quel jour ?

Bien sûr ; c'était un billet plein tarif. Mais il me faudrait réserver.

Pouvait-elle me le faire délivrer au 69, Avenida del Mar ?

— *Mañana*, assura-t-elle.

Après avoir raccroché, je me souvins que *mañana* était un terme flexible qui signifiait aussi bien le matin que demain ou un de ces jours. Je voulus rappeler l'agence, mais il était neuf heures passées et elle était déjà fermée.

En allant chercher la valise de Reinhardt dans le placard de la chambre d'amis, je posai bêtement mon visa et mon passeport quelque part dans le noir. Je ne me souvenais plus si j'avais enlevé toutes les affaires de Reinhardt, et je m'assurai à tâtons que la valise était bien vide, puis je la bouclai avec une sangle rouge. Et j'oubliai mon passeport et mon visa ! J'ai toujours souffert d'un trouble de la concentration ! J'entendis alors un camion se garer dans la rue juste devant la maison. Je retins mon souffle ; la radio du camion diffusait une chanson et quatre ou cinq hommes bavardaient. Le faisceau d'une lampe torche balaya la fenêtre de l'escalier, longea la maison, puis frappa la cuisine et inonda la salle à manger de lumière. Et ce fut tout. Trente secondes passèrent, puis des chaussures raclèrent le pavé, la portière du camion claqua et la chanson s'évanouit peu à peu tandis que le véhicule descendait la rue. Je dévalai les escaliers, sortis par la porte de la piscine, courus sur le sable mouillé par la marée montante et regagnai le *centro.*

Printers Inc. fermait d'habitude à neuf heures, mais, au cas où Renata serait encore là, je traversai l'allée qui donnait derrière la librairie et pointai ma tête à la fenêtre de la réserve. La lumière des néons perçait par le rideau vert de la porte de la réserve. J'essayai la poignée, me glissai à l'intérieur, et me plaquai dans le noir contre une haute bibliothèque. Renata entra dans la réserve avec quatre livres qu'elle fourra difficilement dans un carton plein. Je l'attirai contre moi et la bâillonnai d'une main.

— Chut, ne crie pas, c'est moi, Scott.

Je sentis ses muscles se crisper de peur, puis se détendre quand elle comprit que ce n'était que moi. Elle se débattit alors avec ardeur, me roua de coups de pied, plus par rage que par inquiétude. Je me contentai de maintenir ma prise, et lui murmurai à l'oreille d'une voix rauque :

— Chut ! Chut ! Arrête ! Tu es seule ?

Elle se calma et acquiesça.

Je la libérai ; elle pivota et se jeta furieusement sur moi, me martela le visage et la poitrine de ses poings, pestant et jurant d'une voix sifflante, râlant que je n'avais pas le droit de lui faire une chose pareille. Comment avais-je pu lui faire subir tout ça ? C'était horrible ! Etc., etc. J'encaissai les insultes comme une juste punition, puis, quand elle se lassa, je la tins à distance.

— Je suis désolé, assurai-je. J'ai essayé de te tenir hors du coup.

— Eh bien, c'est raté. Salaud ! J'ai été obligée de mentir à la police. Et je ne savais rien, ni sur toi, ni sur quoi que ce soit. Qu'est-ce qui se passe, bordel ? Qui était le mort ?

— Reinhardt Schmidt. Les flics croient que c'est moi ?

— Les flics ? Oui, j'imagine. En tout cas, ils ne mènent pas d'enquête. Tu m'as fais mal, gémit-elle en se palpant la lèvre.

Je dirigeai sa tête vers la lumière du bureau pour estimer les dégâts.

— Tu ne saignes pas, dis-je.

Renata se remit à tambouriner sur ma poitrine, mais avec moins d'ardeur, comme pour marquer son soulagement.

— Tu ne sais pas à quel point je t'ai détesté aujourd'hui, dit-elle.

Elle fulmina un instant, puis rejeta ses cheveux ébouriffés en arrière et ferma les rideaux verts pour nous abriter de la vitrine du magasin.

— Que s'est-il passé ? interrogea-t-elle.

— J'ai trouvé Reinhardt mort dans la salle à manger, mercredi soir.

— Pourquoi chez toi ? Qui était-ce ?

— Je n'ai pas le temps d'entrer dans les détails.

— Eh bien, prends-le.

Accablé par l'impossibilité de la tâche, je soupirai :

— Reinhardt est un type qui essayait de me soutirer de l'argent. Qui l'a tué et pourquoi, mystère. Mercredi soir, tout semblait m'accuser, j'ai donc essayé de cacher ce qui s'était passé. J'étais ivre, j'avais peur. J'ai eu du mal à trouver une solution.

— Ne t'avise pas de me parler de ta peur ! rugit Renata, excédée. Tu sais à quoi il ressemblait quand je l'ai découvert ? Tu imagines à quel point ça m'a fait mal ? J'ai d'abord cru que c'était toi. Et toute la journée j'ai *espéré* que c'était toi. Stuart m'a obligée à téléphoner à ton père. Ah, quel pied ! (Elle s'essuya nerveusement les yeux de sa paume.) Seigneur, je déteste ces larmes !

— Que sait Stuart ?

Renata s'assit contre une boîte de livres de collection, et, tête basse, chercha un Kleenex dans sa poche.

— Rien, fit-elle.

— Arrange-toi pour qu'il continue à ne rien savoir.

Elle se tamponna le nez avec le mouchoir en papier, puis gronda :

— Tu es vraiment cinglé, tu sais. Ton père arrive par avion. Et il faudrait que je continue à jouer à ton jeu stupide ?

— Il le faut, Renata. Si tu ne lâches pas le morceau devant mon père, il repartira aussitôt après l'enterrement. Nous arrangerons les choses après.

— Et tout le monde sera soulagé, hein ? Tu comptes là-dessus.

— Je fais souffrir un tas de gens. J'en suis conscient. Mais c'était une affaire de vie ou de mort.

Renata resta un instant songeuse.

— On l'a tué chez toi. Tu cours un danger ?

— Il faut que je me planque, c'est tout. Écoute, j'ai oublié mon passeport et mon visa dans la chambre d'amis. Tu veux bien essayer de les récupérer demain ?

— Il faudra que je le fasse quand ton père sera là.

— Passe la nuit à la maison s'il le faut. Tu trouveras bien un prétexte. Et essaie de savoir si on m'a livré le billet de la Lufthansa.

— La Lufthansa ?

— Oui, un billet d'avion pour l'Allemagne. Reinhardt l'avait commandé.

— Ça ne me plaît pas du tout.

Elle était toujours assise à la même place quand je la quittai.

Il y a de cela une éternité, un consortium international de compagnies pétrolières invitèrent des producteurs régionaux à une conférence à New York, où je m'étais établi pour peindre. J'en profitai pour donner une soirée au Village en l'honneur de mon père. Mais, trop défoncé, et trop sûr de sa capacité à me percer à jour, j'avais passé la soirée à l'éviter ; à un moment, il m'avait même trouvé caché derrière la porte de la cuisine.

— Qu'est-ce qui t'effraie tant que ça, petit ? m'avait-il demandé.

Question purement rhétorique, il lui avait suffi de rencontrer brièvement mes amis pour comprendre que j'avais renoncé à vivre selon ses principes. Mais il n'y avait pas chez lui l'ombre d'un blâme, d'un reproche ou d'un sermon, il n'avait jamais été le genre de père à dire : « Pas de ça chez moi, jamais ! », il m'avait seulement fixé de son regard pénétrant, extralucide, et m'avait dit :

— Ce n'est pas sain, et tu le sais.

Le vendredi, en me réveillant dans l'église, je vis les regards apeurés habituels, les mères qui faisaient taire les questions de leurs enfants. Le mendiant de Stuart, penché sur ses béquilles, m'informa que quatre Mexicains étaient entrés dans la cave la veille en se demandant tout haut où était l'Américain blond. « Nous ne le savions pas », me dit Hector en espagnol, sous-entendant que personne ne se sentait particulièrement disposé à me protéger. Puis il me décocha le même regard extralucide que mon père avant de s'éloigner sur ses béquilles.

Je reçus le message cinq sur cinq, et de neuf heures du matin à six heures du soir, je traînai sur la plage de sable blanc de l'hôtel *Maya*, non loin de la maison grandiose que je louais, dissimulé derrière mes lunettes noires, avec mon bandana bleu, mon chapeau de paille, transpirant dans le survêtement que j'avais acheté à la chemiserie du *Maya* ; installé dans un café en plein air en compagnie d'une centaine d'étrangers qui prenaient du bon temps, je buvais d'un air lugubre des piñacoladas tout en épiant les allées et venues de mon père dans la maison de l'Avenida del Mar.

Vers quatre heures ou à peu près — la police mexicaine avait ma montre —, je pris finalement l'ascenseur de l'hôtel jusqu'au quatrième étage et me rendis sur la terrasse panoramique. Hormis une mère de famille qui expliquait l'océanographie à ses quatre enfants avec un accent du Mississippi, elle était déserte, et je pus tranquillement surveiller ma maison de stuc blanc. Quelques étages plus bas, penchée à son balcon, une frêle vieille en pyjama vert transparent et sortie de bain vert foncé flottant au vent faisait tourner entre ses mains un grand verre de whisky. Et dans la maison, à cinquante mètres de là, papa en personne — Salut, papa ! —, chemise blanche empesée, cravate démodée, observait la bonne femme, fatigué, le visage douloureux, vieilli de cinq cents ans, mélancolique, et la douleur me serra la gorge ; puis il se retira dans sa chambre à coucher. Comme mon père aimait trop les grands espaces pour rester longtemps confiné entre quatre murs, je demeurai sur la terrasse tandis que l'air marin fraîchissait et que le toit du monde se bardait de nuages. Vingt minutes plus tard, Atticus descendit les marches en traverse de chemin de fer, vérifia la constance de la mer puis remonta sur la terrasse de la piscine où il s'assit, les bras croisés sur la tête, offrant une image du désespoir, ses pensées fixées sur moi. « Tu lui en as fait baver, me dis-je. Tu ne l'as jamais ménagé. »

Je pris un autocar pétaradant rempli d'employés d'hôtels, descendis à huit cents mètres de chez Eduardo et continuai à pied à travers de hautes herbes qui me giflaient la figure jusqu'au moment où je me trouvai nez à nez avec le shaman, qui me bouchait la route telle une porte close, une machette menaçante à la main.

— Es-tu un fantôme ? me demanda-t-il en espagnol.

Toujours en espagnol, je le rassurai.

— Alors, je suis content de te voir, mon ami, sourit Eduardo.

Retombant dans mes vieilles habitudes, je me poivrai avec leur whisky, puis je paressai au lit si tard que les enfants d'Eduardo avaient eu le temps de me peindre le visage et de me décorer de feuilles vertes. D'après la chaleur et le soleil, il était onze heures. J'étais à demi tenté d'assister à l'enterrement, ne serait-ce qu'à cause de la référence cinématographique, *Le fantôme de l'Opéra, Quasimodo, le bossu de Notre-Dame* : si je voulais, je pourrais me percher dans la galerie du chœur et beugler qu'on interrompe le service funèbre, que c'était une mauvaise comédie, les têtes se tourneraient vers moi et la tristesse et la mélancolie se transformeraient miraculeusement en démonstrations de joie. Au lieu de cela, je me dirigeai sagement vers la mer, le visage et la poitrine caressés par le soleil ardent, et je me forçai à chasser Atticus de mon esprit — images de mon père priant pour moi, mon père contemplant d'un air douloureux Reinhardt qu'on portait en terre. Y aurait-il un repas après l'enterrement ? Cela ne lui ressemblait pas. Je l'entendis dire à Renata et à Stuart qu'il n'avait pas d'appétit. Mon père était un homme pratique, il irait plutôt à la *casita.* Et il remarquerait ce que les autres n'avaient pas vu. Pris d'une panique incontrôlable, je courus à travers la plage, escaladai les rochers à quatre pattes ou les contournai, bataillai contre les rouleaux, plus d'une fois plaqué contre une plate-forme calcaire par des vagues d'une tonne. Je finis par nager une cinquantaine de mètres, franchis la barre de vagues, emporté par un courant qui m'entraîna au nord vers le large, d'où un autre courant puissant me ramena vers les falaises de pierre grise ; je me laissai flotter jusqu'à ce que mon pied touche le sable, et je revins, butant et trébuchant dans l'eau bouillonnante, au pied de mon atelier.

Je gravis le sentier de terre, et forçai la porte d'entrée coincée par l'humidité. Tout était à peu près dans l'état où je l'avais laissé, mais on avait raccroché quelques cintres épars, et on avait essuyé le sol ensanglanté avec les caleçons blancs de Reinhardt. Une odeur de café brûlé flottait toujours dans la cuisine. J'allais m'emparer de la cafetière quand le bon sens m'en empêcha. Je pris un Coca-Cola dans le réfrigérateur et le vidai tout en visitant l'atelier à la recherche d'indices que j'aurais oubliés dans mon empressement du mercredi soir. J'omis de vérifier le magnétophone, je ne pensai même pas aux chaussures de Reinhardt que j'avais lancées d'une main trop faible. Complètement subjugué par mon propre brio, je posai la boîte de Coca-Cola sur le comptoir de la cuisine et ressortis d'un pas tranquille... *Papa, je te mets au défi de trouver quelque chose.*

Ce soir-là, j'empruntai la bécane de la femme d'Eduardo pour aller à la station Pemex sur la nationale. Je téléphonai à Renata mais ce fut Stuart qui répondit et je raccrochai. Je composai mon propre numéro et entendis le répondeur claironner : « Salut. Vous connaissez la manip, laissez votre nom et votre numéro ; je vous rappelle. »

J'étais sur le point de raccrocher quand la voix de Renata se fit entendre.

— Allô ?

— Tu es là ?

— Et lui aussi.

— Encore ? Tu peux parler ?

— Attends, il faut que j'arrête le répondeur.

Je l'entendis appuyer sur la touche, puis elle revint au bout du fil et me dit d'une voix dans laquelle je décelai une pointe d'irritation :

— Ton père dort. Il a chopé la *turista*.

— Bon Dieu !

Je me retournai à demi dans la cabine publique. Un Texan élégant remplissait le réservoir d'une vieille Volvo avec de l'essence à indice d'octane élevé.

— Tu vas annuler son vol ?

— Je lui demanderai demain.

— Le billet de la Lufthansa est arrivé ?

— Nan.

— La fille a dû noter une fausse adresse. Il faudra que je vérifie. Tu as trouvé le passeport et le visa ?

— J'ai fouillé partout.

— Dans la chambre d'amis, Renata !

— Surtout dans la chambre d'amis. Je ne sais absolument pas où ils sont.

Le Texan changea de pompe ; il se servait dorénavant d'essence à faible indice d'octane. Un chimiste, sans doute. Sa femme se pencha par la fenêtre du bureau.

— Tu veux quelque chose à boire, Grover ?

Grover se concentrait sur la pompe.

— Non, merci.

— Scott ? s'inquiéta Renata.

— Je réfléchissais. Je pourrais quitter le Mexique en Harley-Davidson.

— Ça fait une longue route.

— Une journée pour aller jusqu'à Villahermosa. Une autre pour rejoindre Tampico. Et le troisième jour, Mataramos et Brownsville, et je suis au Texas.

— Comme tu voudras, fit Renata, visiblement lassée.

— Écoute, c'est dur pour moi aussi.

— Oh, tais-toi ! Tu es tellement égoïste, Scott ! Tu ne m'as même pas demandé des nouvelles de ton père ! Lui ne pense qu'à toi ! As-tu seulement réfléchi une minute à tout ce que tu lui fais subir ?

— Malheureusement, il a l'habitude.

— Eh bien, pas moi, grogna-t-elle, et elle raccrocha.

C'est la parabole du fils prodigue, n'est-ce pas ? Un éleveur sans bétail avait deux fils. Le plus jeune dit à son père : « Mon père, donne-moi la part de bien qui me revient. » Et le père leur partagea son bien. Peu de jours après, le plus jeune fils, rassemblant tout son avoir, partit pour un pays éloigné, où il dissipa son bien en vivant dans la débauche. Lorsqu'il eut tout dépensé, une grande famine survint dans ce pays, et il commença à se trouver dans le besoin. Il alla se mettre au service d'un des habitants du pays, qui l'envoya dans ses champs garder les pourceaux. Il aurait bien voulu se rassasier des carouges que mangeaient les pourceaux, mais personne ne lui en donnait. Étant rentré en lui-même, il se dit : « [...] Je me lèverai, j'irai vers mon père et je lui dirai : "Père, j'ai péché contre le ciel et contre toi, je ne suis plus digne d'être ton fils ; traite-moi comme l'un de tes journaliers." » Et il se leva, et alla vers son père. Comme il était encore loin, son père le vit et fut ému de compassion, il courut se jeter à son cou et l'embrassa longuement. Luc, chapitre 15.

Eduardo et sa famille allèrent le dimanche à la messe avec des amis, puis écoutèrent ensuite un orchestre sur la place. En revenant avec sa famille dans le camion d'un ami, Eduardo vit un *joven*[1] qu'il crut être Renaldo Cruz faire de l'auto-stop sur le bord de la route.

En apprenant cela, fou de rage, je plaquai là Eduardo et m'enfonçai dans la jungle, bouillant comme un adolescent qui veut jouer les Tarzan, genre : *Tu commences à me pomper l'air, minable !* Mais en arrivant à l'atelier, je trouvai ma Harley-Davidson en bas de la colline, et je devinai que c'était Atticus et non Renaldo qui était là-haut dans la *casita* ; il soupesait, évaluait, jaugeait, furetait partout, tentant de savoir exactement comment son fils était mort, comme si cette découverte était indispensable pour emplir le vide qu'il sentait en lui.

Je gravis la colline par le flanc ardu, à travers les hautes herbes et les poivriers, pas le genre de balade touristique, pas de vue à recommander, pas de jolie carte postale. Et quand j'atteignis la maison, mon père descendait la falaise au-dessus de la crique, en s'aidant de mon fusil comme d'un bâton, et il se hissa sur un bout de rocher précaire pour attraper la chaussure de Reinhardt accrochée aux branches d'un laurier-rose. C'était à fendre le cœur, ce vieux détective de soixante-sept ans, assurément hors de son élément, cherchant encore un indice, encore une explication, comme si une inconnue *x* pouvait résoudre l'énigme algébrique de son fils. Puis une intuition lui fit lever la tête vers le sommet de la colline, il mit ses mains en visière pour se protéger du soleil de feu qui se couchait derrière moi, et cria : « Qui va là ? » Je reculai vivement, terrifié à l'idée qu'il me voie, et je dévalai l'autre côté de la colline au galop pour m'enfoncer dans l'oubli de la jungle, mais au dernier moment, en me retournant, j'aperçus

1. Jeune homme.

Renaldo qui piquait un sprint vers la nationale, et rentrait sans doute en ville.

— Il faut qu'on lui parle, me dit Eduardo. Renaldo a grand besoin de réconfort.

Le dimanche en fin d'après-midi, nous empruntâmes le camion de l'ami d'Eduardo et nous allâmes à la station Pemex ; j'entassai une pile de pièces dans la cabine téléphonique tandis qu'Eduardo essayait de trouver Alejandro Cruz dans l'annuaire de Resurreccíon. Alejandro ignorait tout de Renaldo Cruz. Andalesia Cruz ne répondit pas, et Armando pas davantage. Tous deux entassés dans la cabine, je collai mon oreille à l'écouteur pendant qu'Eduardo composait un autre numéro. Cecilia Cruz lui dit que Marcelino Cruz, sans lien de parenté, avait peut-être un cousin qui s'appelait Renaldo. Le téléphone de Marcelino était coupé. Nous essayâmes Emilio Cruz et Heriberto Cruz — pas de réponse — et nous apprîmes finalement par Leticia Cruz que Renaldo était bien son cousin, mais qu'elle ne l'avait pas vu depuis Pâques. Elle croyait qu'il vivait chez son oncle, Rafael. Eduardo chercha son numéro dans l'annuaire, ne le trouva pas, et demanda à Leticia si elle savait où nous pourrions le joindre. Elle lui dit qu'il possédait le café *Bella Vista.*

— C'est dans le Tringlodrome, dis-je.

Eduardo appela le café. Oui, admit Rafael, Renaldo Cruz était son neveu. Puis il affirma que Renaldo était à Dallas où il lavait des voitures dans un garage.

Eduardo couvrit l'émetteur de sa main, et me souffla en espagnol.

— Il ment.

— Sans blague ?

Eduardo expliqua ensuite à Rafael qu'il appelait parce qu'il travaillait lui aussi dans le même garage, et qu'il y avait eu une affreuse erreur dans la paie de Renaldo. Il avait touché bien moins que prévu, et leur patron en avait tellement honte qu'il avait supplié Eduardo de remettre l'argent manquant à Renaldo pour ne pas être déshonoré. J'ignorais que la honte et le déshonneur pouvaient effleurer l'esprit d'un patron américain, mais Rafael Cruz parut gober l'histoire, et il fournit à Eduardo l'adresse détaillée de sa maison dans le *barrio.*

— Ah, il est donc chez toi ? s'étonna Eduardo.

— Pour toi, oui, dit Rafael.

Nous y allâmes. La maison de Rafael Cruz aurait sans doute fait figure de piaule d'étudiant plus au nord, mais je n'étais pas habitué à autant de luxe au Mexique — parquet, eau courante chaude et froide, dans la salle à manger table vernie, huit chaises et une reproduction de *La Cène* de Léonard de Vinci, dans le salon un canapé recouvert de chintz, une photo de Sa Sainteté embrassant un enfant, une table basse garnie de photos familiales, et au-dessus du canapé, dans un cadre à la dorure criarde, un tableau représentant un toréador qui enlevait un taureau de velours noir dans une élégante véronique. La femme de Rafael nous fit entrer, puis serra gentiment la main qu'Eduardo lui tendait. Eduardo ôta sa casquette de base-ball des Padres, dit quelque chose de poli que je compris à moitié et se présenta comme Nicuachinel, celui qui voit au cœur des choses. Mrs. Cruz lui demanda alors avec une crainte respectueuse s'il était shaman.

— Dieu l'a décidé ainsi, répondit Eduardo, puis il demanda où était Renaldo, car nous voulions le voir en personne.

— Renaldo ! cria-t-elle. Un shaman veut te voir ! Où es-tu ?

Renaldo déboucha du couloir, en blue jean et chandail des Cow-Boys de Dallas, un revolver à la main. L'arme pendait au bout de son bras, son index sur la détente, mais il la tenait négligemment, comme une pièce détachée d'automobile. Le revolver et moi, nous étions comme le serpent et la flûte. C'était un .357 magnum à six coups, brillant comme neuf. Sa tante dit à Eduardo qu'elle détestait cette chose, mais Eduardo ne parut pas estimer une seconde que le revolver était un affront aux bonnes manières. Il remit simplement sa casquette des Padres et conseilla à Renaldo de sortir pour discuter afin de ne pas embarrasser Mrs. Cruz.

Nous nous assîmes à l'ombre d'un arbre, dans des chaises éventrées, au milieu d'une cour en terre battue entourée de grillage à lapin ; Renaldo tenait le revolver à deux mains entre ses genoux, ses doux yeux de bourreau des cœurs fuyant les miens.

— Où est mon argent ? demanda-t-il en espagnol.

Eduardo lui avoua qu'il avait menti au sujet de l'argent, et il sourit comme si le jeune homme devait forcément apprécier la plaisanterie. Et Renaldo apprécia. *Ah, c'était du baratin ? Elle est bien bonne !*

— Je suis venu parler pour mon ami, lui expliqua Eduardo.

— Je suis allé chez lui, rétorqua Renaldo. J'ai vu son père et j'ai pissé par terre.

Eduardo se renfrogna.

— Je t'ai dit qu'il était mon ami. Sois respectueux.

Des enfants jouaient avec des camions en plastique dans la cour voisine, et une fille plus âgée vêtue d'une plaisante robe d'été surveillait une dizaine de côtes de porc en train de griller sur le barbecue. J'avais du mal à avoir peur de l'assassin qui était assis à ma gauche.

— Tu veux le tuer, dit Eduardo. Nous le savons. Tu as tué un autre homme par erreur. Oh, c'était facile. Tous deux Américains, blonds aux yeux bleus, on peut se tromper.

Renaldo acquiesça, puis darda un regard courroucé vers le *rubio.* Je baissai la tête et croisai mes bras sur mes cuisses, comme un adolescent boudeur qu'on force à rester avec les grands.

— Et pourtant, vois-tu, ajouta Eduardo, tu as bien tué celui qu'il fallait. Le Démon en personne. Comment s'appelait-il ? me demanda-t-il.

— Reinhardt Schmidt.

— S-mit, c'est lui qui a tué Carmen. Mon ami, ici présent,

a prêté sa voiture au Démon, et il y a eu un drame sur la nationale. Mais tu as vengé Carmen, Renaldo, tu comprends ? Elle est au paradis, heureuse. Elle prie pour toi.

Passant son revolver d'une main dans l'autre, Renaldo fixa le gras soleil rouge qui descendait derrière un bouquet d'arbres.

— Je n'ai plus de raison de vivre, dit Renaldo.

Eduardo l'étudia d'un air solennel.

— Tu es jeune ! Tu as toute la vie devant toi ! Ta fiancée se réjouira de te voir en profiter !

Les voisins emportèrent leur plat de côtes de porc à l'intérieur. Renaldo garda le silence. Nous contemplâmes tous trois le soleil qui ne fut bientôt plus qu'une ligne ensanglantée dans les arbres.

— On est d'accord ? demanda finalement Eduardo. Tu n'essaieras plus de le tuer ?

Renaldo me dit, en me regardant droit dans les yeux :

— Ton ami, quand il parle, j'en ai le cœur chaviré.

Eduardo me déposa devant la villa de Stuart ; je rôdai autour de la fenêtre de la salle à manger, vis mon père, assis, les mains sur les cuisses, subir en silence la conversation de Stuart qui semblait le raser au plus haut point. J'aurais voulu parler à Renata, mais, comme c'était impossible tant qu'Atticus était là, j'achetai un pack de six Corona au marmiton du *Scorpion*, descendis sur la plage et, allongé sur le sable encore chaud, contemplai les étoiles filantes. Je m'endormis après trois bières, et à mon réveil il n'y avait plus de lumière chez Stuart. Je pissai contre un arbre, glissai un coup d'œil à la pendule d'une cuisine éclairée au néon vert. Quatre heures passées.

En remontant le rivage, je trouvai ma maison dans le noir ; j'ôtai mes *huaraches*, et entrouvris la porte de la piscine afin de me glisser à l'intérieur. Je retins mon souffle, et tendis l'oreille. La maison murmurait, mais c'était tout.

Je gravis les marches, entrai dans la chambre d'ami, cherchai mon passeport et mon visa, puis, ne les trouvant pas, je présumai qu'Atticus les avait ramassés, il avait sans doute aussi le billet d'avion de la Lufthansa. La porte de ma chambre était à moitié ouverte, une habitude de mon père qui avait besoin d'entendre ses deux garnements rentrer pour s'endormir tranquille. Je me forçai à pousser un peu plus la porte, et entrai à pas de loup. Atticus était là, le pyjama fripé, de guingois, vidé par les soucis, la bouche entrouverte, les paupières frémissantes, qui sait quel film d'horreur il était en train de voir ? J'effleurai son visage de ma main, sentis le souffle tiède de sa respiration, et fis sans doute planer une ombre sur ses rêves agités. « Réveille-le et parle-lui », m'ordonna la partie de mon moi la plus franche et la mieux disposée, mais il m'était trop pénible de me mettre à nu, d'avouer ce que j'avais fait et ce que j'avais raté, c'était tellement plus facile de remettre à plus tard. Je refoulai donc la voix de la sagesse, et fouillai la chambre, oh avec tant de soin, tâtant de-ci, de-là, d'une main légère comme une feuille morte, effrayé du moindre bruit ; la fouille ne donna rien, je ne trouvai que ses lunettes cerclées d'or et un calepin de poche avec un crayon glissé sous la couverture, comme si Atticus y avait noté les faits du jour. Même la clef de la moto avait disparu, sans doute dans les poches de son pantalon, mais je craignis que les pièces cliquettent en soulevant le pantalon de la chaise.

J'emportai le calepin dans la cuisine du rez-de-chaussée, l'ouvris sous la lampe de la hotte du four, et déchiffrai l'écriture serrée :

Les chemises.
Où est passé le tapis ?
Le billet de la Lufthansa.
Les chaussures.
4 cartouches dans le fusil.
Qui est R ?

Je l'avoue franchement, des larmes brûlantes me vinrent aux yeux. Mon père était observateur, plein de bon sens, omniscient parfois, mais ses découvertes fragmentaires des événements du mercredi soir m'impressionnèrent moins que sa recherche entêtée de la vérité. Je me sentis humilié par mon incapacité à être à la hauteur de sa fidélité, de sa loyauté, de son amour, comme si j'étais le fruit de gènes étrangers auxquels mon père n'avait aucune part. Je voulus éteindre la lampe de la hotte du doigt, allumai le ventilateur par mégarde, l'arrêtai presque aussitôt, trouvai le bon commutateur et finis par éteindre. Mais le rugissement du ventilateur avait suffi. Figé, je tendis l'oreille, entendis le plancher du premier craquer, vis le couloir s'inonder de lumière, puis je perçus les pas d'Atticus partant à la chasse de l'intrus qui l'avait réveillé.

Je sortis prestement de la maison, fermai en douceur la porte de la terrasse, et, campé au bord de la piscine, je gardai l'œil fixé sur les chambres du premier pendant que mon père se lavait et s'habillait, et surveillai la fenêtre de la cuisine pendant qu'il mangeait un bol de cornflakes près de l'évier.

Atticus tira la porte de la piscine puis la referma sèchement ; tapi dans l'ombre, je le regardai passer devant moi, un demi-sourire effleurait pour une fois ses lèvres tandis que la cassette de Linda Ronstadt que j'avais enregistrée jouait frénétiquement sur le Radiola une musique mariachi pleine d'allégresse. J'en avais assez, je m'enfuis, je courus dans le sable et les mauvaises herbes jusqu'à l'Avenida, puis je ralentis l'allure et marchai tranquillement vers le *Centro* dans la grisaille de l'aube.

Je pris un flan et un Nescafé dans un troquet derrière la *parroquia*, mais, comme je m'efforçais de lire un journal qui traînait sur une table, mes pensées revenaient invariablement à mon père, ce détective fougueux sur la piste de mon assassin. *Regarde ce que tu lui fais subir. Tu ne peux pas continuer comme ça.*

A dix heures, je traversai le square, me glissai sous l'auvent et entrai directement dans Printers Inc. Renata, qui rangeait des livres sur une étagère, les laissa tomber d'émotion en me voyant.

Elle jeta un coup d'œil vers le bureau de la librairie. Stuart pianotait sur son ordinateur, totalement absorbé.

— Tu es devenu fou ?

— Non, épuisé.

— Tu es au courant pour Renaldo ?

Je sentis le sol se dérober.

— Quoi encore ?

Elle m'apprit que Rafael avait tué son neveu avec le propre revolver de celui-ci dans le café *Bella Vista*, après que Renaldo Cruz l'avait harcelé pendant la moitié de la nuit et avait finalement insulté sa femme. Légitime défense, avait conclu la police.

— Mais c'était un suicide, déclara Renata.

D'abord ma mère, ensuite Carmen Martinez, puis Reinhardt Schmidt, et enfin Renaldo Cruz.

— A qui le tour ? fis-je avec un sourire piteux.

Renata me tomba dans les bras avec une sorte de soulagement, me serra avec l'affection et la fidélité qu'elle ressentait encore pour moi, la tête appuyée contre ma poitrine, reniflant l'odeur de ma chemise bonne à jeter à la poubelle. Elle me dit que les amis du sénateur du Colorado Frank Cody étaient venus à bout de la bureaucratie mexicaine bien mieux que Stuart aurait jamais pu le faire, et que Reinhardt Schmidt serait exhumé dans une heure environ pour être rapatrié au Colorado. Elle irait avec Stuart reconnaître le corps.

— Dis-leur que ce n'est pas moi. J'ai deux plombages en or. Reinhardt n'en avait pas. Dis-leur que tu viens juste de t'en souvenir.

— Oh, Scott, tu es sûr ?

— Oui, je me débrouillerai.

— Où iras-tu ?

— En prison, sans doute.

De son bureau, Stuart lança sans se retourner :

— Renata ? Qui est avec toi ?

Je pris le visage de Renata dans mes mains.

— Embrasse-moi.

Ce qu'elle fit. Je sentis ses lèvres s'abandonner doucement, puis je la repoussai et sortis par la porte d'entrée.

Le sergent Espinoza, mon vieil ami des jours de *borrachera*[1], était assis sur les marches du commissariat ; il se releva d'un air soucieux en m'apercevant. Mais un van du *Marriott* rempli de touristes fraîchement débarqués s'arrêta dans la rue et nous sépara, et, quand Espinoza en fit le tour, j'avais disparu dans la cave.

Arrivé là, j'attendis ; c'était ce que j'avais fait de mieux depuis longtemps, d'attendre ainsi. Je donnai mes lunettes de soleil, mon chapeau de paille effiloché et mon bandana à qui les voulait, et observai le mendiant de Stuart qui sortit faire sa ronde sur ses béquilles, attifé de mon T-shirt gris de Stanford. Dehors, dans les buissons, des *cicadas*[2] stridulèrent. Un scorpion gris qui grimpait sur un mur d'adobe recourba sa queue en défense quand je lui tapotai la tête avec mon stylo. Une vieille bossue passa en traînant les pieds comme si son unique fonction était de soulever la fine terre poudreuse avec ses chaussures. Une heure s'écoula, puis une demi-heure. Même de jour, la grande salle n'était qu'ombre et absence, comme si l'esprit et les qualités en avaient été retranchés. On l'aurait peinte en noir funèbre, en ambre crue, en terre de sienne, en vermillon. Les couleurs du Caravage. Les couleurs du manque et de l'impermanence. J'étais dans le ventre de la baleine, j'étais Lazare dans la tombe.

Une pluie drue de soleil s'abattit quand la porte d'entrée s'ouvrit. Et Atticus parut, exactement comme je l'avais prévu, l'inquiétude et la soif de savoir imprimés sur son visage. Sa main effleura la rampe quand il descendit les marches à tâtons, puis il posa un pied incertain sur le sol de l'immense sépulcre, tournant la tête à gauche et à droite pour embrasser

1. Ivresse.
2. Sorte de cigales.

le monde souterrain qui l'entourait. Je me relevai, et allai me plaquer contre un mur, hésitant encore à marcher à sa rencontre ou à être vu. Mais il y avait une telle douceur en lui, un regard qui disait : « Ça va, fiston ? », que je trouvai la force d'aller vers lui.

— Me pardonneras-tu jamais ? demandai-je.

Et, en le disant, je compris que j'étais pardonné.

VII

Au fond de la salle, le sergent Espinoza descendait l'escalier marche à marche. Il dardait un regard dur vers Atticus et Scott. Mais Atticus n'avait pas l'esprit à se soucier de l'avenir ; ce n'était qu'une affaire de justice et de paperasserie. Son fils disparu était sain et sauf, et si la douleur ridait encore son visage, s'il donnait l'impression d'avoir visité toutes les pièces de l'enfer, c'était déjà du passé, il était transporté de joie. La recherche de la vérité l'avait totalement accaparé, et le dénouement heureux continuait de le surprendre. « Me pardonneras-tu jamais ? » avait demandé Scott. Comme les mots n'auraient pas suffi, Atticus serra fort son fils dans ses bras. Il voulait le remplir de son amour.

— J'ai envie de te battre, lui dit-il finalement.

— Il faudra prendre ton tour, répliqua son fils.

Mais le bonheur des retrouvailles était trop grand. Ils s'étreignirent longtemps, jusqu'à ce qu'Atticus se rassasie de la présence de son fils. Puis le sergent Espinoza arriva à leur hauteur, il parlementa avec Scott dans un espagnol trop rapide pour qu'Atticus en saisisse le moindre mot. A un moment, toutefois, il entendit son fils dire : « Reinhardt Schmidt », et le sergent nota le nom sur son carnet.

A peine le sergent avait-il commencé l'interrogatoire de Scott que Renata arrivait au commissariat. Atticus les écouta discuter tranquillement en espagnol.

— Les choses vont se gâter, déclara Renata.

— Ça ne m'étonnerait pas, admit Atticus. Comment dit-on « avocat » en espagnol ?

— *Abogado.*

— Eh bien, il faudra que j'engage un bon *abogado.*

Renata était le chagrin incarné.

— Je suis désolée d'avoir dû vous mentir, déclara-t-elle.

— Oh, tu m'as presque dit la vérité.

— Je vous ai caché beaucoup de choses.

— On ne fait pas toujours ce qu'on veut.

Elle alla chercher des Coca-Cola au distributeur.

— Quand j'étais au collège, raconta-t-elle, j'ai lu un conte à propos d'un père qui recherchait son fils disparu dans l'autre monde. Le père l'appela : « Reviens, je t'en prie ! » Mais le fils contempla le gouffre qui les séparait et cria : « Je ne peux pas aller si loin ! » Le père lui hurla : « Fais la moitié du chemin ! » Le fils répliqua : « Même la moitié, je ne peux pas ! » Finalement le père déclara : « Va aussi loin que tu peux, je ferai le reste du chemin ! »

Atticus esquissa un sourire vite estompé.

— C'est une belle histoire, dit-il.

Accusé du meurtre de Reinhardt Schmidt, Scott Cody fut incarcéré en attendant la décision de la cour qui devait se réunir le mercredi. Atticus engagea un bon *abogado*, téléphona à Frank, puis alla avec Renata voir la famille de Carmen Martinez. Renata l'aida à expliquer ce que son fils avait fait, et ce qu'il n'avait pas fait. Atticus consola les Martinez, puis rendit visite à la famille de Renaldo Cruz et la consola, elle aussi.

Renata le ramena en voiture à la maison.

— Vous allez avoir du pain sur la planche si vous voulez réparer toutes les bêtises de Scott, finit-elle par lui dire après un long silence.

— On fait ce qu'on peut.

Reinhardt Schmidt n'était pas son vrai nom, il n'était pas non plus allemand, et personne ne réclama son corps. C'était comme si on l'avait créé de toutes pièces.

Le mercredi, dans sa plaidoirie, l'avocat déclara que la police avait commis une erreur dans l'enquête sur le meurtre de Reinhardt Schmidt, et que seuls des indices ténus démontraient que le *Norteamericano* avait essayé de camoufler le crime ; il réussit à réduire les charges contre Scott Cody à « entrave au cours de la justice ». Mais, pendant les débats, le procureur insista pour que Scott soit condamné pour ce délit. Scott Cody resta donc en prison.

Renata réserva un vol en première classe de Cancún à Denver via Dallas, et Atticus alla dire adieu à son fils. Scott était accroupi dans sa cellule, une planche sur les genoux, et il noircissait un cahier à spirales de son écriture serrée. Voyant la tristesse de son père, il déclara :

— Tu en fais, une tête !

— Elle est restée figée comme ça, j'imagine.

Scott se leva, s'accrocha aux barreaux et s'efforça de persuader son père de ne pas s'inquiéter, les jours passaient vite, ses séjours à l'hôpital l'avaient préparé à bien se tenir en prison.

— J'ai une cellule pour moi tout seul, plein de temps pour écrire et dessiner, et je joue aux échecs avec le sergent Espinoza. Renata viendra me voir de temps en temps ; Maria m'apportera à manger ; je vais donner des cours d'anglais. J'ai plein d'amis, ici. Je n'ai jamais été aussi heureux.

Atticus lui décocha un regard attendri.

— Je t'ai pris un billet d'avion pour le Colorado.

Scott médita longuement.

— Nous verrons, finit-il par dire.

La petite Jennifer avait perdu une dent en tombant. Les enfants avaient escaladé la pompe à pétrole-tête de cheval près de l'autoroute, et y avaient peint le nom de leur école en lettres maladroites. Le relais routier d'Antelope résonnait tant des rumeurs du Mexique qu'Atticus n'y mit pas les pieds pendant une semaine, et, quand il y retourna, les plus anciens clients au moins semblaient avoir compris le message. Son ami Earl mourut sans prévenir dans sa quincaillerie au mois de mars, et Atticus porta son cercueil au cimetière. En avril, le gouverneur le nomma à la présidence de l'association pour la chasse et la pêche, et il fut réélu au conseil de la paroisse de Saint Mary. Il ferra les chevaux de neuf, aida Frank, Merle, Butch et Marvin à vacciner le bétail, et le soir il s'endormait en écoutant de l'opéra à la radio, un livre d'histoire à la main.

En juin, constatant l'abondance de la floraison des plantes vivaces de son épouse, Atticus prit son sécateur et s'agenouilla dans le jardin pour couper les penstémons, les nasitorts, les becs-de-grue et les marguerites. Une pluie fine se mit à tomber ; il fourra les feuilles vertes dans un sac de toile de jute, le jeta sur son épaule et allait le vider sur le tas de compost quand il entendit une voiture dans le lointain. Sans savoir pourquoi, il se rendit dans la cour, ôta ses gants, et vit un taxi jaune se diriger vers la maison. Son fils était encore loin que déjà Atticus courait à sa rencontre.

Achevé d'imprimer en avril 1996
sur presse CAMERON
par Bussière Camedan Imprimeries
à Saint-Amand-Montrond (Cher)

N° d'Édit. : 3420. N° d'Imp. : 1/921.
Dépôt légal : avril 1996.
Imprimé en France